Mona Vara

Fedora

Im Harem des Prinzen

Plaisir d'Amour Verlag

Mona Vara
FEDORA: IM HAREM DES PRINZEN
Erotischer Roman

© 2005/2014 Plaisir d'Amour Verlag, D-64678 Lindenfels
www.plaisirdamourbooks.com
info@plaisirdamourbooks.com
© Coverfoto: Alen Ajan/Fotolia, conrado/Shutterstock
© Umschlaggestaltung: Sabrina Dahlenburg (www.art-for-your-book.weebly.com)
ISBN Taschenbuch: 978-3-86495-127-5
ISBN eBook: 978-3-86495-128-2

Sämtliche Personen in diesem Roman sind frei erfunden.

Bagdad, im 9. Jahrhundert, in den Jahren nach Harun al-Raschid

„Viel Poesie besitzt unser Volk", sagte ein alter Mann, der an einem Springbrunnen unter einer mächtigen Kuppel saß, die hellblau bemalt war und wirkte, als wäre der Himmel darin eingefangen. Um ihn herum hatten sich auf weichen Kissen wunderschöne junge Frauen gelagert, die seinen Worten aufmerksam lauschten. Zarte Vorhänge bewegten sich in einem sanften Luftzug, der den berauschenden Duft eines prachtvoll blühenden Gartens mit sich brachte.

„Gedichte, die von der Herrlichkeit unserer Herrscher erzählen", sprach der alte Mann, der lange Jahre das Land bereist und vieles gesehen hatte, weiter. Er trug ein langes, weites Gewand und auf seinem Kopf thronte ein mächtiger Turban. Sein Gesicht war schon runzelig, der Bart weiß, aber seine dunklen Augen leuchteten, wenn er erzählte, und ließen ihn jung und heiter erscheinen. „Aber auch von ganz einfachen Leuten, von ihrer Liebe und ihrem Leid sprechen sie. Und es gibt wundersame Geschichten, Märchen von stolzen Frauen und Männern, die einander Liebe und Erfüllung schenkten und sich auf diese Weise schon auf Erden das Paradies erwarben."

„Das Märchen, das ich Euch jetzt erzählen will, ist noch gar nicht so lange her, nicht einmal hundert Jahre. Ich war damals zwar noch nicht geboren, aber mein Großvater erzählte mir oft von der schönen Byzantinerin, die das Herz eines Prinzen erobert hatte. Und wenn ihr aufmerksam zuhört, meine schönen Gazellen, dann werde ich euch ebenfalls davon erzählen, und die Menschen darin werden vor euren Augen lebendig werden, ganz so, als hättet ihr mitten unter ihnen gelebt."

Er schloss die Augen, als wollte er in seinem Inneren in eine lange zurückliegende Vergangenheit, die Zeit seiner Vorfahren, blicken, lächelte dann und begann zu erzählen:

„Alles begann auf einem Sklavenmarkt inmitten unseres schönen Bagdads, der Stadt der Kalifen, die weder im Morgenland noch im Abendland ihresgleichen hat…“

Am Sklavenmarkt

Fedora stand zitternd vor Angst, Abscheu und Zorn zugleich neben den anderen Frauen. Um sie herum waren fremde Stimmen, Eselsgeschrei, Händler übertrumpften sich gegenseitig in der Lautstärke in der sie ihre Waren feilboten, verhüllte Frauen, dunkelhäutige Männer, die mit kostbaren Tüchern verhangene Sänften begleiteten. Sie war dankbar dafür, dass der Duft mit dem man sie eingeölt hatte den Geruch, den Menschen, Tiere und die zahlreichen Abfälle auf dem Platz ausströmten, überdeckte und um sie und die anderen Frauen eine Insel des Wohlgeruchs schaffte. Sie kannte ähnliche Märkte aus ihrer Heimat, allerdings hatte sie diese zu jener Zeit gut verborgen von einer Sänfte aus gesehen, beschützt von ihren Begleitern, und ohne ihre in feinen Pantoffeln steckenden Füße mit dem Kot der Straße zu beschmutzen.

Das Schluchzen neben ihr verstärkte sich. Die junge Frau, mit der sie sich während der Reise angefreundet hatte, hielt den Kopf gesenkt und fast ununterbrochen flossen Tränen über ihre Wangen und tropften hinunter auf den heißen Stein. So manch andere weinte, hatte ihr Gesicht hinter dem Schleier verborgen, während andere wieder neugierig umherblickten und leise tuschelten.

Sie selbst weinte nicht, auch wenn sie sich nicht weniger trostlos fühlte als ihre Schicksalsgenossinnen. Niemals würde sie den Männern mit hohen Turbanen, dunklen oder grauen Bärten und Blicken, die ihr selbst die wenigen Kleider, die man ihr noch gelassen hatte, vom Leib zu reißen schienen, dieses Zeichen ihrer Schwäche geben. Sie stand aufrecht und sah durch den Tumult und die Menschen hindurch, so als wären sie nicht vorhanden.

Sklavenmärkte waren ein Teil der Welt in der sie lebte. Alle hatten Sklaven, zumindest jeder, der sie sich leisten konnte. Auch in ihrem Vaterhaus hatten sie die verschiedensten Arbeiten verrichtet und sie selbst hatte einmal eine Sklavin auf einem der Märkte von Konstantinopel ersteigert. Ein junges braunhäutiges Mädchen, fast noch ein Kind, das sie gedauert hatte, weil es so unglücklich und mager dort gestanden war, vor Angst fast in sich verkrochen. Sie war selbst nicht viel älter gewesen als die Kleine, hatte ihren Diener jedoch gedrängt, sie für einige Goldstücke zu erwerben und mit nach Hause zu nehmen. Das Mädchen war so dankbar gewesen und sie selbst hatte ihr bald ihre Zuneigung geschenkt, sie zu ihrer Dienerin und Vertrauten gemacht und kleine Geheimnisse mit ihr geteilt.

Ihre Freundin war jetzt daheim, in Sicherheit, während sie selbst auf einem solchen Markt feilgeboten wurde. Aber nicht in Konstantinopel, sondern in Bagdad. Der Stadt der Gottlosen, die einen Allah anbeteten und nicht die Heilige Dreifaltigkeit, und wo der Kalif ebenso uneingeschränkt herrschte wie der oströmische Kaiser über Byzanz. Sklavenhändler hatten sie überfallen, ihre Männer entweder getötet oder gefangen genommen und sie selbst hierher verschleppt. Solange sie sich einfügten, waren sie überraschend gut behandelt worden, nicht nur die Frauen, sondern auch die männlichen Sklaven, die nach der Reise allerdings in getrennten Quartieren untergebracht worden waren. Sie hatten reichlich zu essen bekommen und niemand war geschlagen worden.

Man hatte ihr sofort nach ihrer Ankunft in Bagdad die kostbaren, wenn auch zerrissenen und schmutzigen byzantinischen Kleider fortgenommen und sie mit den anderen Frauen, die für den „besseren“ Sklavenmarkt bestimmt waren, in ein Bad geführt, das die Händler offenbar zu diesem Zweck benutzten. Einige scheltende alte Weiber hatten sie gewaschen, abgetrocknet, ihr Haar frisiert, sie mit duftenden Ölen eingerieben und danach in ein feines, leichtes Gewand gehüllt, das mehr von ihrem Körper zeigte als es verbarg. In ihrer Kleidung unterschied sie sich nun durch nichts mehr von den anderen Frauen, und wäre nicht ihr rotes Haar gewesen, dessen Schimmer durch den zarten Schleier, den man ihr umgelegt hatte, nicht verborgen blieb, so hätte niemand geahnt, dass sie noch vor wenigen Wochen in Konstantinopel gelebt hatte, dem Zentrum der Christenheit.

Einige der Frauen hofften, von reichen Kaufleuten heimgeführt zu werden, die sie nicht nur zu ihren Dienerinnen, sondern später auch zu ihren Konkubinen machten, und nicht bei einem armen Mann zu enden, dem sie nur die niedrigsten Dienste verrichten mussten.

Andere wieder, die sich überraschend schnell mit ihrem Los abgefunden hatten, sprachen sogar davon, dass der Kalif selbst immer wieder junge Sklavinnen erwarb, die er dann in seinen Harem steckte, wo sie behandelt wurden wie Prinzessinnen. Jene, die das Glück hatten, ihm ein Kind zu schenken, gewannen sofort die Freiheit und blieben nicht als Sklavinnen in seinem Palast, sondern als seine Konkubinen.

Fedora dagegen hätte es vorgezogen, den Rest ihres Lebens als Dienstmagd bei einem armen Mann zu fristen, anstatt als lebendes Spielzeug für einen wolllüsternen Reichen zu dienen, der sich das Recht über sie und ihren Körper anmaßte.

Ihre Freundin zuckte zusammen und trat schnell einen Schritt zurück, als der Händler seinem Gehilfen ein Zeichen gab und dieser auf sie zukam. Sie war jedoch nicht die nächste, sondern Fedora war es. Der Mann, ein schmieriger, schmutziger Mensch, packte sie an dem geflochtenen bunten Seidenband, mit dem man ihre Hände gefesselt hatte, und zerrte sie auf ein Podest.

Sie verstand nicht was der Händler sagte, fühlte nur die Blicke der Fremden, deren Augen im grellen Sonnenlicht von den ausladenden Turbanen beschattet wurden, während er auf sie zeigte und sie anzupreisen schien. Sie presste die Lippen aufeinander als der Mann sie am Arm fasste, sie herumdrehte, damit die anderen sie von allen Seiten bestaunen konnten. Schon längst hatte er das Tuch von ihrem Haar gerissen, das nun in der Sonne brandrot leuchtete und die Männer zu erstaunten Ausrufen veranlassten.

Der Händler schien einen Preis auszurufen, einige der Käufer schrieen etwas zurück, aber er wackelte ungeduldig mit dem Kopf, offenbar wollte er den Preis noch in die Höhe treiben. Ein älterer, durch sein kostbares Gewand hervorstechender Mann hob die Hände und streckte alle zehn Finger aus. Dann ballte er wieder die Faust, streckte die Finger abermals aus. Fedora hatte keine Ahnung, was er damit für sie bot, aber das vom Bart halb verborgene Lächeln des Händlers ließ auf einen guten Preis schließen. Er sah in die Runde, hob die Arme, schien die Käufer aufzufordern, mehr zu bieten.

Fedora starrte auf den Mann, der so viel für sie geboten hatte. Das war also ihr zukünftiger Besitzer. Bei dem Gedanken daran krampfte sich etwas in ihrem Magen und ihrer Kehle zusammen und sie hätte alles darum gegeben, jetzt alleine sein zu können, sich irgendwo zu verkriechen und zu weinen bis sie keine Tränen mehr hatte. Ihr zukünftiger Besitzer. Sie, eine Frau aus kaiserlichem Geblüt, war nichts weiter als eine Sklavin, die wie das Vieh am Markt feilgeboten wurde.

Die harte Stimme des Händlers drang wieder an ihr Ohr, als er jedoch in ihr Haar griff, um es zu lösen, und auch an ihrem Gewand zerrte, um den Käufern mehr von ihrer körperlichen Schönheit preiszugeben, vergaß sie ihre Angst und fuhr wütend auf ihn los.

„Wage es nicht, du schmutzige Kreatur, mich anzurühren! Du hast mich geraubt, mich entführt und kannst mich auch verkaufen, ohne dass ich mich wehren kann! Aber wage es nicht, mich mit deinen abscheulichen Fingern zu berühren!"

Der Händler war unwillkürlich zurückgezuckt, hatte wohl kein Wort verstanden, weil Fedora Griechisch gesprochen hatte, aber sein Gesicht verzerrte sich vor Zorn und er hob die Hand um sie zu schlagen. Fedora wich keine Handbreit zurück, bereit, den Schlag furchtlos entgegenzunehmen, als in diesem Moment eine volltönende Stimme aus der Menge erklang: „Fünfhundert Dinar!"

Der Sklavenhändler ließ von ihr ab und wandte sich dem Sprecher zu, dessen Gesicht halb hinter dem Zipfel seines schwarzen Turbans versteckt war. Er grinste, verbeugte sich, wiederholte die Summe und sah aufmunternd zu dem reichen Alten, der Fedora abschätzend musterte, bevor er das Angebot übertrumpfte. „Siebenhundert!"

Der Neuankömmling erhöhte mit ruhiger Stimme die Summe. Fedora versuchte, durch die sengende und blendende Sonne hindurch sein Gesicht zu erkennen. Er trug einfache, aber saubere Kleidung, weitaus bescheidener als jene des anderen, der nun ärgerlich eine Summe nannte, die dem Händler ein offenes Grinsen entlockte.

Fedora drehte angewidert den Kopf weg, als sich das wuchernde Gestrüpp seines Bartes teilte und eine löchrige Reihe gelber Zähne sehen ließ. Als er sich, sichtlich in der Hoffnung, den Preis noch weiter zu treiben, wieder dem zweiten Bieter zuwandte, hob der nur die Hände, wandte sich um und ging.

Seltsam enttäuscht sah Fedora ihm nach. Er war ein bisschen größer als die anderen und sie konnte seinen Weg verfolgen, bis er von einigen Kamelen verdeckt wurde, die soeben mit Lasten beladen den Platz durchquerten. Sie wusste nicht weshalb - schließlich war einer wohl nicht besser als der andere - aber seine Stimme allein hatte ihr Vertrauen erweckt. Sie war ruhig gewesen, angenehm dunkel und nicht so hart wie die der anderen.

In der Zwischenzeit war der Handel abgeschlossen worden und Fedora sah sich einem Diener gegenüber, der auf einen Wink seines Herrn hin ihre seidenen Fesseln erfasste und sie vom Podest führte. Man warf ihr ein dunkles Tuch über, das ihren Kopf und ihren Körper fast völlig verdeckte, und ihr neuer Besitzer wandte sich, ohne ihr noch einen Blick zuzuwerfen, um und ging davon.

Fedora, die keine andere Wahl hatte, folgte hocherhobenen Hauptes. Sie mochten sie vielleicht als Sklavin hierher geschleppt und an den Meistbietenden verkauft haben, aber sie würde ihnen nicht die Genugtuung geben, sie klein und erbärmlich zu sehen.

Sie kamen bei der Gruppe der anderen zum Verkauf stehenden Sklavinnen vorbei, und Helena schenkte ihr unter Tränen ein trauriges Lächeln. „Gott schütze dich", flüsterte sie ihr zu, „und er erbarme sich unser."

Der Weg schien endlos zu sein. Ihr neuer Gebieter hatte sich schon längst in eine bequeme Sänfte gesetzt und ließ sich von zwei kräftigen Männern tragen, während der Diener mit ihr hinterher trottete, vorbei an Händlern, Lastenträgern und Bettlern, die er abwehrte, wenn sie zudringlich werden wollten. Fedora war versucht gewesen, sich von ihm loszureißen, um in den überfüllten Straßen zu entkommen, aber er hielt die Fesseln so fest, dass sie ihr alleine schon beim Anziehen ins Fleisch schnitten.

Sie war überrascht, als sie plötzlich aus den engen Gassen auf einen weiten Platz kamen, der von mächtigen, mit einer Mauer verbundenen Türmen beherrscht wurde. Man führte sie weiter und bei ihrer Annäherung öffnete sich ein breites Tor, durch das die Sänfte verschwand. Sie selbst wurde ebenfalls hindurchgeführt und fand sich in einem Hof wieder mit den Ausmaßen eines kleinen Platzes, an dessen gegenüberliegenden Seite ein Gebäude stand, das nicht weniger prächtig war, als der Palast des byzantinischen Kaisers.

Der Diener zerrte sie weiter, als sie sich neugierig umsehen wollte. Sie betraten das Gebäude jedoch nicht wie ihr Käufer durch das Haupttor, sondern durch einen Nebeneingang. Ein kühler Gang, dessen Fenster vergittert waren, weiche Teppiche am Boden, die den Lärm der Schritte dämpften, dann grimmig aussehende Wachen mit Krummsäbeln. Ein kunstvoll geschmiedetes Tor wurde geöffnet, ihr Begleiter schob einen Teppich zur Seite und Fedora betrat jenen Ort, der ihr als zukünftige Heimat zugedacht war: den Harem.

Für Momente vergaß Fedora vor Staunen ihre Angst. Mitten im Raum war ein großes Becken, in dessen Mitte ein kleiner Springbrunnen plätscherte, überall waren Vasen und Gefäße mit blühenden Pflanzen und es duftete herrlich nach Rosmarin und Aloe. Durchsichtige Vorhänge unterteilten den Raum in kleinere Bereiche und ringsum standen

Dienerinnen und fächerten den auf weichen Kissen lagernden Frauen Kühlung zu. Noch nie hatte Fedora so viele schöne Frauen zugleich gesehen. Sie waren prächtig angetan mit kostbaren Kleidern und Schmuck, durch ihr Haar zogen sich Perlen- und Juwelenschnüre und bei jeder Bewegung hörte man das leise Klingen der edlen Steine, mit denen sie sich geschmückt hatten.

Ein weiterer Diener erschien, dem sie übergeben wurde. Er löste ihre Handfesseln und winkte einigen der jungen Dienerinnen zu, die mit vor der Brust überkreuzten Armen an der Wand standen, bereit, die Befehle ihrer Herrinnen auszuführen. Sie nahmen Fedora in ihre Mitte und brachten sie in einen mit wertvollen Kacheln belegten Raum. Es waren mehrere Wasserbecken darin und nachdem man Fedora ihre Kleider vom Leib gezogen hatte, bedeutete man ihr, hinein zu steigen. Sie tat dies ohne Widerrede. Zum einen, weil sie es vom Haus des Sklavenhändlers schon so gewohnt war, und zum anderen, weil das kühle Wasser sie erfrischte. Der Weg vom Sklavenmarkt war lang gewesen, in den engen Gassen, in die kaum ein Lichtstrahl drang, war die Luft stickig und erfüllt von den Ausdünstungen von Mensch und Tier. Hier jedoch war es sauber, Duftwolken hüllten sie ein und zu ihrer Erleichterung brachte man sogar einen Krug mit süßem Zuckerwasser und einige Leckerbissen, mit denen sie Hunger und Durst stillen konnte.

Sie konnte sich diesem Genuss jedoch nicht ungestört hingeben, da die anderen Frauen ihre bequemen Plätze auf den Kissen aufgegeben hatten und sich nun um das Becken drängten, um den Neuankömmling anzustarren. Sie tuschelten, zeigten auf sie, einige kicherten und zwei gingen sogar so weit, sich über das Becken zu beugen und Fedoras Haar zu berühren. Sie zog sich mit einem wütenden Blick auf die beiden in die Mitte des Beckens zurück, bis zum Hals im Wasser eingetaucht, um wenigstens ihren Körper vor der Neugier der anderen zu schützen.

Zu ihrer Erleichterung trat eine ältere Frau ein, bei deren Anblick die Mädchen das Weite suchten und Fedora mit der anderen alleine ließen. Diese sagte etwas zu ihr.

Fedora hatte auf der Reise nach Bagdad nur wenige Worte von dieser Sprache gelernt, aber sie verstand immerhin soviel, dass sie aus dem Bad kommen sollte. Sie stieg heraus und wurde von einigen Dienerinnen in Empfang genommen, die ihren Körper mit einer dicken Paste einrieben. Fedora, die schon lange erkannt hatte, dass es nutzlos war, sich zu wehren, hielt mit angehaltenem Atem still, als die Frauen die Paste wieder mit einem Messer abzogen. Auch daheim gab es viele der reichen Damen, die ihre Körperbehaarung entfernten – sie selbst hatte sich immer davor gescheut, jetzt jedoch hatte sie keine andere Wahl. Als eine der Dienerinnen auch das rote Dreieck ihrer Scham rasieren wollte, hielt die ältere Frau, die hier offenbar eine übergeordnete Stellung einnahm, sie davon ab. Sie sagte etwas, die anderen kicherten und begnügten sich damit, Fedora wieder ins Bad zu tauchen und dann mit weichen Tüchern abzutrocknen. Schließlich wurde sie mit duftenden Ölen gesalbt und dann in kostbare Gewänder gehüllt.

Die ältere Frau beaufsichtigte alles, war nicht unfreundlich, lächelte, sprach auf sie ein und Fedora begriff so viel, dass der alte Mann sie nicht für sich selbst, sondern für seinen Herrn gekauft hatte. Ibrahim al-Fadal war sein Name und er war der Sohn des Wesirs, dem nach dem Kalifen mächtigsten Mann im Land.

„Der Gebieter", flüsterte eine dunkelhäutige Schönheit ihrer Freundin zu und erhob sich, um ihrem Herrn entgegenzueilen.

Fedora befand sich nun schon seit drei Tagen im Harem dieses Mannes, ohne ihn bisher zu Gesicht bekommen zu haben. Abgesehen von den Frauen und einem Eunuchen, der für die Ordnung und die Erfüllung aller Wünsche der Haremsdamen zuständig war, war niemand zu ihnen gekommen. Sie hatte die Gelegenheit genutzt, ihr schimmerndes und glitzerndes Gefängnis zu erforschen, war jedoch immer nur an Fenstergitter gestoßen und hatte bald bemerkt, dass es nur einen einzigen Ausgang aus diesen Räumlichkeiten gab. Dieser war jedoch nicht nur durch besagte Eisentür verschlossen, sondern es hielten Tag und Nacht auch zwei kräftige Eunuchen davor Wache, bereit, jeden Flüchtling aufzuhalten und jedem Fremden den Zugang zu verwehren. Fedora hatte mit Staunen bemerkt, dass von diesen Frauen jedoch ohnehin keine an Flucht dachte. Im Gegenteil, sie schienen sich sogar sehr wohl zu fühlen, ließen sich von den Dienerinnen verwöhnten, naschten den ganzen Tag Zuckerwerk und gaben sich in jeder Beziehung dem Genuss und dem Nichtstun hin. Ihr eigener Körper schien für sie im Mittelpunkt ihres Interesses zu stehen und sie konnten Stunden damit verbringen, ihr Haar zu frisieren, sich massieren und ihre zarte Haut mit duftenden Ölen einreiben zu lassen.

Fedora hatte den Plan gefasst gehabt, ihrem Besitzer, sobald sie seiner ansichtig wurde, vorzuschlagen, sie gegen Gold, das sie ihm anbieten wollte, gehen zu lassen. Es war nicht unüblich, dass zwischen Konstantinopel und Bagdad Gefangene ausgetauscht oder gegen Lösegeld frei gelassen wurden, und sie gedachte, diese einzige sich ihr noch bietende Fluchtmöglichkeit zu nutzen. Als jedoch einige der Frauen, offenbar seine Favoritinnen, zu ihm gerufen wurden und erst am nächsten Tag wieder zurückkehrten, kam sie von diesem Plan ab und zog es vor, sich im Hintergrund zu halten und abzuwarten. Die Mädchen hatten erschöpft ausgesehen und zwei davon hatte sogar Striemen am Rücken gehabt, die von den Dienerinnen mit allerlei Salben behandelt wurden. Eine der jungen Frauen, mit denen sie sich den Schlafplatz teilen musste und die ein wenig Griechisch sprach, hatte ihr zugeflüstert, dass Ibrahim ein sehr strenger Herr war, der jeden Anflug von Ungehorsam schon im Keim erstickte und oftmals Gefallen daran fand, Sklavinnen, die nicht sofort jeden seiner Wünsche erfüllten, zu misshandeln.

Fedora, die dem Treffen mit diesem Mann ohnehin schon entgegengebangt hatte, wünschte sich nun mehr denn je weit weg und bereute zutiefst ihre Dummheit, die sie in die Hände der Sklavenjäger getrieben hatte. Um wie viel besser hätte sie es nun daheim haben können! In einem

Palast, der diesem an Pracht um Nichts nachstand, mit Dienerinnen, die sie umhegten, und der Gewissheit, nicht der Willkür eines Mannes ausgesetzt zu sein, der alles mit ihr tun konnte, was ihm in den Sinn kam, nur weil er sie auf einem Sklavenmarkt käuflich erworben hatte. In ihrer Heimat verhielten sich anständige Frauen in der Öffentlichkeit zurückhaltend, waren im eigenen Heim jedoch die uneingeschränkten Herrinnen über die Frauengemächer, die selbst der Kaiser in seinem Palast nicht unerlaubt betreten durfte.

Aber hier war nicht Konstantinopel und sie war nicht die Herrin ihres Palastes, sondern eine gekaufte Sklavin, die zum ersten Mal jenen Mann sehen sollte, von dem es abhing, ob sie hier bleiben musste oder die Freiheit erhielt, nach Hause zurückzukehren. Sie war zwar aus gutem Grund aus Konstantinopel geflohen, aber je länger sie sich hier aufhielt, desto geringer schien ihr das Übel, das sie daheim erwartet hätte.

Die Wächter stießen die Vorhänge zur Seite und Ibrahim trat im Gefolge von zwei jungen Männern ein, deren kräftige Oberkörper nackt waren, und die um den Hals lederne Bänder trugen, wie Fedora es bei den Jagdhunden ihres Onkels gesehen hatte. In der allgemeinen Aufregung, in der die Sklavinnen ihren Gebieter umschwärmten, auf ihn einsprachen, kicherten und sich ihm förmlich zu Füßen warfen, gelang es Fedora, sich hinter einen Vorhang zurückzuziehen, wo - so dachte sie jedenfalls – ihr Käufer sie vorerst nicht finden würde.

Sie sollte sich jedoch falschen Hoffnungen hingegeben haben, denn kaum hatte er den Raum betreten, sah er sich auch schon suchend um. Auf seine Frage zeigte eine schwarzhaarige Sklavin auf Fedora. Zwei der Frauen kamen gelaufen und zogen die Widerstrebende kichernd hinter dem Vorhang hervor, bis vor ihren Herrn, der sich schwer in einen Haufen von Kissen hatte fallen lassen. Er lachte und streichelte einer seiner Frauen, die sich sofort neben ihn gekniet hatte, über die Brüste, während er seine Blicke über Fedora schweifen ließ, die angeekelt sah, wie er sich mit der Zunge genießerisch über die Lippen leckte.

Es war noch schlimmer als sie befürchtet hatte. Insgeheim hatte sie trotz allem, was ihr bisher flüsternd über ihn zu Ohren war, zumindest noch einen halbwegs ansehnlichen Mann erwartet. Dieser jedoch war zutiefst abstoßend. Alles an ihm. Seine fettige Stimme, sein rundes Gesicht, das dem Mond zu ähneln schien, sein kräftiger Bart. Er war so dick wie die beiden jungen Männer zusammen, die jetzt links und rechts neben ihm Aufstellung genommen hatten und so taten, als würden sie nichts von dem sehen und hören, was hier vor sich ging.

Ibrahim sagte etwas zu ihr, aber Fedora schüttelte den Kopf. „Ich verstehe Euch nicht", antwortete sie auf Griechisch, der Sprache ihrer Heimat.

„So? Du verstehst mich nicht!" Ibrahim lachte. Er bediente sich jetzt ebenfalls des Griechischen, aber nur sehr gebrochen und mit starkem Akzent. „Wahrhaftig, Hassan hat nicht übertrieben. Ein wahres Prachtstückchen hat er mir hier gebracht. Frisch und saftig. Und noch ganz unberührt, wie er mir sagte."

Fedora presste die Lippen aufeinander. Bevor sie auf dem Sklavenmarkt zur Schau gestellt worden war, hatte im Bad eine der älteren Dienerinnen, noch ehe sie sich hatte dagegen wehren können, blitzschnell zwischen ihre Beine gegriffen. Fedora hatte sie weggestoßen und beinahe geschlagen, aber die Alte hatte nur zufrieden gekichert und zu ihrer Begleiterin eine Bemerkung gemacht, die Fedora nicht hatte verstehen können. Jetzt wusste sie, was die Alte damit bezweckt hatte.

Ihr Besitzer setzte die Prüfung ihres Äußeren fort, „Ich werde dann bald feststellen, ob er nicht gelogen hat oder betrogen wurde." Er beugte sich etwas zu ihr vor, „Ich mag frisches Fleisch, an dem noch kein anderer vor mir seine Manneskraft bewiesen hat. Es ist süß und erregend und schmeckt dem Kenner besser als benutzte Ware. Komm ein bisschen näher."

Als Fedora stehen blieb, zogen die beiden Frauen, die sie zuvor geholt hatten, sie weiter und von hinten schoben noch einige nach. Ibrahim lachte schallend, „Du bist noch schüchtern, mein Hühnchen! Aber das wird sich bald geben und dann wirst du mit den anderen wetteifern, mein Lager mit mir zu teilen!“

Fedora sah sich trotz ihrer Gegenwehr knapp vor ihm wieder. Er hob die Hand und betastete ihr Brüste, die von dem fast durchsichtigen Gewand kaum verhüllt waren. „Nicht sehr groß“, sagte er, „aber fest. Ich werde hübsche rothaarige Kinder mit dir zeugen!“ Er lachte wieder und Fedora drehte angewidert den Kopf weg.

„Jetzt komm! Setz dich hierher.“

Fedora sah sich weitergeschoben und ehe sie sich wehren konnte, hatte er sie auch schon neben sich gezerrt, fuhr gierig mit der Hand über ihren Körper und presste seine wulstigen Lippen auf ihren Hals. „Halt still“, fuhr er sie wütend an, als sie versuchte, sich aus seinem Griff zu befreien.“

„Lasst mich!“

Ibrahim war ein schwerer Mann, der wohl das Dreifache an Gewicht von ihr hatte, und Fedora versagten die Kräfte, als er sich über sie rollte. Plötzlich war seine Hand unter ihrem Gewand und griff derb zwischen ihre Beine. „Tatsächlich“, keuchte er zufrieden, sein Atem roch säuerlich und Schweiß stand auf seiner Stirn, „Hassan hat die Wahrheit gesagt... Und jetzt sei ein bisschen lieb zu mir. Streichle mich, errege meine Lust.“ Fedoras Widerwillen wuchs ins Unermessliche, als er begann ihren Körper zu betasten und sie derb zwischen den Beinen zu streicheln. Sie kämpfte um ihre Freiheit und es gelang ihr, sich unter ihm hervorzuwinden. Als sie jedoch aufspringen und weglaufen wollte, griffen die beiden Wächter nach ihr und hielten sie fest.

Ibrahim setzte sich schnaufend auf. „Eine schüchterne kleine Katze, aber das kann auch sehr reizvoll sein. Warte nur, dich bekomme ich schon! Und dann werde ich dir deine Schüchternheit austreiben, bis du glaubst, nicht mehr ohne meinen Stab der Freude leben zu können.“ Er winkte den anderen Frauen zu, die sich sofort an seine Seite begaben und auf seinen Befehl hin begannen ihn zu liebkosten, zu streicheln, zu küssen, auch an Stellen, über deren Vorhandensein Fedora am liebsten Unwissenheit bewahrt hätte. Sie wollte sich abwenden, starrte dann jedoch fasziniert hin.

Die Anstrengungen der Frauen schienen von Erfolg gekrönt zu sein, denn Fedora sah mit Erstaunen, wie etwas zwischen seinen Beinen herauswuchs, das sie nur als hässlich und abstoßend bezeichnen konnte. Kurz und dick war es, mit einer dunkelroten Spitze. Die Frauen schienen weniger Abscheu zu empfinden, denn sie herzten es, als wäre es der Mittelpunkt ihrer Sehnsüchte, und eine hellhaarige Schönheit ging sogar so weit, es zwischen ihre Lippen zu nehmen und tief in ihren Mund einzuführen. Sie begann zu saugen, während zwei andere fortlaufend um Ibrahim bemüht waren, ihn streichelten, küssten und gurrend lachten, wenn er ihre Brüste presste, während er in einen Zustand der Erregung verfiel, der Fedora nur befremdlich erscheinen konnte. Er keuchte, stöhnte wie ein Leidender, der sich in unheilbaren Krämpfen wand, und stieß plötzlich einen kehligen Schrei aus, der Fedora erschrocken zusammenzucken ließ. Sie sah wieder auf die Hellhaarige, in der Annahme, sie hätte aus irgendeinem Grund zugebissen, aber diese lächelte nur, saugte weiter, wobei sie ihre beiden Hände um Ibrahims Glied legte und zuerst sanft und dann stärker zu ziehen begann, als wollte sie eine Kuh melken, und dann noch einige andere Kunstgriffe anwandte, die Ibrahim Befriedigung zu verschaffen schienen.

„Ja", keuchte ihr Herr, „ja, ich fühle, wie ich wieder kräftig werde. Mach weiter so… mach weiter…" Er schloss die Augen, „Mach weiter, weiter… tiefer… streichle mich tiefer… So… genug. Genug!" Er packte die blonde Frau an den Haaren und zerrte sie von sich weg. „Genug, habe ich gesagt!" Sein Blick fand Fedora, die vor Ekel und Angst zitterte. „Bringt sie wieder her! Diesmal will ich in ihr frisches Fleisch stoßen."

Die beiden Männer hielten Fedoras Arme wie mit Eisenklammern umfasst und sie musste es dulden, abermals neben Ibrahim gezerrt und dort auf dem Rücken liegend zu Boden gedrückt zu werden. Einer der Männer hielt ihre

Arme fest, während Ibrahim mit einem Ruck die seidige Hose von ihren Hüften zog, sodass ihr Unterkörper frei vor ihm lag. Er lachte, als er sie unbekleidet sah, kraulte ihr dunkelrotes Dreieck und sagte etwas zu den anderen Frauen, die daraufhin kicherten. Dann kroch er auf allen Vieren über sie. Sein ‚Stab der Freude' wie er ihn genannt hatte, stand steif weg und plötzlich wusste Fedora, die bis zu diesem Moment in diesen Dingen völlig unerfahren gewesen war, dass er versuchen würde, damit in sie einzudringen. Mit der einen Hand stützte er sich neben ihr auf, während er seine andere derb zwischen ihre Beine schob und zu ihrem steigenden Entsetzen so tief und grob mit den Fingern in sie eindrang, dass sie einen Laut des Schmerzes unterdrücken musste. Eine der Frauen reichte ihm auf seinen Wink hin einen Krug mit Öl, das er auf ihre Scham goss.

„So", sagte er heiser, „jetzt werde ich dir geben, was du brauchst, meine rothaarige Katze. Und zwar so oft und so stark, bis du um Gnade winselst."

Er wollte sich soeben schwer auf sie fallen lassen, als Fedora alle ihre Kräfte zusammennahm und sich mit einem Ruck losriss. Sie schlug zu so fest sie konnte, und sah mit Genugtuung, dass Ibrahims feistes Gesicht sich bei dem Schlag förmlich verformte. Im nächsten Moment kratzte sie ihn quer über die Wange, sodass sogar einige Haare seines Bartes unter ihren Fingernägeln hängen blieben. Ibrahim schrie diesmal nicht vor Lust, sondern vor Zorn und Schmerz auf, aber ehe er nach ihr greifen konnte, hatte sie sich auch schon unter ihm herausgewunden und lief zum Ausgang hin. Die anderen Frauen kreischten, einige kicherten hysterisch, und dann hatten die beiden Wächter sie wieder eingefangen und schleppten sie zurück zu ihrem Herrn. Dieser hockte mit blutigem Gesicht und einem gefährlichen Glimmen in den Augen auf den Kissen, während drei seiner Frauen gleichzeitig um ihn bemüht waren.

„Das wirst du mir büßen, du Tochter einer Hyäne", fuhr er sie böse an. „Lasst mich jetzt!" Er stieß die anderen Frauen fort, stand auf und trat dicht vor Fedora hin. „Das wirst du mir büßen!" Er hob bei diesen Worten die Hand und die schallende Ohrfeige ließ sie gegen die beiden Männer taumeln. Etwas Nasses, Warmes, rann ihr über das Kinn und den Hals hinab, und als sie hingriff, war ihre Hand rot von ihrem eigenen Blut. Der derbe Schlag hatte ihre Lippe aufplatzen lassen. Bevor sie sich jedoch klarmachen konnte was geschehen war, traf sie schon der nächste Hieb. Dann griff er nach ihr, schleppte sie an den Haaren durch den Raum, wobei er unablässig mit der Faust auf sie einschlug. Sie stolperte, fiel mit dem Kopf gegen die Wand, ein stechender Schmerz durchzuckte sie und dann gaben ihre Knie nach und sie sank zu Boden.

Die Männer zerrten sie wieder hoch. „Zuerst erhält sie zweihundert Schläge", sagte Ibrahim böse, seine Wange betastend, die immer noch blutete. „Wenn sie dabei in Ohnmacht fällt, schüttet Wasser über sie und macht erst wieder weiter, bis sie sich ihres Verbrechens und der verdienten Strafe wieder bewusst wird. Es soll Tage dauern und ich möchte sehen, wie sich das Fleisch von ihren Knochen löst! Und dann schlagt ihr den Kopf ab und bringt ihn mir, damit ich ihn auf eine Stange spießen kann, zur Abschreckung für alle jene, die es wagen, sich gegen ihren Herren aufzulehnen!"

Die Männer zogen Fedora, die kaum stehen konnte, fort.

„Aber erst morgen früh!" schrie Ibrahim ihnen nach. „Bis dahin sperrt sie ein, damit sie noch über ihr Verbrechen nachdenken kann!"

Fedoras Beine wollten sie nicht mehr tragen, als man sie über lange Gänge in einen fensterlosen Raum schleppte. Sie stießen sie einfach hinein, Fedora stolperte, stürzte, etwas Weiches unter ihr quietschte auf. Eine schwere Holztür wurde zugeworfen und dann sie war allein.

Sie brauchte einige Zeit, bis sie wieder zu sich fand und begriff, was geschehen war. Ihr Kopf und ihr ganzer Körper schmerzte und sie fühlte sich elend wie nie zuvor in ihrem Leben. Sie war nicht wirklich allein in dieser Finsternis, kleine dunkle Wesen huschten umher und Fedora schrie auf, als eines davon über ihr Bein lief. Sie tastete sich zurück, bis sie an eine Wand stieß, dort lehnte sie sich an, zog die Beine an den Körper und versuchte, ihrer Angst, ihrem Schmerz und ihrem Ekel Herr zu werden.

Sie hatte ihren Besitzer, ihren Herrn und ihren Gebieter, verletzt. Er hatte sich zwar schon gerächt, indem er sie mit Schlägen bedeckt hatte, deren Wucht sie jetzt noch auf ihrem Körper fühlte, aber das war ihm nicht genug. Auspeitschen wollte er sie lassen. Fedora zitterte am ganzen Körper als sie daran dachte. Zweihundert Peitschenhiebe. Sie hatte einmal als Kind zugesehen, wie ein ungehorsamer Sklave am Hof des Kaisers ausgepeitscht worden war. Der Bedauernswerte war stehend zwischen zwei Stangen gebunden worden und dann hatte der Henker zugeschlagen. Schon beim ersten Schlag war das Fleisch aufgeplatzt. Der Mann hatte erbärmlich geschrieen, aber man hatte weitergemacht. Ihr Vater hatte sie schnell fortgebracht und sein weinendes Mädchen getröstet, aber die Erinnerung daran war sie niemals mehr losgeworden. Dabei war diese Strafe üblich, manchmal fast die Regel. Und doch empfand Fedora immer noch dasselbe Entsetzen wie damals als kleines Kind.

Zweihundert Schläge. Wie sollte ein Mensch, eine zarte Frau, das überleben können? *Und wenn es Tage dauert'*, hatte er gesagt. Sie würde das Schwert des Henkers als Erlösung willkommen heißen.

„Aber ich werde Euch kein Schauspiel bieten", flüsterte sie erstickt. „Du wirst mich nicht wimmernd und klein sehen, du Elender. Diese Genugtuung werde ich dir nicht geben." Mit diesem Gedanken schloss sie die Augen, faltete die Hände und betete.

Fedora war die ganze Nacht wach gewesen. Selbst wenn die Schmerzen und die kleinen Nager, die unaufhörlich in Bewegung waren, sie hätten schlafen lassen, so waren da immer noch die Angst und das Grauen vor dem, was sie erwartete. Sie zuckte zusammen, als schwere Schritte ertönten, dann wurde die Tür aufgestoßen und die beiden Männer, die sie schon hierher geschleppt hatten, fassten sie und zerrten sie hinaus. Sie gelangten über einen Gang direkt auf einen großen Hof, der vermutlich regelmäßig für Bestrafungen oder Hinrichtungen verwendet wurde. Fedora sah Eisenketten an den Mauern, seltsame, umgekehrt liegende Bänke, deren Beine hinaufragten, ein Becken mit glühenden Kohlen und einen kräftigen Mann, der eine Peitsche in der Hand hielt.

Man führte sie zur Wand hin, dann legte einer der Männer die Ketten um ihre Handgelenke und zog an, bis sie fast auf den Zehenspitzen stand. Jemand riss ihr mit einem Ruck das ohnehin schon zerrissene Gewand vom Körper, sodass sie nackt war. Aber das war ihr seltsam gleichgültig. Was sie erwartete, ließ alle Scham im Keim ersticken.

Fedora biss die Zähne zusammen, um gegen das Zittern, das sie ergriffen hatte, anzukämpfen. Sie hatte Angst, schreckliche Angst vor dem, was ihr jetzt bevorstand, und sie betete um genügend Kraft, um den anderen gegenüber nicht ihre Schwäche zu zeigen. Als sie den Hof betreten hatte, war ihr nicht verborgen geblieben, dass Ibrahim auf der anderen Seite an einem Fenster stand. Er wollte vermutlich zusehen, wie man das Urteil an ihr vollstreckte, aber sie würde ihm nicht die Genugtuung geben, sie um Gnade flehen zu hören.

Noch geschah nichts. Fedora wartete auf den ersten Schlag, aber er kam nicht. Sie wandte vorsichtig den Kopf. Ibrahim stand immer noch dort und trotz der Entfernung konnte sie den Hass in seinen Augen sehen. Plötzlich klatschte er in die Hände und im selben Moment, so, als hätte er nur darauf gewartet, ließ der Henker die Peitsche auf ihren Rücken knallen.

Sie stöhnte auf, hatte sich jedoch sofort wieder in der Gewalt. Der nächste Hieb kam weniger unerwartet, aber nicht minder schmerzhaft. Dann folgte einer nach dem anderen. Sie zählte mit. Je länger sie durchhielt ohne in Ohnmacht zu fallen, desto schneller konnte sie die Erlösung durch das Schwert erwarten.

Plötzlich, mitten in das Pfeifen der Peitsche und das Klatschen auf ihrer Haut, ertönte eine scharfe, befehlende

Stimme über den Hof. Der Henker hielt ein. Es waren erst vierzehn Schläge, die sie erhalten hatte. Noch unzählige mehr, bis sie endlich der Gnade des Todes teilhaftig werden konnte. Stunden von Qual und Schmerzen standen ihr noch bevor und sie wollte nichts, als sie so schnell wie möglich hinter sich bringen, um das Unvermeidliche nicht hinauszuzögern.

Sie wartete, aber der nächste Schlag kam nicht. War das eine Teufelei von Ibrahim? Wollte er ihr ein wenig Erholung gönnen, um ihr die Schläge dann umso bewusster zu machen?

Da war seine Stimme. Sie klang laut und wütend, brach jedoch abrupt ab. Durch das Rauschen in ihren Ohren hörte sie Schritte, die sich näherten, wieder diese befehlende dunkle Stimme, und dann wurde sie losgebunden. Sie sollten aber nicht aufhören, sie sollten weitermachen, es vorüber gehen lassen. Der Tod war ihr ohnehin gewiss. Keine weiteren, hinausgezögerten Qualen mehr…

„Nicht", sie klammerte sich an der Kette fest, um nicht zusammenzusacken, „ich will nicht…"

Zwei kräftige Arme packten sie, hoben sie hoch, berührten dabei die offenen Striemen auf ihrem Rücken. Sie presste die Zähne zusammen, bis sie knirschten, um keinen Laut von sich zu geben. Vor ihren Augen tanzen rote und schwarze Kreise und sie konnte nicht sehen, wohin man sich brachte, fühlte nur, dass sie längere Zeit getragen wurde. Ein leichtes Schaukeln, Schlagen von Wasser, Befehle, Worte, die, obwohl mit leiser Stimme gesprochen, in ihren Ohren dröhnten, dann verlor sie das Bewusstsein.

Sie erwachte erst wieder, als sie mit verblüffender Vorsicht und Zartheit abgesetzt wurde, sanfte Hände fassten nach ihr, eine beruhigende Stimme sprach auf sie ein und obwohl sie deren Worte nicht verstand, gab sie nach, ließ sich mit dem Gesicht nach unten auf ein weiches Lager betten. Jemand machte sich an ihrem Rücken zu schaffen, es brannte ein wenig, aber die Schmerzen waren erträglich, und langsam fand sie sich wieder in der Lage, ihre Umgebung wahrzunehmen und darüber nachzudenken, was geschehen war.

Man hatte sie aus einem unbekannten Grund nicht mehr in die kleine fensterlose Kammer gebracht, in der sie die vergangene Nacht verbracht hatte, sondern in einen hellen, freundlichen Raum. Die Fenster waren vergittert, aber die Gitter bestanden aus kostbaren Schnitzereien, die das grelle Tageslicht und die sengende Hitze dämpften und das Innere in ein angenehmes Dämmerlicht tauchten. In der Mitte des Raumes befand sich ein kleines Becken mit einem Springbrunnen, aus dem leise Wasser plätscherte und mit jedem Luftzug, der von den Fenstern hereinwehte, einen kühlen Hauch mit sich brachte.

Sie versuchte den Kopf zu heben, obwohl die Anstrengung die Schmerzen wieder stärker werden ließen, aber eine ruhige Stimme hielt sie davon ab.

„Du bist jetzt in Sicherheit. Bleib nur ruhig liegen, es wird dir nichts geschehen."

Fedora wandte langsam den Kopf nach der Sprecherin. Es war eine Frau mittleren Alters, mit hellem Haar und blauen Augen. Sie sprach Griechisch, die Sprache ihrer byzantinischen Heimat.

„Wo…" Sie konnte kaum sprechen, weil ihre aufgesprungene Lippe schmerzte und ihr Mund trocken war.

„Prinz Ahmed ist hinzugekommen, als Ibrahims Männer dich peitschten. Er hat ihnen Einhalt geboten und befohlen, dass man dich hierher bringt. Ich nehme an, er wird dich dem Sohn des Wesirs abkaufen."

Der Raum um Fedora schien sich zu drehen. Die Schmerzen in ihrem Rücken wurden stärker und ihre pochenden Lippen wollten ihr kaum gehorchen. „W…weshalb sollte… er…"

„Sprich jetzt nicht", sagte die andere beruhigend. „Es wird alles gut. Prinz Ahmed ist nicht der Mann, der zusieht, wie man eine Frau zu Tode peitscht. Auch nicht wenn es sich um eine Sklavin handelt. Hier", sie half ihr, sich ein wenig herumzudrehen und hielt ihr den Kopf, während sie ihr einen Becher an die Lippen setzte. „Trink das, das wird die Schmerzen lindern und dich schlafen lassen. Und wenn du aufwachst, wird es dir besser gehen. Dann werde ich dir alles erzählen. Und nun trink.“

Fedora schluckte gehorsam und fühlte fast unmittelbar darauf eine wohlige Wärme durch ihren Körper fließen. Ihre Glieder und ihr Kopf wurden seltsam leicht, die Angst verschwand und dann versank alles um sie herum.

Als sie erwachte, saß die andere wieder neben ihr, strich ihr zart übers Haar und lächelte sie an. „Nun, wie geht es dir heute?"

Fedora wollte sich aufsetzen, aber ein brennender Schmerz im Rücken hinderte sie daran.

„Nicht! Nicht so schnell. Du kannst schon aufstehen, aber langsam! Wir wollen doch nicht, dass die Striemen aufplatzen. Sie sollen gut verheilen, damit deine Haut wieder glatt und weich wird." Sie lachte leise, „Prinz Ahmed soll doch einen schönen Körper auf sein Lager bekommen, nicht wahr?"

Fedora sah sich um. Dann war es doch kein Traum gewesen: der behagliche Raum um sie herum, die geschnitzten Fensterläden, das Becken mit dem Brunnen in der Mitte und die weichen Kissen, die überall verteilt auf dem Boden lagen. Sie selbst ruhte auf seidigen Decken, ihr Oberkörper war unbekleidet und unwillkürlich bedeckte sie ihre nackten Brüste mit den Händen.

„Du musst dich hier nicht schämen", lachte die andere. „Aber es ist besser, wenn man die Wunden frei lässt. Sie sollen atmen können, dann geht der Heilungsprozess schneller vor sich. Du siehst ganz schrecklich aus, aber das wird alles verheilen." Sie besah sie mitleidig. „Hat er dich auch mit der Faust geschlagen?"

Fedora nickte und tastete mit dem Finger nach ihrer Lippe. Sie war geschwollen und schmerzte noch ein wenig. „Wie lange… habe ich geschlafen?"

„Die Sonne ist zweimal untergegangen", erhielt sie zur Antwort und die Frau, ihrem Gewand nach zu schließen eine der Dienerinnen, griff nach einem Becher. „Hier, das ist Milch, von der zartesten Kuh im Besitz des Prinzen. Sie wird dir gut tun."

Fedora fasste den Becher mit beiden Händen und trank gierig davon. Die Milch schmeckte frisch und süß und sie war erstaunt, wie kühl sie war. Sie war hungrig und durstig zugleich und konnte ihre Rettung kaum fassen. Aber… war sie denn wirklich gerettet? War sie nicht dem einen Teufel entgangen und dem anderen in die Hände gefallen? Was hatte diese Frau gesagt? Sie hatte von einem Prinzen gesprochen… Ahmed… Ja, das war der Name gewesen, den sie genannt hatte.

Als sie den Becher bis zum letzten Tropfen geleert hatte, sah sie die Dienerin fragend an. „Und jetzt sag mir, wo ich bin. Und weshalb. Und wer du bist.“

„Wo du bist, habe ich dir schon gesagt: du bist im Palast von Prinz Ahmed, der dich Ibrahim al-Fadal, dem Sohn des Wesirs, abgekauft hat. Und ich selbst bin Hayana, eine Dienerin.“

„Du sprichst meine Sprache und siehst gar nicht aus wie eine Araberin.“

„Das bin ich auch nicht – zumindest wurde ich in unweit von Konstantinopel geboren. Als Kind verkaufte mich mein Vater jedoch an einen Händler, weil wir arm waren und er noch vier weitere Töchter hatte, ohne Möglichkeit, sie an einen Mann zu verheiraten. Und dann landete ich hier, im Palast des Kalifen, als Dienerin von Dananir, die damals noch seine Lieblingskonkubine war, dann jedoch seine Gattin wurde. Da ich Griechisch, also deine Sprache spreche, hat Prinz Ahmed seine Mutter gebeten, mich in seinen Palast nehmen zu dürfen. Für deine Betreuung, bis du selbst genug Arabisch sprichst um zu verstehen und dich verständlich zu machen.“

„Weshalb sollte der Prinz mir solche Freundlichkeit erweisen?“ fragte Fedora misstrauisch.

Hayana zuckte mit den Achseln, „Der Prinz ist zu allen seinen Frauen freundlich. Er behandelt sie alle gut und sie lieben ihn dafür und beten ihn an. Du wirst ihn demnächst sehen. Er ist heute früh verreist, aber er wird bald wiederkommen, und noch bevor der Mond das zweite Mal voll ist, wirst du ihm deine Dankbarkeit für deine Rettung zu Füßen legen können.“

In den folgenden Wochen blieb Fedora meist sich selbst überlassen. Lediglich Hayana war um sie und einige Mädchen, die sie bedienten, ihre Wünsche erfüllten und sie mit einer Behaglichkeit umgaben, die sie nicht einmal im Hause ihres Vaters gekannt hatte.

Ihre Lippe war gesundet und die dunklen, blutunterlaufenen Flecken auf ihrem Körper verschwanden. Auch ihr Rücken war schon bald fast völlig verheilt und nur gelegentlich ein kleines Ziehen erinnerte sie daran, dass sie nahe davor gewesen war, auf Befehl eines hasserfüllten Mannes halb zu Tode gepeitscht und dann geköpft zu werden. Sie wusste zwar nicht was sie von ihrem neuen Besitzer erwarten durfte, da dieser jedoch vorerst verreist war, gelang es ihr, jeden Gedanken an ihn wegzuschieben und stattdessen die sie umgebende Pracht zu genießen, die ihresgleichen wohl nirgendwo fand.

Auch im Harem von Ibrahim al-Fadal war es prächtig gewesen, aber ganz anders als hier. Aufdringlich hatte Fedora dort die grellen Muster, die mit Edelsteinen überladenen Teppiche und Vorhänge empfunden, und die protzige Zurschaustellung von Reichtum verachtet. Hier jedoch lagen und hingen überall Teppiche, die Fedora alleine durch ihre feine Arbeit und außergewöhnliche Schönheit entzückten, und auf denen Vögel, Pferde, Blumen und geometrische Muster zu sehen waren. Hayana erklärte ihr, dass die Teppiche in diesen Gemächern nicht weniger kostbar waren als jene, auf denen die Frauen des Kalifen selbst saßen, und dass der Prinz, obgleich weitaus weniger verschwenderisch als seine Brüder, sich gerne mit wirklich schönen Dingen umgab. Zart schimmernde Vorhänge teilten das Gemach, schirmten ihre Schlafstelle vom übrigen Raum ab, bewegten sich im leichten Luftzug und ließen zarte Glöckchen erklingen, die Fedora an Engelsläuten erinnerten. Ihr Bett bestand nur aus einer weichen Matratze, die mit Federn gefüllt und kühler Seide überzogen war. In diesem Bereich des Raumes stand auch eine Truhe, die so groß war, dass Fedora sogar darauf hätte schlafen können, und die neben zwei anderen, kleineren, Kleider beinhaltete, die jede Frau in Entzücken versetzen mussten.

Rund um das Becken in der Mitte jenes Raumes, in dem sie sich tagsüber aufhielt, gab es Gefäße in denen die schönsten und seltensten Blumen blühten, deren Farben und Duft ihr Herz erfreuten, ebenso wie der erfrischende Brunnen, an dem sie gerne saß, ihre Hände unter das kühle Wasser haltend und vor sich hinträumend. Das war aber noch bei weitem nicht alles. Zwischen zwei schlanken Säulen führte ein Torbogen in einen Garten, der ein Wunder an Schönheit war. Die Blumen in den Beeten waren farblich so gesetzt, dass sie Zeichen bildeten – Prinz Ahmeds Lieblingsgedichte, wie Hayana ihr erzählte, die der Schriftkundige von den Beeten ablesen konnte. Mit Halbedelsteinen eingefasste Wasserbecken, in denen man die Bäume und Sträucher sich spiegeln sehen konnte, luden zum Verweilen ein, und dann war da noch ein kleiner Bach, der quer durch den Garten und durch einen zauberhaften Pavillon floss, der genau in der Mitte des Gartens stand. Das Schönste waren für Fedora jedoch die Rosen, die um eben diesen Pavillon gepflanzt waren und einen Duft verströmten, der berauschender war als all die exotischen Gerüche, mit denen die Frauen in Ibrahims Harem sich parfümiert hatten.

Natürlich war ihr der Weg aus ihren Gemächern hinaus versperrt. Nicht alleine durch die geschnitzten Türen, die sich hinter goldbestickten Vorhängen verbargen, sondern auch durch zwei kräftige Eunuchen, die jeden außer den Dienerinnen davon abhielten, die Räume zu betreten, und sie selbst, sich daraus zu entfernen. Aber wohin hätte sie sich schon wenden sollen, selbst wenn sie aus ihrem goldenen Gefängnis entwich? Sie hatte keine Freunde in der Stadt und da war wohl niemand, der einer entlaufenen Sklavin helfen würde. Sie würde nur alleine durch die Straßen dieser unbekannten Stadt irren und sich am Ende wohl sehr schnell wieder in den Händen eines Sklavenhändlers und eines noch schlimmeren Menschen finden.

Hayana, die als Dienerin nicht immer an den Palast gebunden war, erzählte ihr von Bagdad, der märchenhaften Stadt des Kalifen, die über zwanzig Paläste beherbergte, die nicht weniger prächtig sein sollten als jener, in dem sie sich nun befand. In dieser Stadt stand auch der berühmte Palast der Ewigen Seligkeit, den der Vater des legendären Harun al-Raschid am Ufer des Tigris hatte erbauen lassen, und der das Zentrum des Reiches war. Er umfasste nicht nur die Privatgemächer des Kalifen und seines Harems, sondern es gab auch reich ausgestattete Audienz- und Empfangssäle sowie Räume für die Würdenträger und Sekretäre des Reiches. Auch sie selbst war darin untergebracht gewesen, und zwar in jenem Teil des Palastes, der dem Wesir und seiner Familie zur Verfügung stand. Solange, bis Ibrahim sie hatte töten wollen und Prinz Ahmed, der zufällig hinzugekommen war, sie in seinen eigenen Palast hatte bringen lassen, der auf der anderen Seite des Tigris lag.

Hayana erzählte nur wenig von den anderen Frauen im Harem des Prinzen, die weitaus weniger große Räume zur Verfügung hatten, während Fedora in Gemächern lebte, die sonst nur einer Ehefrau oder Lieblingskonkubine zustanden. „Der Prinz muss großes Wohlgefallen an dir haben, dass er dir eine derartige Bevorzugung zukommen lässt“, sagte sie eines Tages.

„Wie kann er denn Wohlgefallen an mir gefunden haben?“ fragte Fedora stirnrunzelnd. „Er kennt mich doch nicht, hat mich nie gesehen.“

Die Dienerin zuckte mit den Achseln. „Das darfst du mich nicht fragen. Aber Prinz Ahmed ist nicht der Mann, der nicht wüsste, was er tut.“

Eines Abends kam Hayana herein, „Der Prinz will dich besuchen. Du musst dich umkleiden.“

„Was will er von mir?“ fragte Fedora erschrocken. Der Moment, dem sie mit Bangen entgegengesehen hatte, war gekommen. Dieser Prinz Ahmed hatte ihr zwar das Leben gerettet, aber zweifellos nur, um selbst seine sündige Lust an ihr zu befriedigen. Und dass er das wollte, stand nach

Hayanas Worten außer Zweifel. Jedoch alleine schon der Gedanke, einer dieser gottlosen Fremden könnte ihren Körper in Besitz nehmen und sich all jene Rechte anmaßen, die nur einem Gatten zustanden, erfüllte Fedora mit Abscheu und Schrecken zugleich. Die Erinnerung an den Sohn des Wesirs, an seine derben Hände, seine wulstigen Lippen, sein widerliches Lachen und an seinen stinkenden Atem hatte sie bis in ihre Träume verfolgt, und in ihrer Einbildung hatte sie sich von ihrem Lebensretter ein Bild gemacht, das jenem Ibrahims glich wie ein Ei dem anderen. Wie konnte er auch anders sein? Ein Mann, der sich einen Harem hielt! Der einen falschen Gott anbetete und zu den Feinden gehörte, die schon seit vielen Jahren versuchten, Byzanz zu erobern, und in vielen Landstrichen bereits Städte geplündert und ihre Bewohner in die Sklaverei geführt hatten!

„Was er will? Dich sehen, natürlich! Willst du ihm denn nicht deine Ehrerbietung und Dankbarkeit erweisen?" fragte Hayana erstaunt.

„Dankbarkeit? Dafür, dass er mich von einer Sklaverei in die andere gebracht hat? Hätte er mich nur mir selbst überlassen, dann wäre ich jetzt schon tot!"

„Das würde dir schon bald Leid tun", entgegnete Hayana kopfschüttelnd. „Außerdem ist der Prinz weit anders als der Sohn des Wesirs. Er ist viel schöner anzusehen. Jede Sklavin am Hof des Kalifen würde sich ihm mit Freuden hingeben. Außerdem ist er sehr klug und gütig, nicht so ein Tier wie der andere, Ibrahim."

„Ich will ihn dennoch nicht empfangen!"

„Du hast gar keine Wahl." Hayana klatschte in die Hände und sofort liefen einige Mädchen herein, die Fedora gegen ihren Willen auskleideten, sie mehr oder weniger sanft in das große Becken schubsten, sie wuschen, abtrockneten, mit duftenden Ölen salbten und sie dann in kostbare, aber durchsichtige Seidengewänder hüllten.

Fedora, die bald schon eingesehen hatte, dass sie sich mit Widerstand nur lächerlich gemacht hätte, ließ alles über sich ergehen, ihre Lippen fest aufeinandergepresst und die

Augen brennend vor ungeweinten Tränen der Demütigung. Noch vor fast sieben Wochen war es ihr ebenso ergangen, bevor man sie in Ibrahims Gemächer geschleppt hatte. Aber was dann gekommen war, war noch viel schlimmer gewesen, und sie wusste, dass sie auch jetzt nichts anderes erwarten würde. Und am Ende würde sie wieder nackt angekettet sein, während einer der Eunuchen die Peitsche schwang und der Henker schon dahinter mit dem Beil auf sie wartete. All der Lobgesang, den Hayana in den vergangenen Tagen auf diesen Prinzen Ahmed angestimmt hatte, konnte sie nicht irreführen, was seinen unzweifelhaft verdorbenen Charakter betraf.

Plötzlich hörte sie von draußen eine befehlende Stimme. Jemand näherte sich. Hayana scheuchte die Mädchen hinaus und dann stand Fedora alleine mitten im Raum, vor Aufregung bebend. Einen kurzen Augenblick lang dachte sie an Flucht, aber das wäre sinnlos gewesen - der einzige Weg, der ihr offen stand, war jener in den Garten, und dieser war von Mauern umgeben, die sie nicht überwinden konnte.

Der Vorhang, der den Eingang verdeckte, wurde zur Seite geschoben und ein Mann trat ein. Er blieb nach wenigen Schritten stehen und blickte zu Fedora herüber, die bei seinem Eintritt stolz den Kopf zurückgeworfen hatte, fest entschlossen keine Angst zu zeigen, und ihn dabei nicht weniger prüfend ansah als er sie.

Sie war verblüfft. Das war nicht der Mann, den sie erwartet oder gefürchtet hatte. Kein Wüstling wie der andere, der ihr auf den ersten Blick Abscheu einflößte.

Der Prinz mochte so um die dreißig Jahre alt sein, also kaum jünger als Ibrahim, sah jedoch vollkommen anders aus. Er war schlank und hochgewachsen, seine Haut hellbraun, wie von der Sonne verbrannt, und sein dunkler Bart war kurzgeschnitten, ließ die Wangen frei und bedeckte nur das Kinn und die Oberlippe. Er war auch nicht so prächtig gekleidet und mit Edelsteinen behangen, sondern fast schlicht, auch wenn der dunkelblaue Mantel, den er über einem fast bodenlangen hellen Gewand trug, zweifellos aus einem kostbaren Stoff gefertigt und mit einer schmalen, goldbestickten Borte umrandet war. Um den Leib trug er eine Schärpe in derselben Farbe und als einzigen Schmuck eine Rubinnadel, mit der sein Turbantuch festgesteckt war, und die wohl ein Symbol seiner Macht darstellte.

Fedora hatte, noch bevor er eingetreten war, rasch nach einem großen, fein gearbeiteten Wolltuch gegriffen und es sich um den Körper gewickelt, sodass sie von den Schultern bis zu den Knien bedeckt war. Solcherart vor seinen Blicken weitaus besser geschützt als in dem durchsichtigen Stoff, fühlte sie sich sicherer und sah ihrem neuen Besitzer aufrecht entgegen, als er seine Musterung endlich beendet zu haben schien und langsam auf sie zukam. Sein Blick ruhte unverwandt auf ihr und sie fühlte eine seltsame Unruhe in ihr aufsteigen, als sie in seine Augen blickte. Sie waren überraschend hell und klar und es lag eine Freundlichkeit darin, die sie nicht erwartet hatte.

„Wie ich sehe, hast du dich schon erholt."

Sie lauschte seiner angenehmen, dunklen Stimme nach, die ihr vertraut erschien. Es war dieselbe Stimme, die sie schon im Hof von Ibrahims Palast vernommen hatte, kurz bevor sie losgebunden und hierher gebracht worden war. Zu ihrer Überraschung sprach er Griechisch und das auf eine Weise, die nicht erkennen ließ, dass diese Sprache ihm jemals fremd gewesen wäre. „Man sagte mir, dass ich Euch mein Leben schulde", erwiderte sie endlich mit einer Stimme, die nicht ihr zu gehören schien.

Ein amüsiertes Aufblitzen in den hellen Augen als er sah, wie sie das Tuch krampfhaft vor dem Körper zusammenhielt, und dann blieb sein Blick an ihrem Haar hängen, das Hayana gekämmt hatte, bis es glänzte, und mit geübter Hand lediglich einige Perlenschnüre hineingewunden hatte, sodass die vollen roten Locken frei über ihre Schultern und ihren Rücken fielen.

„Ich habe schon Frauen mit rotem Haar gesehen", sagte er, ohne auf ihre Worte einzugehen, „aber die meisten benutzten Mittel um es zu färben. Deines jedoch ist echt, von der Natur geschaffen wie eine Flamme." Er hob die Hand, wollte es berühren, aber Fedora machte einen Schritt zur Seite.

Sie sah ihn fest an und schlug auch nicht die Augen nieder, als sein Blick erstaunt auf ihr ruhte. Offenbar hatte er nicht erwartet, dass die neue Sklavin ihm nicht sofort zu Füßen oder in seine Arme fiel.

„Werdet Ihr mir sagen, was Ihr mit mir zu tun gedenkt? Hayana, die Ihr mir freundlicherweise als Dienerin schicktet, hat mir erzählt, dass Ihr mich Ibrahim al-Fadal abgekauft habt. Wenn Ihr nun Eure Güte auch noch vergrößern wollt, so gebt mir die Möglichkeit, mich abermals freizukaufen. In meiner Heimat, Konstantinopel, gibt es Personen, denen mein Leben und meine Freiheit viel Gold wert sind. … Es wäre gewiss nicht zu Eurem Schaden." Sie wusste, dass die moslemischen Truppen wenn sie byzantinische Städte angriffen, wenig Tote zurückließen, sondern es vorzogen, Gefangene zu machen, die sie dann entweder selbst als Sklaven verkauften oder gegen Lösegeld wieder freigaben. Zweifellos war dies ein Angebot, das dem Mann vor ihr ebenfalls zusagen würde.

„Das Gold dieser Leute interessiert mich nicht", erwiderte der Prinz zu Fedoras Ärger gleichgültig. „Ich habe dich Ibrahim abgekauft, weil mir dein rotes Haar gefällt. Wenn ich dich jetzt wieder gehen lasse – was habe ich davon? Gold habe ich selbst genug, aber eine Frau mit so leuchtend rotem Haar und einer so weißen Haut bekomme ich nicht so leicht wieder."

„Ich bin aber gegen meinen Willen hier", hielt sie ihm entgegen. „Ich wurde geraubt und verschleppt und ich habe nicht die geringste Absicht, den Rest meines Lebens in einem Harem zu verbringen."

Belustigung trat in seine hellbraunen Augen. „Du hast keine Absicht. So?" Er breitete die Arme aus und sah sich um, „Geht dir hier etwas ab? Werden deine Wünsche nicht erfüllt? Behandelt man dich schlecht?"

„Nein", gab Fedora widerwillig zu. „Im Gegenteil." Sie konnte sich wahrlich nicht beklagen. Die Dienerinnen beeilten sich, jedem ihrer Winke zu folgen, und Hayana, die eine gewisse Zuneigung zu ihr gefasst zu haben schien, umgab sie sogar mit einer mütterlichen Sorge, die ihr gut tat.

„Weshalb bist du dann unzufrieden?“ Er klang erstaunt.

„Weil ich nicht freiwillig hier bin!“ erwiderte Fedora ungeduldig.

„Vermutlich nicht“, kam es unbeeindruckt zurück.

„Weshalb lässt Ihr mich dann nicht gehen?!“

„Ganz einfach: weil ich nicht will.“ Der Prinz klang erheitert und in seinen Augen, die sie eingehend musterten, lag ein Lächeln. Im Gegensatz zu Ibrahim hatte sie seltsamerweise nicht die geringste Angst vor ihm, aber es störte sie, dass er sie und ihre Worte nicht ernst zu nehmen schien. „Außerdem bin ich solche Reden nicht gewöhnt“, sprach er in einem nachsichtigen Ton weiter. „Es ziemt sich nicht für eine Sklavin, in dieser Art mit ihrem Gebieter zu sprechen. Ich habe einen hohen Preis für dich bezahlt und besitze dich nun. Du wirst dich schneller damit abfinden als du jetzt denkst.“ Er sah sich um und nahm dann auf einigen Kissen neben dem Wasserbecken Platz, wobei er neben sich deutete. „Komm, setz dich zu mir und lass uns reden.“

Fedora blieb etwas entfernt von ihm stehen und sah misstrauisch auf ihn hinunter. „Ich habe bereits alles gesagt, was es zu sagen gibt!“

„Wie unfreundlich. Meine anderen Frauen sind wesentlich entgegenkommender und wetteifern darin, mir zu gefallen. Du hättest es doch viel schlechter treffen können – weshalb bemühst du dich nicht um ein wenig Liebenswürdigkeit? Ihr Byzantinerinnen seid doch sonst nicht so prüde.“

Fedora drehte den Kopf weg.

„Aber vielleicht langweilst du dich ja auch hier. Hayana hat mir erzählt, dass du versucht hast, die Zeichen auf den Teppichen und in den Blumen im Garten zu lesen. Soll ich dir vielleicht einen Lehrer schicken, der dir beibringt, wie man unsere Sprache liest und schreibt? Möglicherweise gefällt es dir hier dann besser?“

Fedora presste die Lippen zusammen und starrte unverwandt auf den leise plätschernden Springbrunnen. Die Freundlichkeit dieses Mannes verunsicherte sie. Weshalb bemühte er sich so um ihr Wohlergehen?

„Bei uns misst man den Wert einer Sklavin nach ihren Künsten und ihrem Können“, sprach er weiter, nachdem er einige Zeit vergeblich auf Antwort gewartet hatte. „Lass mich sehen, ob ich es bedauern muss, einen so hohen Preis für dich bezahlt zu haben. Dein Haar ist zwar schön, ist aber doch hoffentlich nicht alles, was du zu bieten hast.“

Fedora wandte sich ihm erschrocken zu und zog unwillkürlich das Tuch fester vor der Brust zusammen.

Prinz Ahmed lachte, dass seine weißen Zähne blitzten. „Das meinte ich nicht! Ich möchte nicht, dass du dich ausziehst oder schon heute meine Lust befriedigst. Noch nicht… ich habe Zeit... Nein, ich will, dass du tanzt.“

Ihre Hände sanken herab. „Tanzen?“ fragte sie verblüfft.

„Gewiss. Ibrahim wird dich wohl nicht nur deiner äußeren Schönheit wegen erworben haben. Du musst doch noch andere Fähigkeiten besitzen!“

Fedora hob hochmütig die Augenbrauen. „Wozu?“

„Du kannst also nicht tanzen“, stellte er trocken fest. „Kannst du singen?“

Sie schüttelte langsam den Kopf.

„Dann bist du vielleicht eine Dichterin?“

„Nein.“

„Oder bist du etwa eine Königin der Liebeskünste?“

Fedora schwieg, merkte jedoch, wie sie errötete.

„Auch nicht“, sagte Ahmed, traurig den Kopf schüttelnd. „Was mag Ibrahim nur an dir gefunden haben?“

„Ich habe ihn nicht gebeten, mich zu kaufen!“ fuhr Fedora auf. „So wenig wie ich Euch gebeten habe, mich ihm abzukaufen!“

„Hm.“ Ahmed strich sich nachdenklich über den Bart. „Dann habe ich wohl viel Geld für nichts ausgegeben.“ Er seufzte, „Kannst du und weißt du denn gar nichts?“

„Wohl nichts, was für Euch von Interesse sein könnte“, erwiderte Fedora, in der plötzlich der Wunsch hochstieg, ihn zu beeindrucken. „Daheim allerdings habe ich den Lauf der Gestirne studiert und die Geometrie und Arithmetik der griechischen Gelehrten erlernt.“

„Tatsächlich?“ Er musterte sie mit neuerwachtem Interesse. „Ich selbst hatte einen Lehrer, der aus Konstantinopel stammte und lange Jahre hier unterrichtete, bevor er wieder heimkehrte. Hast du vielleicht schon von den astronomischen Tafeln gehört, die mein Vater zusammenstellen ließ?“

„Nein, aber mein Vater ist selbst ein großer Gelehrter“, erwiderte sie stolz. „Alles, was ich weiß, habe ich von ihm. Er hat mir sogar die *Siddhantas*, das große Werk über die Sternenkunde, gegeben und es mir erklärt.“

In Ahmeds Blick veränderte sich etwas, eine gewisse Spannung trat in seine Augen. „Die Siddhantas, diese Sammlung astronomischen Wissens, kenne ich, man hat zu Lebzeiten des großen Harun al-Raschid begonnen, sie zu übersetzen. Aber sie waren sehr schwierig zu verstehen, daher hat er befohlen, dass unsere Gelehrten bei euch lernen und eure zu uns kommen, um unser Wissen auszutauschen und zu bereichern.“ Er beugte sich ein wenig vor, „Wir haben dabei auch viel von eurer Dichtkunst kennengelernt und die anderer Völker. Kannst du mir vielleicht Verse zitieren, die man in deiner Heimat kennt? Wir lieben die Kunst der Poesie und weniges erfreut uns mehr als kluge, wohlgesetzte Worte.“

„Ihr würdet sie nicht verstehen“, erwiderte Fedora mit leichtem Hochmut in der Stimme. Sie wollte nicht zugeben, wie sehr sie dieser Mann vor ihr beeindruckte, auch wenn er sich über sie lustig machte.

„Versuche es doch einfach.“ Seine Stimme klang unverändert freundlich und nachsichtig.

Sie zögerte, dann richtete sie ihren Blick auf den leise plätschernden Brunnen. Viele Gedichte waren in ihrem Kopf, die sie immer wieder gelesen hatte, weil auch sie die Dichtkunst liebte. Es waren viele Liebesverse darunter, aber sie hütete sich, einen davon zu zitieren, sondern entschied sich für ein Gedicht über das Werden und Vergehen und die Zeit, das sie immer am meisten beeindruckt hatte. Es bestand aus fünf Strophen, die Fedora, nach den ersten Worten völlig in den Versen und der Erinnerung aufgehend und ihre Umgebung dabei völlig vergessend, mit der gleichen Innigkeit wiedergab, in der sie es immer gelesen hatte. Erst als sie geendet hatte, wurde sie sich ihres Zuhörers wieder bewusst, der sie gebannt ansah. Etwas in seinen Zügen hatte sich verändert und die Belustigung war aus seinen Augen verschwunden.

„Das war sehr schön", sagte er schließlich. „Aber ich kenne dieses Gedicht. Es stammt nicht aus deiner Heimat, sondern aus einem Land, das ferne im Osten liegt. Arabische Gelehrte haben es schon vor vielen Jahren in unsere Sprache übertragen. Es ist eines meiner Lieblingsgedichte, auch wenn ich es noch nie mit solchem Gefühl rezitieren hörte." Er musterte sie gedankenvoll, „Ich hatte Unrecht, was dich betraf, meine schöne Byzantinerin. Allein schon dieses Gedichtes wegen und der Freude, die du mir dabei geschenkt hast, wäre kein Preis, den ich Ibrahim für dich bezahlt habe, zu hoch. Ich bin froh, dich in meinem Harem zu haben. Wir werden uns noch oft über all diese Dinge, und auch die Siddhantas, unterhalten."

Als er sich erhob und auf sie zu kam, brauchte Fedora ihren ganzen Mut, um stehen zu bleiben und ihm ruhig entgegen zu sehen. Er trat dicht zu ihr hin. „Ibrahim hat es falsch angefangen mit dir. Er ist zu grob und denkt zu einfach. Er versteht es nicht, mehr von einer Frau zu wollen als ihren Körper. Erst der Besitz ihres ganzen Wesens, ihres Geistes und am Ende ihre freiwillige Hingabe machen die wahre Lust der Liebe aus." Er streckte bei diesen Worten seine Hand nach ihr aus und strich spielerisch über ihren Oberarm, aber Fedora trat einen Schritt zurück.

„Ich mag es nicht, von Euch berührt zu werden", sagte sie ärgerlich.

Sie hatte kaum ausgesprochen, als es auch schon in den hellen Augen aufblitzte. Und bevor sie noch ausweichen konnte, hatte er sie gepackt und hielt ihre Handgelenke fest. „Du hast gar keine Wahl, meine ungehorsame Byzantinerin. Und wenn ich dich Ibrahim nicht abgekauft hätte, wäre dieser bewunderungswürdige Körper schon längst ein Fraß für die Geier. Und dieser widerspenstige Kopf würde wahrscheinlich schon zu Ibrahims Genugtuung auf einem Pfahl stecken, zur Abschreckung für andere aufsässige Sklavinnen.“

„Besser der Tod als die Schande“, presste sie hervor, immer noch das unwürdige Schauspiel vor Augen, das Ibrahim und seine Frauen ihr geboten hatten.

„Bist du wirklich dieser Meinung? Ist es dir wirklich so furchtbar, in meinem Harem zu leben, schöne Kleider und Schmuck zu tragen und erlesene Köstlichkeiten vorgesetzt zu bekommen, dass du den Tod vorziehst?“

„Ihr habt mich gekauft“, zischte sie ihn an, während sie versuchte, sich zu befreien, „aber Ihr werdet mich nicht besitzen! Niemals!“

„Niemals ist eine lange Zeit“, erwiderte er erheitert, „aber ich denke, du wirst deine Meinung noch ändern. Es wird außerdem reizvoll für mich sein, deinen Widerstand zu überwinden.“ Er drehte ihr bei diesen Worten die Handgelenke auf den Rücken und zog sie an sich, sodass sie in seinen Armen lag und seinen Atem auf ihrem Gesicht spürte. Sie wandte den Kopf zur Seite und versuchte, sich nach hinten, von ihm weg, zu lehnen. Er hielt sie fest, ohne ihr dabei im Geringsten wehzutun, und sie empfand eine beunruhigende Schwäche, als er sie noch enger an sich presste. Noch nie war sie einem Mann so nahe gewesen und sie stellte voller Verwirrung fest, wie der Druck seines Körpers auf ihren Brüsten, ihrem Bauch, seine Schenkeln auf den ihren, fremde Gefühle in ihr aufsteigen ließen und Wünsche erweckten, die sie bisher nie gekannt hatte.

„Meine Mutter stammt von den Herren der Wüste ab“, sprach Ahmed weiter. „Sie wurde als junges Mädchen geraubt und kam in den Harem des Kalifen von Bagdad. Als ich älter wurde, hat mein Vater mir gestattet, zu reisen, um die Welt kennen zu lernen und mein Wissen über sie zu mehren. Dabei kam ich auch zu dem Beduinen-Stamm meiner Mutter. Ich traf meinen Großvater und lebte einige Zeit mit ihm und seiner Familie. Er schenkte mir ein Pferd, eine Stute. Ein wildes, schönes Tier mit einem langen Schweif, der in der Sonne glänzte wie rotes Gold – fast so wie dein Haar. Sie war zart, aber ungebärdig und sie gehorchte nur meinem Großvater. Als er sie mir zum Geschenk machte, trat sie und biss nach mir und warf mich ab. Bis ich sie zähmte und sie mich auf ihrem Rücken duldete. Wenn ich des Morgens erwachte, erwartete sie mich schon vor dem Zelt in dem ich schlief, und am Abend führte mich mein letzter Gang zu ihr."

„Habt Ihr sie geschlagen, damit sie Euch gehorche?" fragte Fedora, den seltsamen Zauber, der sich über sie legte, gewaltsam abschüttelnd.

„Niemals. Ein stolzes Tier darf man nicht schlagen, sonst zieht man sich nur seinen Hass zu. Nein, ich habe sie mit Liebe gezähmt. Mit Geduld. So wie ich auch dich zähmen werde, meine wilde Stute."

„Ich bin kein Pferd!"

„Umso mehr Freude werde ich daran haben…" Seine Stimme klang belustigt.

„Und ich lasse mich nicht abrichten!"

„Ein Pferd muss aus freiem Willen gehorchen und seinen Herren lieben, dann trägt es ihn durch alle Gefahren." Er brachte seinen Mund dicht an ihr Ohr, sein Atem strich über ihr Gesicht wie eine körperliche Berührung und Fedora fühlte, wie ihr Widerstand gegen ihn schwand, ihr Körper nachgiebig wurde und sie dem Druck seiner Arme nachgab. Sie atmete zitternd ein, sich seiner Nähe so sehr bewusst, dass sie vermeinte, ein leises Knistern auf ihrer Haut zu fühlen. „Ich werde dich zähmen, meine wilde, freiheitsliebende Stute. Ganz langsam, bedächtig und geduldig. Dich an meine Hand gewöhnen, bis du freiwillig zu mir kommst und mir folgst, wohin immer ich gehe. Man bindet eine Frau nicht durch Fesseln, sondern indem man eine Sehnsucht in ihr erweckt, die nur durch ihren Liebsten und durch sonst nichts befriedigt werden kann."

Er ließ sie so unvermittelt los, dass sie taumelte, und wandte sich zum Gehen. Kurz bevor er den Raum verließ, sah er sich noch einmal um. „Verstehst du dich auf die Kunst des Schachspiels?" Seine Stimme, soeben noch eindringlich und verführerisch, klang nun wieder ruhig und heiter.

Fedora brauchte einige Momente, um sich wieder zu fangen. Sie empfand ihre plötzliche Freiheit als unangenehm und es beunruhigte sie, dass ihr die Wärme seines Körpers fehlte. „Man… man hat es mich bereits als Kind gelehrt", erwiderte sie verwirrt.

Der Prinz nickte lächelnd, „Gut, ich spiele nämlich sehr gerne."

Fedora atmete erleichtert auf als der Vorhang hinter ihm zurückfiel und sank mit zitternden Knien auf ein Kissen.

Am nächsten Tag war er wieder da, gefolgt von zwei Dienerinnen, die ihm Bücher und Feder und Tinte sowie einige leere Bogen Papier nachtrugen.

Fedora trat einen Schritt zurück, als er neben sich auf die Kissen wies. Sein Lächeln verstärkte sich. „Nimm ruhig neben mir Platz. Ich werde dich nicht berühren, sondern dir nur vorlesen. Und dann wirst du wiederholen, was ich gelesen habe. Und bis morgen die Zeichen nachmalen."

„Vorlesen?" fragte Fedora misstrauisch und hockte sich an den äußersten Rand der Kissen.

„Ja, gewiss. Du hast mich gestern mit einem Gedicht erfreut und heute werde ich dasselbe für dich tun."

„Weshalb?"

„Um dich an meine Stimme zu gewöhnen. Ich sagte dir ja schon, dass ich keine Lust dabei empfinde, eine Frau gegen ihren Willen zu besitzen. Das heißt jedoch nicht", fügte er mit einem Lächeln hinzu, „dass es mich nicht reizt, deinen Stolz zu überwinden und deine Unbeugsamkeit zu besiegen. Aber vorerst werde ich dich lesen und schreiben lehren, damit du unsere Sprache verstehst und uns besser kennen lernst."

„Wozu tut Ihr das?“ fragte Fedora verwundert. „Weshalb gebt Ihr Euch so große Mühe mit mir? Ihr sagtet doch selbst, dass Eure Frauen um Eure Gunst wetteifern. Wie kann Euch da jemand wie mich interessieren?“

„Weil du die erste Frau meines Harems bist, die die Siddhantas gelesen hat. Und weil du mir vom ersten Moment an, an dem ich dich auf dem Sklavenmarkt sah, gefallen hast.“ Prinz Ahmed lachte bei der Erinnerung leise in sich hinein. „Deine grünen Augen schleuderten Blitze, und dein von der Sonne beschienenes Haar war wie Flammen, die um deinen Kopf züngelten. Ich gehe selten auf Sklavenmärkte, ich vermeide sie, wann immer es möglich ist, aber bei Allah, noch nie habe ich dort eine Frau gesehen, die sich mit solchem ungebrochenen Feuer zur Wehr setzte! Die anderen standen nur herum, weinten vor sich hin. Meine Sinne waren im selben Moment gefangen genommen und ich bot mit, ohne es eigentlich zu wollen.“

„Ihr wart der zweite Mann, der für mich geboten hat?“ fragte Fedora überrascht.

„Ja.“

„Weshalb habt Ihr mich dann am Ende doch dem anderen überlassen?“ Sie war aus einem ihr unbekannten Grund gekränkt und enttäuscht.

„Weil ich dann plötzlich meinen klaren Verstand wiederfand.“ Er zuckte mit den Schultern, „Ich habe einen Harem. Er ist verglichen mit dem der anderen Prinzen oder gar des Kalifen zwar klein, aber er genügt mir. Die Frauen darin sind schön und liebenswürdig und geben mir alles, was ich mir wünsche oder brauche. Warum sollte ich den Frieden meines Hauses durch eine byzantinische Ungläubige gefährden, die nur Unruhe stiften und meine anderen Frauen stören würde?“

Fedora schwieg, rückte ein wenig von ihm ab und sah beim Fenster hinaus bis Ahmed sich herüberbeugte und ihre Hand ergriff. „Du hast keinen Grund, es mir übel zu nehmen, meine stolze Stute. Welcher Mann, der auch nur ein wenig Vernunft besitzt, zöge nicht den Frieden seines Harems vor? Abenteuer sucht der Weise entweder gar nicht oder außerhalb seines Heims, damit dieses ein Ort der Stille bleibt, an dem er ungestört verweilen kann." In seiner Stimme klang ein Lächeln mit und Fedora wandte rasch den Kopf.

„Ihr wart es ja nicht, der vor allen zur Schau gestellt und angeboten wurde!"

„Habt ihr daheim keine Sklavenmärkte? War dies deine erste Begegnung mit einem? Oder hast du selbst schon Sklaven gekauft oder durch deine Diener kaufen lassen?" Er nickte als sie schwieg. „So. Hast du also. Dann war dies wohl nicht mehr als eine verdiente Lektion."

„Es war nicht verdient! Es war ein Verbrecher, der mich dorthin brachte! Das sagte ich Euch doch schon!"

„Siehst du", erwiderte er mit einem leichten Zittern in der Stimme, „und schon wieder erhebst du deine Stimme gegen deinen Herrn und Gebieter. Und wieder ist der Frieden meines Hauses gestört. Hatte ich nicht gut daran getan, vorsichtig zu sein?"

„Ist das der Grund, weshalb ich meine eigenen Gemächer habe?" fragte Fedora gereizt. „Habt Ihr Angst, ich könnte die anderen Frauen dazu bringen, sich Euch zu widersetzen?!"

„Das würdest du wohl auch ganz ohne Zweifel tun. Und am Ende hätte ich statt liebevoller Gefährtinnen nur einen Haufen unbeherrschbarer, quengelnder Weiber, die mir das Leben zur Hölle machten und den unwiderstehlichen Wunsch nach den Huris des Paradieses in mir weckten! Aber genug geredet, ich habe dich heute aufgesucht, um dir vorzulesen und nicht mit dir zu streiten."

„Ihr habt wohl viele Frauen", konnte Fedora sich nicht enthalten, zu sagen.

„Sie genügen mir", erwiderte er gleichmütig.

„Da könntet Ihr doch auf eine wie mich verzichten. Auf eine, die Euch nur Widerstand entgegenbringt, die eine Gefahr ist für den Frieden Eures Harems…"

„Wenn ich es so überlege, hast du vollkommen Recht", sagte er zustimmend. „Ich werde den Kaufpreis von Ibrahim zurückfordern und dich ihm zurückgeben."

Fedora schwieg entsetzt. Sie mochte sich vielleicht gegen ihn auflehnen und den Zauber, den er gegen ihren Willen auf sie ausübte, aber die Vorstellung, wieder diesem abscheulichen Menschen ausgeliefert zu werden, ließ ihr das Blut in den Adern gerinnen. Zu sehr schon hatte sie sich in den letzten Wochen, seit sie in Ahmeds Haus wohnte, daran gewöhnt, dass vielleicht ihre Tugend, aber nicht ihr Leben in Gefahr war.

Ahmed betrachtete ihr blasses Gesicht mit offensichtlicher Genugtuung. „Bist du jetzt endlich still? Dann können wir wohl anfangen."

Er blickte ins Buch und las ihr ein Gedicht vor. Es war Arabisch und obwohl sie in den vergangenen Wochen versucht hatte, sich bei den Dienerinnen verständlich zu machen und auch sie zu verstehen, begriff Fedora kaum etwas von dem, was er ihr vortrug. Als er geendet hatte, hielt er ihr das Buch hin, las ihr das Gedicht Wort für Wort vor und verlangte von ihr, es zu wiederholen. Nach einer Stunde konnte sie die Zeichen ganz flüssig lesen, die Worte richtig aussprechen, kannte aber immer noch nicht deren Bedeutung. Da begann er ihr das Gedicht auf Griechisch zu erklären, übersetzte jedes einzelne Wort, und als er dann abermals von ihr verlangte, es vorzulesen, stockte ihre Sprache und eine tiefe Röte überzog ihre Wangen.

„Nichts will ich, Liebster, noch als dich beschreiben,
Und dann allein mit deiner Liebe bleiben.
Vereine mich in Liebe nun mit dir,
dass Herz und Seele leuchtend werden mir."

Am Ende verstummte sie, den Kopf gesenkt, und Ahmed schwieg ebenfalls, offenbar in Gedanken versunken.

Schließlich erhob er sich. „Schön und wünschenswert ist die Vereinigung der Seelen. Der Höhepunkt des Zusammenseins von Mann und Frau ist aber beides: die Vereinigung von zwei Körpern und zwei Seelen." Er blickte mit einem seltsamen Ausdruck auf sie herab. „Ich möchte, dass du dieses Gedicht bis morgen abschreibst und es auswendig lernst. Du wirst es mir zitieren, wenn der Tag gekommen ist, an dem ich dich auf mein Lager rufe. Und bis dahin wirst du es vielleicht sogar verstehen."

Die Worte des Prinzen klangen in Fedora nach, lange nachdem er gegangen war. Sie verfolgten sie in ihren Träumen und gingen ihr nicht aus dem Kopf, wenn sie wach war. Eine Woche war es her, dass er sie zu ihr gesprochen hatte. Sieben Tage, an denen er sie jeden Nachmittag aufgesucht hatte, bei ihr gesessen war, ein Buch in der Hand, und ihr zuerst vorgelesen und sie dann alles hatte wiederholen lassen. Sie hatten sich aber auch noch über andere Dinge unterhalten, viele Stunden lang, die sie genossen hatte: über den Einfluss der Sterne auf das Schicksal der Menschen, über Völker und Länder, die er bereist hatte, und über die Werke der großen Gelehrten.

Er hatte auch versucht, sie über ihr Leben daheim, in Konstantinopel auszufragen, aber Fedora hatte immer nur ausweichende Antworten gegeben. Zu schmerzlich war die Erinnerung daran und zu groß ihre Reue. Wäre sie daheim bei ihrem Vater geblieben, um das Schicksal anzunehmen, das man ihr ausersehen hatte, so hätte sie ihm und sich viel Unglück erspart.

Ihr Vater hatte sie geliebt, war ihr Lehrer gewesen und hatte sie in Dingen unterrichtet, in denen eine Frau sonst niemals unterwiesen wurde. Und nun hatte sie ihm den Schmerz angetan, ihn zu verlassen. Er würde glauben, dass sie getötet worden war, und um sie trauern, und sie hatte keine Möglichkeit, ihn wissen zu lassen, dass sie im Harem eines arabischen Prinzen lebte - eine Sklavin, eine Gefangene in einem Käfig aus Gold und Seide.

Als Prinz Ahmed an diesem Abend kam, trugen zwei Dienerinnen ein niedriges Tischchen herein, auf denen kostbar geschnitzte Schachfiguren aus Elfenbein und Ebenholz aufgebaut waren. Er ließ es an das Becken stellen, dort, wo sie auch saßen, wenn sie ihre Leselektionen erhielt, und bedeutete Fedora, auf der anderen Seite des Brettes Platz zu nehmen.

„Du sagtest doch, dass du spielen kannst“, sagte er, als er den überraschten Blick sah, mit dem sie ihm gegenüber auf einem Kissen Platz nahm.

„Mein Vater hat es mich gelehrt“, erwiderte sie erfreut, „schon als ich noch ein kleines Kind war. Es birgt schöne Erinnerungen für mich.“

„Nun, dann hoffe ich, dass auch das heutige Spiel zu deiner Zufriedenheit ausfallen wird“, sagte er mit einem versteckten Lächeln. „Du hast den ersten Zug. Fang an.“

Als Fedora einen der Steine vorrücken wollte, hob er die Hand. „Einen Moment noch, meine gelehrte Byzantinerin. Wir wollen um etwas spielen. Das gibt dem Spiel mehr Reiz.“

Sie sah ihn erstaunt an. „Worum sollen wir denn spielen?“

Er öffnete eine Schatulle, die eine Dienerin hereingebracht und neben ihn gestellt hatte, und Fedora sah, dass sie bis oben hin mit Juwelen gefüllt war. „Hier. Für jeden meiner Steine, der von dir geschlagen wird, erhältst du ein Stück aus dieser Schatulle. Du kannst es dir selbst aussuchen.“

Fedora nickte langsam. „Aber ich habe keine Schatulle voller Schmuckstücke…“

„Dann wirst du mir eben für jeden Stein den ich schlage, eines deiner Kleidungsstücke geben.“

Fedora sah an sich herab und errötete. Sie hatte ein etwa knielanges seidiges Hemd an, darunter weite Hosen, die in der Taille und an den Fesseln zusammengebunden waren, an den Füßen steckten reichbestickte Pantöffelchen und um die Schultern trug sie das schützende Tuch, in das sie sich immer hüllte, wenn der Prinz sie besuchte. Kurzentschlossen zog sie die Perlenschnur aus dem Haar, mit der Hayana ihre Locken zurückgehalten hatte. „Ich kann *das* hier einsetzen!“

„Wenn es genügen sollte“, erwiderte Ahmed mit einem leichten Lächeln. „Dann beginnen wir also.“

Fedora, die das Schachspiel so gut beherrschte, dass sie in nicht nur ihren Vater sondern auch viele andere Männer am Hof des Kaisers darin besiegt hatte, nickte nur. Der Prinz mochte vielleicht ein guter Spieler sein, aber er würde große Mühe haben, gegen sie zu gewinnen.

Der Verlauf des Spiels schien ihr auch Recht zu geben. Sie schlug eine Figur des Prinzen nach der anderen und suchte dann triumphierend die schönsten und glitzerndsten Juwelen aus der Schatulle, die ihr bereitwillig hingehalten wurde.

Als Ahmed nur noch wenige Spielsteine übrig hatte und schon absehbar war, wer der Sieger in diesem Spiel bleiben würde, seufzte er. „Ich fürchte, meine kluge Byzantinerin, ich habe in dir meinen Meister gefunden. Auch meine anderen Frauen spielen Schach, aber noch keine konnte mich besiegen."

„Spielt Ihr dabei auch um denselben Einsatz?" fragte Fedora spitz.

Ahmed blickte von dem Brett, das er finster gemustert hatte, auf und lachte. „Gewiss! Welcher andere würde sich schon lohnen?"

„Dann solltet Ihr das Spiel vielleicht heute noch einmal bei Euren Frauen wiederholen", erwiderte sie verstimmt.

„Ja,…vielleicht…", er sah sie nicht mehr an, sondern strich sich mit der Hand über den Bart, schon wieder ganz vertieft in seinen nächsten Zug. Sein Gesicht war ernst dabei und Fedora stellte nicht zum ersten Mal fest, dass er nicht nur besser aussah als Ibrahim, wie Hayana ihr gesagt hatte, sondern überhaupt der schönste Mann war, den sie jemals gesehen hatte.

„Es sieht zwar fast hoffnungslos aus", murmelte er, „aber ich bin nicht der Mann, der frühzeitig aufgibt…" Er schob einen seiner Türme um zwei Felder weiter, bevor er Fedora anblinzelte, „Die Dame ist in Gefahr, meine Byzantinerin. In großer Gefahr."

Fedora blickte verblüfft auf das Brett, stützte den Kopf in die Hände und dachte nach. Es war unglaublich, wie sie ihm blindlings in diese Falle getappt war! Sie hatte noch keinen einzigen Stein verloren, aber sie konnte nicht mehr ziehen, ohne die Dame oder gar den König zu gefährden.

Aber das konnte nur Zufall sein. Bisher hatte er eher gedankenlos gespielt, …kein Gegner für sie.

Zwei Züge später lag bereits Fedoras Perlenkette neben dem Prinzen. Dann ihr Schal. Schließlich ihr rechter Pantoffel, der linke und als er lächelnd einen weiteren Stein vom Brett nahm, legte sie unwillkürlich ihre Arme um den Körper.

„Ihr werdet doch nicht wirklich darauf bestehen, dass ich Euch ein weiteres meiner Kleidungsstücke gebe!" fragte sie entsetzt.

Er hob erstaunt die Augenbrauen und deutete auf den kleinen Haufen Juwelen, der neben ihr lag. „Aber das war so vereinbart. Du hast doch ebenfalls deinen Gewinn erhalten."

„Dann gebe ich ihn Euch hiermit zurück", erwiderte Fedora rasch, erleichtert aufatmend, weil ihr diese Lösung eingefallen war.

Der Prinz winkte ab. „Das war nicht ausgemacht." Er streckte die Hand aus. „Dein Hemd."

Fedora warf ihm einen bitterbösen Blick zu, erhob sich und streifte die leichte Hose ab. Dann warf sie ihm den zarten Stoff hinüber und kniete sich so vor das Brett, dass Knie und Beine von dem Hemd bedeckt waren.

Beim nächsten Zug erhielt sie wieder ein Juwel aus der Schatulle, aber diesmal konnte sie ihre Freude daran nicht mehr genießen. Und dann schlug Ahmed ihre Dame.

„Die Dame ist geschlagen", sagte er ruhig und ohne sie anzusehen. „Gib mir dein letztes Kleidungsstück."

„Nein! Das könnt Ihr nicht von mir verlangen!"

„Wir hatten eine Abmachung. Oder willst du mir beweisen, dass Ihr Byzantiner einen Vertrag nicht einhalten könnt? Es wäre nicht das erste Mal, dass jemand aus deinem Volk wortbrüchig wird."

Fedora funkelte ihn böse an, zog sich dann jedoch nach einigem Zögern das Hemd über den Kopf, sich gleichzeitig ein Kissen vor den Körper haltend und hastig das lange Haar nach vor frisierend. Es fiel in weichen Locken über ihre Brüste und bedeckte sie fast völlig. Sie warf Ahmed einen scharfen Blick zu, aber der schien nur auf das Schachbrett konzentriert zu sein. „Was erhalte ich, wenn ich dich schachmatt setze?" fragte er plötzlich.

„Ich habe nichts mehr auszuziehen", zischte Fedora ihn wütend an. „Oder sollte Euch das etwa entgangen sein?"

Sein Blick ruhte immer noch auf den übrigen Schachfiguren. „Wenn ich dich schachmatt setze, dann wirst du aufstehen, damit ich dich ansehen kann."

„Nein!"

Er hob den Kopf und Fedora legte schützend ihre Arme vor den Körper als sein Blick sie traf. „Doch."

Fedora senkte den Blick und überlegte. Es war aussichtslos. Wie schnell sich das Spiel zu seinen Gunsten gewendet hatte! „Ihr habt mich vorhin gewinnen lassen", sagte sie anklagend, als sie die Wahrheit erkannte. „Ihr habt Eure Figuren geopfert, um mich in Sicherheit zu wiegen! Das war wohl von Anfang an Euer Plan!"

„Stimmt", entgegnete Ahmed ungerührt.

„Das war nicht sehr edel von Euch!"

Zu ihrem Ärger lachte er. „Meine schöne Byzantinerin, was erwartest du von mir? Ich bin nur ein Mann, der mit einer sehr reizvollen Frau Schach spielt und versucht, einen Vorteil daraus zu ziehen. Außerdem – es war ein ehrliches Spiel. Du hattest deine Chance und ich hatte sie ebenfalls. Und nun tu deinen nächsten Zug."

„Wozu? Jeder kann sehen, dass Ihr ohnehin gewonnen habt!" Fedora wischte mit einer wütenden Handbewegung die verbliebenen Steine vom Brett. Dann überwand sie sich und stand auf, das schützende Kissen zornig zur Seite werfend. „Ihr sollt nicht sagen, wir Byzantiner wären nicht ehrenhaft oder stünden nicht zu unserem Wort!"

Ahmed blickte zu ihr auf, sein Blick glitt über ihr Haar, ihren Bauch, das rote Dreieck ihrer Scham und über ihre Beine. „Stell dich dort hin, zu den Kerzen, damit ich dich deutlicher sehen kann."

Fedora tat die wenigen Schritte, die Lippen fest zusammengepresst.

„Und jetzt dreh dich um." Seine Stimme klang sanft, aber es lag ein Ton darin, der Fedora frösteln ließ. Jedoch nicht aus Angst, vielmehr aus… Sie dachte diesen Gedanken nicht zu Ende, sondern drehte sich langsam herum, kehrte ihm den Rücken zu und drehte sich dann weiter. Als er sich ebenfalls erhob und näher kam, senkte sie den Kopf. Er schob vorsichtig ihr Haar zu Seite, ohne ihre Haut zu berühren, und legte es über ihre Schultern, sodass ihre Brüste frei vor ihm lagen.

„Du bist nicht nur eine schöne, sondern auch eine ehrenhafte Verliererin", sagte er anerkennend. „Aber du sollst nichts vor mir verbergen, ich will dich ganz sehen. Auch deine grünen Augen, die die kostbarsten Smaragde überstrahlen."

Fedora hob den Kopf, unfähig sich seiner schmeichelnden Stimme zu widersetzen. Als sie in seine Augen blickte, brannte ein rätselhaftes Feuer darin. „Ja, bei Allah", sagte er leise, „ich möchte verhext werden vom Zauber deiner Augen." Einen unfassbaren, verwirrenden Moment lang sah er sie ernst an, dann lächelte er, „Ist es tatsächlich so schlimm für dich, nackt vor deinem Gebieter zu stehen?"

Er lachte, als sie, verärgert über seinen Spott, den Kopf in den Nacken warf, und wandte sich zum Gehen. „Es ist soweit. Ich werde dich morgen rufen lassen, um mit deiner Zähmung zu beginnen. Halte dich bereit, meine stolze Stute."

„Hört auf mich so zu nennen!" fauchte Fedora ihm nach. „Ich bin kein Pferd! Und ich habe einen Namen: Fedora!"

Ahmed blinzelte ihr zu, „Fedora? Ein schöner Name, sehr wohlklingend. Vielleicht werde ich dich damit einmal rufen, meine widerspenstige Stute."

Fedora drehte zornig den Kopf weg, aber tief in ihr war eine Neugier erwacht und eine Sehnsucht, der sie noch keinen Namen geben wollte.

„Prinz Ahmed erwartet dich im Pavillon."

Fedora zuckte bei Hayanas Worten merklich zusammen. Sie hatte den ganzen Tag darauf gewartet, sich innerlich vorbereitet gehabt, und nun, da es so weit war, schienen ihre Knie versagen zu wollen. Man hatte sie wieder gebadet, massiert, geölt und schwere, exotische Düfte auf ihrem Körper verteilt. Und nun sollte sie zu dem Mann gehen, der ihr Besitzer war und der sie zähmen wollte wie ein Pferd. Sie hatte plötzlich Angst, alles in ihr lehnte sich dagegen auf, dem Ruf Folge zu leisten. „Ich gehe nicht!"

„Du hast keine andere Wahl", sagte Hayana. „Wenn du nicht gehorchst, wird man dich zwingen."

„Dann sollen sie mich eben töten, wenn sie wollen!" rief Fedora wütend aus.

Hayana wiegte den Kopf, „Das ist sehr unvernünftig von dir, mein Kind. Sterben, nur um deinen Willen durchzusetzen? Was willst du damit beweisen? Deine Stärke? Wen würde das schon beeindrucken? Hier ist niemand, der dich dafür bewundert, wenn du ausgerechnet Ahmed, den Lieblingssohn des Kalifen abweist. Im Gegenteil, sie würden dich nur für verrückt halten. Wenn du auf mich hörst, dann folgst du seinem Ruf, bevor die Eunuchen dich in sein Gemach tragen. Und das werden sie tun. Ein sehr unwürdiger Auftritt, wenn du mich fragst, auf Alis Schultern vor deinen Herren und Gebieter geschleppt zu werden wie ein Sack, den man sich über den Rücken wirft. Ich an deiner Stelle würde es vorziehen, zu gehen und meine Würde zu bewahren." Als sie Fedoras halb ängstlichen, halb eigensinnigen Blick sah, streichelte sie ihr über die Wange, „Hab keine Angst, mein Liebchen, der Prinz wird dich nicht schlecht behandeln. Ich habe es von einigen seiner anderen Frauen gehört, dass er ein sehr rücksichtsvoller Gebieter ist und ein Meister in der Kunst der Liebe. Aber setz dich noch einmal hierher, ich muss dein Haar hinaufbinden."

Fedora ließ sich errötend auf ein Kissen drücken. Hayanas Worte hatten in ihr eine Saite zum Klingen gebracht, die ihr bis vor kurzem noch fremd gewesen war. „Weshalb tust du das?" fragte sie, als die Dienerin ihre Locken zusammendrehte, mit einem Perlennetz umwand und sie dann mit einer der Smaragdnadeln, die aus ihrem Gewinn vom Schachspiel stammte, feststeckte.

„Das ist der Befehl des Prinzen. Er will dich mit hochgebundenem Haar sehen. So, fertig. Jetzt geh, mein Kindchen, und sei vernünftig, vergräme deinen Herrn nicht durch dein aufbegehrendes Benehmen."

Fedora folgte der Stimme der Vernunft, die aus Hayana sprach, und Ali, der Eunuch der ihr als oberster Bewacher zugeteilt worden und dafür verantwortlich war, dass es ihr weder an etwas fehlte, noch es ihr gelang, ihrem goldenen Gefängnis zu entfliehen, begleitete sie durch den Garten. Schon oft war sie auf diesen Wegen gegangen, hatte die sie umgebende Schönheit genossen und auch den Pavillon aufgesucht, aber heute war es anders. Schon Alis Gegenwart zeigte, dass sie nicht freiwillig ging, sondern hingeführt wurde wie ein Opfer zur Schlachtbank.

Ali schob die schweren Vorhänge zur Seite, sie trat hindurch und sah sich Prinz Ahmed gegenüber, der auf einigen Kissen Platz genommen hatte und in einem Buch las. Nun hob er den Kopf und sah ihr lächelnd entgegen, während er das Buch zur Seite legte. Er war zu ihrer Überraschung barhäuptig. Sie hatte sein Haar bisher niemals gesehen, immer war es durch den Turban verdeckt gewesen und sie war erstaunt, wie dicht und lockig es war.

Es dunkelte bereits, ein angenehm kühler Wind wehte durch die geschnitzten Gitter herein und Ahmed hatte Kerzen anzünden lassen, deren Duft schwer auf der Luft lastete und den kleinen Bach, der leise durch den Raum plätscherte, in ihrem Schein glitzern ließen als wäre er mit Diamanten gefüllt.

„Ihr habt mich rufen lassen", sagte sie kalt. „Was wollt Ihr?"

„Deine erste Lektion", sagte er mit hochgezogenen Augenbrauen. „Hatte ich dir das nicht gesagt? Komm her und knie hier neben mich hin."

„Eine Byzantinerin kniet nur vor Gott!"

„Du musst mich nicht anbeten", lachte Ahmed. „Du musst gar nichts tun, nur hier knien und die Augen schließen. Keine Angst, ich werde nicht über dich herfallen und dir deine kostbare Tugend rauben. Ich habe Zeit abzuwarten, bis du sie mir von selbst anbietest." Sein Lächeln vertiefte sich, „Und das wirst du eines Tages, auch wenn du es jetzt selbst noch nicht weißt."

„Das wird niemals geschehen!" sagte Fedora flammend. „Niemals wird sich eine Tochter Konstantinopels einem Gottlosen beugen!"

„Worauf bist du so stolz?" fragte er spöttisch. „Auf dieses Land? Diese Herrscher? Auf Kaiserinnen, die ihre eigenen Söhne blenden ließen, um die Macht zu behalten? Söhne, die ihre Väter ermorden? Männer, die ihre Wohltäter ersticken? Ihr seid nicht unbesiegbar - es gab sogar einen eurer Kaiser, dessen Schädel nun einem feindlichen König als Trinkgefäß dient."

„Ihr wisst viel von uns", sagte Fedora.

„Das muss ich. Es ist gut, den Feind zu kennen."

„So gebt Ihr also zu, dass wir Feinde sind!"

„Noch sind wir das offenbar, aber das wird sich ändern", erwiderte Ahmed gleichmütig. „Und jetzt tu, was sich dir sage. Du bist nicht hier, um mit mir zu streiten."

„Und wenn ich nicht gehorche, bekomme ich wohl die Peitsche zu spüren?!" Fedora wies auf eine Peitsche an der Wand, in deren Knauf ein Edelstein in der Größe einer Kinderfaust steckte. Sie war ihr schon früher aufgefallen, aber plötzlich wusste sie, wofür sie da hing. Ganz zweifellos für unbotmäßige Sklavinnen, die gegen den Prinzen aufbegehrten. Er war wirklich nicht besser als Ibrahim, dessen Haremsdamen regelmäßig seinen Zorn und seine perverse Lust zu spüren bekamen.

Ahmed stand auf, nahm die Peitsche von der Wand und betrachtete Fedora stirnrunzelnd, dabei nachdenklich über seinen Bart streichend. „Würde dir so etwas gefallen?"

Fedoras Augen wurden schmal. „Habt Ihr mich aus den Fängen des Henkers gerettet, um mich nun selbst schlagen zu können?"

„Es gefällt dir also nicht. Und mir bereitet ebenso wenig Genuss Schmerzen zuzufügen, wie selbst welche zu erleiden." Der Prinz befestigte die Peitsche wieder an der Wand. „Die Peitsche dient mir lediglich als Erinnerung. Daran, was mir als Kind gelehrt wurde." Er lächelte Fedora an, „Meine Brüder und ich hatten einen sehr strengen Lehrer. Er war der klügste unter den Männern Arabiens, der Weiseste und der Gütigste. Alles, was ich heute bin und weiß, verdanke ich ihm und erst an zweiter Stelle meinem Vater, der ihn für mich ausgewählt hat. Aber", er blinzelte ihr zu, „er war auch sehr streng. Und es ist nicht die Art des Kalifen, seine Söhne verzärteln zu lassen. Ich habe diese Peitsche so manches Mal zu kosten bekommen und sie deshalb hier aufbewahrt, um mich daran zu erinnern, dass Wissen und Weisheit nicht von selbst zu uns kommen, sondern hart erarbeitet werden müssen. Das einzige Ziel, für das sich ein wenig Schmerz lohnt." Sein Lächeln verstärkte sich, „Aber sei völlig ohne Sorge, meine misstrauische Schöne, bei deinen Lektionen werde ich andere Mittel zu verwenden wissen, um dich dorthin zu führen, wohin ich dich haben will." Er streckte die Hand nach ihr aus, „Und jetzt komm."

Als sie zögerte, trat er zu ihr hin, nahm ihren Arm und führte sie zu den Kissen. Seine Stimme klang sanft, als er seine Hand auf ihre Schulter legte, um sie leicht zu Boden zu drücken, „Knie dich hin, meine stolze Byzantinerin, oder willst du, dass meine Eunuchen dich halten, bis ich mit der Lektion fertig bin?"

Fedora sah dorthin, wo dicke Teppiche den Eingang verbargen, dann senkte sie den Kopf und kniete sich gehorsam auf das Kissen. Schlimmer noch als ihm nachzugeben war die Vorstellung, der dicke Ali könnte sie halten und dabei zusehen, wie Ahmed sie streichelte. Etwas in ihr drängte ja sogar danach, von ihm berührt zu werden, auch wenn ihr Verstand und ihr Stolz ihr einzureden versuchten, sich dagegen wehren zu müssen.

Seine Hand lag immer noch auf ihrer Schulter und sie fühlte die Wärme durch den hauchdünnen Stoff ihres Gewandes hindurch. Eine Wärme, die sich von ihrer Schulter auf ihren ganzen Körper auszubreiten schien und das Zittern nahm, das sie kaum zu unterdrücken vermocht hatte.

„Ich werde dich nur berühren", flüsterte er nahe an ihrem Ohr, während er sich dicht hinter ihr niederließ. „Nicht mehr. Nur hier, auf deinen Armen, deinen Schultern", seine Finger folgten seinen Worten und ein wohliger Schauer durchlief Fedora, „und deinem Hals. Jetzt schließe deine Augen." Fedora schloss die Augen und hielt den Atem an. Sie wusste nun, weshalb ihr Hayana das Haar hatte hochbinden müssen.

Zuerst war es nur seine rechte Hand, die von ihrer Schulter abwärts glitt, über ihren Oberarm, sie streichelte, liebkoste, bis ihre Haut unter seinen Fingerspitzen zu kribbeln begann. Sie war so darauf konzentriert, dass sie zusammenzuckte, als er plötzlich mit der anderen Hand den Stoff ihres Gewandes von ihrer Schulter schob. Dasselbe Spiel mit den Fingern, das sich von der Schulter auf ihren Oberarm ausdehnte und dann wieder zurückkehrte, weiter und weiter aufwärts bis zu ihrem Hals. Er fuhr über ihre Kehle, tastete in die zarte Halsgrube, dann die Linie ihres Kinns entlang, berührte ihre bebenden Lippen und kehrte wieder zurück, um über ihren Nacken zu streicheln, bis dorthin, wo sich die ersten Löckchen ringelten.

Sie hatte nicht geahnt, dass ein Mann zu so hauchzarter Berührung überhaupt fähig war, und obwohl sie innerlich zitterte und sich mit ihrem ganzen Verstand dagegen auflehnte, begann sie sich schnell daran zu gewöhnen, empfand das Streicheln angenehm erregend und lehnte sich, ohne sich dessen selbst bewusst zu sein, seinen Händen ein wenig entgegen.

Nun wurde der Druck seiner Hände fester, besitzergreifender. Sie wanderten wieder hinab, über ihren Rücken, ihre Arme, strichen über ihre Hände, kehrten wieder zurück und begannen das Spiel von neuem. Fedora gab einen kleinen Laut der Überraschung von sich, als sie plötzlich noch etwas anderes fühlte: seine Lippen, die auf ihrem Nacken lagen. „Ich habe nicht gesagt, dass ich dich nur mit meinen Händen berühren werde“, murmelte er an ihrem Hals. Der Hauch seines Atems war warm auf ihrer Haut und seine dunklen Locken berührten ihre Wange. Wunderbar fühlte es sich an, und als seine Lippen weiter über ihre Schulter wanderten, hatte Fedora plötzlich das Gefühl, diesen Moment festhalten zu wollen, ihn nicht enden zu lassen. Sie bog den Kopf ein wenig zur Seite, als er begann, ihren Hals zu liebkosen und warme, feuchte Küsse auf ihrer Haut hinterließ, die leise kitzelten, weil er sie dabei auch mit seiner Zungenspitze zu berühren schien.

Fedora erschauerte wohlig unter diesen ungewohnten, aber äußerst erregenden Zärtlichkeiten und seufzte leicht auf als seine Hände tiefer hinab glitten, über ihre Hüften, über ihren Bauch strichen und weiter hinauf. Sie erstarrte jedoch, als sie sich ihren Brüsten näherten, die von dem zarten Gewand kaum angemessen bedeckt wurden. Sie hatte noch versucht, das Wolltuch umzulegen, als sie ihre Gemächer verlassen hatte, aber Hayana hatte es ihr mit einem Kopfschütteln einfach aus der Hand genommen.

„Nein, heute noch nicht, meine rothaarige Huri“, hörte sie in diesem Moment seine Stimme. „Noch nicht. Das wird eine andere Lektion, die ich mir für morgen aufhebe.“ Er legte die Arme um ihre Taille, zog sie etwas enger an sich und presste seine Lippen auf ihre nackte Schulter.

„Morgen?“ flüsterte sie heiser.

„Natürlich.“ Er blies verspielt auf die kleinen roten Löckchen in ihrem Nacken, bis sie fühlte, dass sich ihre Haut zusammenzog. „Oder hattest du gedacht, dass es bei dieser ersten Lektion bleibt? Anfangs habe ich dich mit mir und meiner Stimme vertraut gemacht“, sagte er mit einem dunklen Ton, der sie nicht weniger erschauern ließ als sein warmer Atem. „Heute war die erste Lektion, in der sich deine Haut an meine Hände gewöhnt hat, und morgen werden deine Brüste erfahren, was es bedeutet, von mir gestreichelt und liebkost zu werden." Er ließ sie langsam und fast zögernd los, legte sich neben sie auf die Kissen und stützte den Kopf in die Hand, wobei er sie amüsiert musterte. Sein Blick glitt über ihr errötetes Gesicht, ihren Hals und blieb an ihren Brüsten hängen.

Fedora, die niemals geduldet hätte, dass ein anderer sie so ansah, empfand seinen Blick nicht als aufdringlich. Es lag nicht die Gier darin, die sie bei Ibrahim abgestoßen hatte, sondern nur ein unausgesprochenes Begehren, das ihre Sinne erregte. Sie verschränkte die Arme vor dem Körper, um zu verbergen, dass die Spitzen ihrer Brüste sich aufgestellt hatten. „Ihr wollt dieses Spiel also tatsächlich fortsetzen?"

Sofort trat wieder dieses Lächeln in seine Augen. „Aber gewiss doch! Hast du etwa daran gezweifelt? Das solltest du nicht. Was ich sage, das meine ich auch so, und mein Wort nehme ich nicht zurück. Außerdem", er hob die Augenbrauen, „ist es kein Spiel so wie du es meinst. Ein Liebesspiel vielleicht, aber keines, das nur einem oberflächlichen Vergnügen dient. Die Kunst der Liebe ist alt und bedeutsam. Ihr würdigt sie herab, mit eurer Enthaltsamkeit, die ihr als größte Tugend anseht, aber für andere Völker ist sie erlaubt, ein Teil des Lebens und der Freude daran. Es steht geschrieben, Sinnesfreude und Wolllust haben die Schönheit der Berge. Wenn dem nicht so wäre, würden sonst so wunderbare, sanftmütige Huris auf uns warten, sobald wir ins Paradies eintreten? Ewige Jungfrauen, die uns wie Gattinnen umsorgen und uns bedingungslos gehorchen? Wofür würden wir sonst leben und sterben wenn nicht für die Aussicht darauf?"

„Und was wartet Eurer Meinung nach auf uns Frauen? Doch wohl keine Huris!"

Er hob mit einem leisen Lachen die Schultern, „Frauen kommen nicht in dieses Paradies, meine ungläubige Schönheit. Wahrscheinlich wäre es sonst auch keines und das

Zanken und Widersprechen würde weitergehen bis in alle Ewigkeit."

„Und an das soll ich glauben?!" fragte Fedora empört.

„Das steht dir frei." Ahmed rollte sich auf den Rücken, verschränkte die Hände unter dem Kopf und schloss die Augen. „Du kannst jetzt gehen."

Fedora zögerte.

„Was gibt es noch?"

„Wie seid Ihr in diesen Pavillon gelangt?" stellte Fedora die Frage, die sie schon seit ihrem Eintritt beschäftigt hatte. „Ich sah Euch nicht durch meine Gemächer gehen und doch scheinen diese der einzige Zugang zu sein."

Ahmed lachte, „Es gibt noch eine geheime Pforte. Aber mach dir keine Hoffnungen. Die ist gut verschlossen und ich bin der einzige, der den Schlüssel dazu besitzt."

„Setz dich dort hin", sagte Ahmed, als sie am nächsten Abend ein wenig atemlos vor unbestimmter Furcht und sich selbst kaum eingestandener Neugier den kleinen Pavillon betrat. Er deutete auf einige dicke Kissen, die an der Wand aufgestapelt waren. Als sie zögerte, hob er die Augenbrauen. „Soll dich erst Ali dazu überreden?"

„Hört auf, mir mit diesem fetten Tier zu drohen!" fauchte sie ihn an.

„Tier?" Das belustigte Lächeln wurde stärker. „Du nennst ihn ein Tier? Das mag er schon sein. Aber nicht mehr und nicht weniger als du und ich. Er atmet, isst, trinkt und lebt so, wie es sein Körper von ihm verlangt. Er ist uns also gleich, auch wenn diejenigen, die ihm schon als Knaben die Manneskraft nahmen, ihm damit jenen Teil unseres tierischen Wesens versagt haben, den wir beide einmal miteinander teilen werden."

„Ihr glaubt, dass Ihr mich mit diesen ‚Lektionen', wie Ihr es nennt, dazu bekommt, Euch zur Verfügung zu stehen. Aber seid Euch nur nicht zu sicher, dass ich mich je so weit vergesse, freiwillig einem Feind anzugehören! Ich bin ebenso wenig zu erobern wie Konstantinopel, das immer noch die mächtigste Stadt der Welt ist!" sagte Fedora flammend.

„Euer Stern wird bald sinken. Euer Patriarch gilt bereits weniger als der römische Papst und es gibt im Westen starke Kaiser, stärker als der Eure, dessen Macht begründet wurde durch Morde."

Fedora schwieg. Sie wusste dies nur zu gut. Der jetzige Kaiser hatte das Blut seines Vorgängers an den Händen, Es hatte einen Aufruhr gegeben, als bekannt geworden war, dass der Kaiser von seinem eigenen Schützling ermordet worden war, das Volk war auf die Straße gegangen, der Pöbel hatte den Anlass benutzt, um Häuser, Paläste und Kirchen zu stürmen, und dem selbsternannten Kaiser war es nur mit Mühe gelungen, eine Rebellion niederzuschlagen. Und nun tat er alles, um seine Macht nicht nur militärisch zu festigen, sondern auch, indem er Mitglieder der ehemaligen, vom Volk sehr geschätzten kaiserlichen Familie mit seinen Söhnen und Vertrauten verband. Und Fedoras früh verstorbene Mutter war eine Schwester des ermordeten Kaisers gewesen.

„Vieles haben wir schon von eurem Land erobert und am Ende wird auch noch eure stolze Stadt fallen, meine hochmütige Byzantinerin.“

Fedora wäre die erste gewesen, die über den Tod des jetzigen Kaisers triumphiert hätte, war jedoch stolz auf ihre Heimat und wollte solche Worte nicht hören. „Das wird Gott nicht zulassen, dem wir die prächtigste Kirche gebaut haben, die die Christenheit kennt!“

„Wir werden dort bald Allah dafür danken, dass er uns eure Stadt geschenkt hat“, erwiderte Ahmed mit einem spöttischen Lächeln.

„Allah? Den mögt ihr euch nur behalten! Diesen Gott, der uns Frauen kein Paradies vergönnt!“ sagte Fedora hitzig.

„Du solltest glücklich darüber sein, wenn es tatsächlich so wäre“, lachte Ahmed. „So könntest du umgekehrt auch nicht in unserer Hölle landen für deine Aufsässigkeit. Und nun tu, was ich gesagt habe.“

Fedora bedachte ihn mit einem erbosten Blick, nahm dann jedoch mit vor der Brust verschränkten Armen auf den Kissen Platz. Er betrachtete sie eine Weile mit einem kleinen Lächeln, dann setzte er sich neben sie und drückte sie sanft zurück auf die weiche Unterlage. „Ich werde dir nicht wehtun, weder deinem Körper noch deinem Stolz, sei ganz ruhig. Ich werde dich nur berühren, so wie gestern.“

„Es verletzt meinen Stolz aber, wenn ich Euch gegen meinen Willen gehorchen muss!“

„Das ist nur zu Beginn“, antwortete er leichthin, „nach einiger Zeit wird es dir ebenso gut gefallen wie die gestrige Lektion.“

„Es hat mir nicht gefallen!“

„So?“ Es zuckte um seine Lippen. „Dann habe ich mich wohl einer Täuschung hingegeben. Mach die Augen zu. Es ist Teil der Unterweisung, dass du lernst, mir mit geschlossenen Augen zu vertrauen.“

Fedora starrte ihn feindselig an, er hob die Hand und legte sie über ihre Augen. „Tu es einfach, meine widerspenstige Byzantinerin. Einfach nur deshalb, weil ich dich darum bitte.“ Ein Lachen schwang in seiner Stimme mit und Fedora schloss die Augen, schon um nicht sein amüsiertes Blinzeln sehen zu müssen.

„Es ist unwürdig, was Ihr hier mit mir tut“, sagte sie dennoch.

„Unwürdig war, was Ibrahim mit dir tun wollte“, erwiderte er gelassen, während er sanft ihre verschränkten Arme löste und neben ihren Körper legte. „Ich dagegen lehre dich, mir und meinen Händen zu vertrauen, bis du sie und mich nicht mehr als Fremde siehst, sondern als Freunde, die dir Wohltaten bringen.“

Wohltaten? Unwillkürlich dachte Fedora an den vorigen Tag und daran, wie angenehm sie seine Berührung empfunden hatte. Sie drückte sich dennoch tiefer in die Polster in ihrem Rücken, als er ihr Gewand sachte von ihren Schultern schob, bis ihre Brüste frei vor ihm lagen. Sie hielt die Augen gerne geschlossen, weil sie dann das Gefühl hatte, seinen Blicken nicht so ausgesetzt zu sein… und sich selbst nicht zu verraten. Denn sie war neugierig. Neugierig darauf, wie sie seine Liebkosungen heute empfinden würde. Noch immer vermeinte sie seine Hände auf ihrer Haut zu spüren, die fast liebevoll darüber gestreichelt hatten, und heute würde es wohl nicht anders werden, nur dass die Haut auf ihren Brüsten zarter war und weitaus empfindlicher.

„Du bist schon voller Erwartung“, hörte sie ihn zufrieden murmeln.

„Wie wollt Ihr das wissen?!“

„Die beiden oberen Zentren deiner Lust haben sich bereits erhoben. Aber sie werden noch fester werden, wenn ich sie erst berühre.“

Sie hielt den Atem an, als seine Hand sich von unten um ihre Brust legte, sie dabei sanft anhob und sein Daumen über ihre Brustspitze streichelte, damit spielte.

„Du hast schöne Brüste, meine stolze Byzantinerin. Nicht groß und schwer, aber so wohlgeformt, dass einem Mann alleine schon der Anblick Freude bereitet. Und die zartrosa Spitzen haben etwas ungemein Verführerisches, so wie deine ganze Haut, die ich in dieser Reinheit noch nie gesehen habe. Mein Bruder hatte einmal eine rothaarige Sklavin, deren Körper über und über mit Flecken übersäht war. Sie war schön und belesen und sang wie eine Nachtigall. Ich habe mich gerne mit ihr unterhalten.“

„Euer Bruder und Ihr teilt Euch Eure Sklavinnen?“ fragte Fedora verächtlich.

„Nicht auf die Weise, die du jetzt im Sinn hast“, lachte er, „aber sie hat uns des Öfteren Gesellschaft geleistet, wenn ich in seinem Palast war, hat uns vorgesungen und Gedichte rezitiert. Sie kannte den ganzen Koran auswendig. Ich bin überzeugt, dass sie im Gegensatz zu dir einmal ins Paradies eingehen wird. Sie war sehr fromm und klug.“

Fedora hatte Mühe seinen Worten zu folgen, da seine Hände jetzt über ihre Brüste strichen, sie massierten. Einmal so hauchzart, dass ihre Haut sich zusammenzog, dann wieder fester. Seine Finger umrundeten ihre Spitzen, neckten sie und entfernten sich wieder. „Ihr sagt das so, als wäre Klugheit etwas, das Ihr an einer Frau schätzt“, erwiderte sie mühsam. Im Grunde wollte sie nicht mehr sprechen, sondern sich nur dem aufsteigenden Gefühl wohliger Beunruhigung überlassen, das er in ihr auslöste. Aber sich schweigend hinzugeben hätte bedeutet, ihn wissen zu lassen, dass seine Hände ihr willkommen waren, und das ließ wiederum ihr Stolz nicht zu.

„Das tut es auch. Schon mein Vater und mein Großvater hatten nur kluge und gebildete Frauen und Konkubinen. Junge, begabte Sklavinnen werden sogar in Schulen geschickt, wo ihnen Schreiben und Lesen, Singen, Tanzen und Dichten gelehrt wird.“

„Habt Ihr mir aus diesem Grund Eure Sprache beigebracht? Weil das so Sitte ist?"

„Das tat ich, damit du die Gedichte und Erzählungen meines Volkes lesen kannst und unsere Lebensart besser verstehst."

„Ist das nicht gleichgültig?" fragte sie bitter.

„Nein", erwiderte er ernst. „Und jetzt schweig. Du bist heute nicht hier um mich auszufragen."

Er glitt bei diesen Worten hinauf, bis zu ihren Schultern, streichelte ihren Hals und fuhr dann sanft seitlich ihres Körpers entlang, bis dorthin, wo sich unter den Armen Brüste und Leib verbanden und die Berührung für Fedora am erregendsten war. Sinnlicher für sie fast noch als das Streicheln der Spitzen. Er schien das zu merken, denn er hielt sich lange Zeit damit auf, sie dort zu streicheln, zu liebkosen, bis sie sich endlich selbst und ihm nachgab, sich entspannter zurück lehnte und diese *Lektion* mit jeder Faser ihres Körpers genoss. Sie zuckte nicht einmal zusammen, als er sie unter den Beinen fasste und hinüberdrehte, sodass sie flach auf den Kissen zu liegen kam, sondern streckte sich nur aufseufzend und hob ihren Körper seinen Händen entgegen.

Seine Berührungen wurden fester, fordernder, nicht mehr so hauchzart wie zuvor und Fedora merkte, wie ihr Körper mit jedem Moment heißer wurde, wie eine fremde Leidenschaft in ihr wuchs, die sie bisher niemals gefühlt hatte. Bis zu diesem Zeitpunkt hatte – von diesem abscheulichen Ibrahim abgesehen – es noch kein Mann jemals gewagt, sie an Stellen anzufassen, deren Berührung alleine ihrem zukünftigen Ehemann vorbehalten war. Ibrahim hatte sie zurückgestoßen, aber bei Ahmed wäre ihr dieser Gedanke trotz ihrer äußeren Gegenwehr niemals in den Sinn gekommen.

Sie zog überrascht den Atem ein, als sie plötzlich seine Lippen auf ihrer Haut fühlte. Nein, nicht nur auf ihrer Haut, sondern auf dem Zentrum ihrer Brust, dort, wo ihre zarten Spitzen schon fast schmerzlich auf seine Liebkosung warteten. Seine Lippen waren feucht und warm, seine Zunge umreiste ihre Brustwarze, spielte damit, einmal mit mehr Druck, dann mit weniger, und sie musste ein leises Stöhnen unterdrücken, als er sanft zu saugen begann.

Ihr Körper wollte ihr nicht mehr gehorchen, sie wand sich unter seinen Lippen, seinen kräftigen, streichelnden Händen und fühlte, wie das Kitzeln seines Bartes auf ihrer Haut sie sogar noch mehr erregte. Ihr Innerstes glühte und eine unbestimmte Sehnsucht erwachte in ihr, die nach mehr verlangte. Sie wollte ihn ebenfalls berühren, streicheln und liebkosen wie er es tat, aber sie krallte die Hände in die weichen Kissen unter sich, um diesem Drang nicht nachzugeben. Sie durfte nicht vergessen, dass sie nicht freiwillig hier war, sondern verschleppt und am Sklavenmarkt gekauft worden war wie ein Stück Vieh. Sie war sein Besitz, und so sehr sie sich auch zu ihm und seinen Berührungen hingezogen fühlte, so sehr war auch ihr Stolz verletzt.

Als er nach einer halben Ewigkeit, in der sie kaum mehr einen anderen Gedanken als ihn und seine Lippen und Hände gehabt hatte, von ihr abließ, blieb sie still liegen, unfähig, jetzt die Augen zu öffnen oder gar mit ihm zu sprechen. Er hatte sich aufgesetzt, und sie fühlte, dass er sie anblickte.

„Zufrieden mit dieser Lektion?“ fragte er mit einem Unterton, in dem sie ein verstecktes Lächeln vermutete.

Sie öffnete die Augen, sah ihn an und drehte den Kopf weg. Ihre Brüste waren feucht von seinen Küssen und die Spitzen, an denen er zuletzt so heftig gesogen und sogar unendlich zart mit seinen Zähnen geknabbert hatte, schmerzten ein wenig. Aber es war ein Schmerz den sie genoss und der nach mehr verlangte. Nach viel mehr.

„Geht es dabei um meine Zufriedenheit?“ fragte sie herb zurück.

Er hob die Schultern, „Nun, ich dachte, dich dabei recht gut behandelt zu haben. Zumindest habe ich noch selten eine Frau gesehen, die von so wenig Aufmerksamkeit so leidenschaftlich reagiert.“

Fedora bemerkte, wie eine tiefe Röte in ihre ohnehin schon heißen Wangen stieg. „Und wenn ich Euch nur etwas vorgespielt hätte?"

Er beugte sich über sie und hielt ihren Blick mit dem seinen fest, als wolle er tief in ihre Seele schauen. „Nein", sagte er schließlich. „Dazu bist du zu stolz. Im Gegenteil, ich hatte eher den Eindruck, du müsstest dich beherrschen, um mir nicht zu zeigen, wie gut es dir gefiel."

Fedora setzte sich auf und zerrte sich mit einer wütenden Bewegung ihr Gewand über die Schultern. „Kann ich jetzt wieder gehen?"

Ahmed lachte. „Gewiss. Die heutige Unterrichtsstunde ist vorbei."

Sie drängte sich an ihm vorbei, sprang auf und lief zum Ausgang.

„Beim nächsten Mal, meine kostbare Huri", rief er ihr nach, „werde ich dich lehren, meine Küsse zu lieben. Und ich werde dich lehren, mich wieder zu küssen, bis wir beide brennen!"

Am nächsten Tag wurde sie bereits am frühen Nachmittag gerufen. Allerdings brachte Ali sie nicht in den Pavillon, sondern führte sie in einen großen Saal, der so viele blühende Pflanzen barg, dass er fast schon wie ein kleiner Garten wirkte. Fedora hatte jedoch kaum einen Blick für all die Pracht. Sie sah nur Ahmed, der mit unterschlagenen Beinen am anderen Ende auf einigen Kissen saß. Neben ihm hockte ein alter Mann, dessen Bart bereits weiß war, und der einen Turban trug, der doppelt so hoch und breit war wie jener des Prinzen. Es steckte ein Smaragd darin mit einer schillernden Feder, die noch weit über den Turban hinausragte. Er war auch sonst sehr kostbar gekleidet, wesentlich prächtiger als Ahmed, der immer nur einfache Gewänder trug. Sein Übermantel war dunkelrot und mit Perlen und Juwelen bestückt, ebenso wie die Schärpe die er um den Leib trug.

Ali führte sie bis ganz hin, verneigte sich dann tief und ging, während Fedora mit stolz erhobenem Kopf stehen blieb.

„Das ist also die neue Sklavin, die du in deinem Harem aufgenommen hast und von der nicht nur der Palast meines Bruders, sondern die halbe Stadt spricht", stellte der Fremde fest. „Die streitbare Katze, unter deren Händen Ibrahim al-Fadal einige seiner Barthaare lassen musste. Und die er dir dann nicht einmal abtreten wollte, sondern noch die Stirn hatte, dir zu verweigern!"

Ahmed nickte grimmig, „Er wird noch viel mehr Barthaare verlieren, wenn ich ihn einmal für seine Anmaßung zur Rechenschaft ziehe. Noch geht das nicht, weil der Wesir seine schützende Hand über ihn hält – und du weißt ja selbst, wie hoch er in der Wertschätzung des Kalifen steht."

„Aber nicht zu Unrecht, der Wesir ist ein ebenso tüchtiger Mann wie sein Sohn ein Nichtsnutz", nickte der andere, während er seine Blicke über Fedora schweifen ließ. Hayana hatte sie diesmal besonders sorgfältig zurecht gemacht, ihre Augen mit schwarzem Kohl umrandet, sodass sie noch ausdrucksvoller wirkten als sonst, und ihr auf Befehl des Prinzen goldene Armreifen übergeschoben und Kettchen um die Fußgelenke gelegt, die bei jedem Schritt leise klirrten. Ihre Füße steckten in reich mit Perlen bestickten Pantöffelchen und sie trug statt der leichten Seidenhose und des Hemdes, in dem Ahmed sie immer zu sehen wünschte, ein kostbares, bodenlanges Brokatkleid mit einem goldverzierten Gürtel um die Taille. Am Ende hatte Hayana ihr noch einen großen Schleier aus grüner Seide und Gold umgelegt und ihn so drapiert, dass er ihr Gesicht und den Kopf bis auf die Augen verdeckte. Dennoch blitzten noch genug rote Locken hervor, um den Fremden anerkennend nicken zu lassen.

„Ich bin beeindruckt von der Anmut dieser Frau und von ihrem Haar. Aber üblicherweise tragen Sklavinnen keine Schleier. Warum diese?"

„Weil es mein Wunsch ist", sagte Ahmed freundlich.

Der Besucher warf Ahmed einen überraschten Blick zu, dann widmete er sich noch etwas eingehender Fedoras Studium. „Hast du viel für sie bezahlt?"

„Nein, nein, sie war ganz billig. Ibrahim war am Ende dankbar, dass ich sie ihm abnahm, auch wenn er sich vorher zierte und sich nicht von ihr trennen wollte." Ahmeds Stimme bebte leicht und Fedora richtete sich unwillkürlich noch ein wenig mehr auf. Es gefiel ihm also wieder einmal, sich über sie lustig zu machen!

„Was kann sie denn?" fragte der alte Mann weiter. „Tanzt sie?"

Ahmed schüttelte den Kopf.

„Dann singt sie vielleicht?"

„Ich habe sie noch nie singen gehört", erwiderte Ahmed bedauernd.

„Dann kann sie den Koran rezitieren?" fragte der andere weiter.

„Nein, das gewiss nicht. Aber sie ist sonst genügend klug und schlagfertig."

„Schlagfertig? Das hörte ich schon aus Ibrahims Palast", erwiderte sein Besucher trocken, Fedora aufmerksam anblickend. „Aber dennoch bin ich überrascht. Sie kann nichts und dennoch nimmst du eine Sklavin in deinem Harem auf, deren Auge nur Aufruhr zeigt und nicht die Sanftmut, die eine Frau ihrem Herrn zu erweisen hat? Und die sich erwiesenermaßen schon an ihrem früheren Gebieter vergriffen und ihn sogar verletzt hat?"

„Eben dieser Aufruhr ist es, der mir gefällt", erwiderte Ahmed gutgelaunt.

„Sie hat einen wohlgestalteten Körper", nickte der andere. „Das gebe ich zu, und eine grünäugige Sklavin mit so rotem Haar hatte ich noch nie. Fast hätte ich Lust, sie dir abzukaufen. Aber – hör auf meine Worte – schicke sie in die Schule von al-Yahad. Dort lernt sie gute Umgangsformen und das Spiel auf der Laute. Und sie lernt, wie sich eine Sklavin ihrem Herrn gegenüber zu verhalten hat." Er warf Fedora einen Blick leichter Missbilligung zu, „Sie lernt auch, dass sie in der Gegenwart ihres Gebieters zu knien und ihm Leckerbissen zu reichen hat, anstatt wie festgewachsen dort zu stehen und dir Blicke zuzuwerfen, die wie Dolche sind."

„Nun, vielleicht überlege ich mir das mit der Schule noch", antwortete Ahmed, Fedoras Blick vermeidend, die ihn empört anfunkelte.

„Tu das. Du wirst es andernfalls nicht leicht mit ihr haben. Du könntest stattdessen Hunderte ebenso schöner und weitaus sanfterer Sklavinnen haben – ich schicke dir zehn oder zwanzig aus meinem eigenen Harem, wenn du willst!"

„Aber sie ist keine gewöhnliche Sklavin", sagte Ahmed. „Und sie amüsiert mich. Sie bringt mich zum Lachen."

„Sie amüsiert dich? Das ist alles?! Wenn du Erheiterung suchst, weshalb nimmst du dir nicht einen Affen?"

Ahmed warf den Kopf zurück und lachte schallend.

„Wollt Ihr mich hier vielleicht vorführen wie einen dressieren Affen?! Soll ich mich auf den Kopf stellen, auf einem Bein herumhüpfen und allerlei Kunststücke vollbringen?" Aus Fedoras Augen schossen jetzt Blitze.

„Was hat sie gesagt?"

Sie hatte Griechisch gesprochen, eine Sprache, die dem Besucher offenbar fremd war.

„Nichts weiter", entgegnete Ahmed, zutiefst belustigt, „nur eine Nebensächlichkeit."

„Kann ich dann gehen?" fragte Fedora wütend. „Oder muss ich mich etwa noch weiter von Euch beleidigen lassen?"

„Was sagt sie?"

„Du kannst gehen", sagte Ahmed, bevor Fedora seinem Onkel noch zusätzliche Beispiele ihrer Unbotmäßigkeit geben konnte. Er sah ihr mit einem amüsierten Lächeln nach als sie sich umwandte und hinauslief.

„Sie bewegt sich anmutig, aber etwas ungestüm", ließ sich sein Onkel vernehmen.

Ahmed lachte wieder, „Ich habe schon meine Wege, ihre Umgangsformen ein wenig zu verfeinern. Und das Ungestüme mag ich an ihr."

Der alte Mann schüttelte den Kopf, „Du hattest immer schon seltsame Ansichten. Diese hier allerdings braucht eine feste Hand, sonst bringt sie nur Unruhe in deinen Harem und in dein Herz. Wenn du auf meinen Rat hörst, verkaufe diese rothaarige Gazelle gleich, bevor sie noch Verwirrung in dein Leben bringt.“

„Ich werde sie nicht verkaufen. Nie. Wenn es mir aber jemals gelingen sollte, sie zu zähmen und mich zu lieben, so werde ich sie zu meiner Gattin machen“, antwortete Ahmed ruhig, als Fedora den Saal verlassen hatte und ihn nicht mehr hören konnte. „Sollte ich jedoch versagen, so werde ich sie gehen lassen. Dann soll sie heimkehren und dort in Frieden leben.“

Sein Onkel sah ihn erstaunt an, Ahmed lächelte jedoch und sprach:

„Sie schalten meine Lieb zu einer Sklavin,
Weil sie ihr Herz nicht so wie ich verloren.
Ich sprach: „Der Liebende sieht mit dem Herzen,
So lasst dem Herzen, was es sich erkoren.

Der alte Mann hatte bei diesen Worten den Kopf gesenkt und nickte leise. „Du antwortest mir mit Versen, die von meiner eigenen Hand stammen. Es stimmt, mein Sohn, auch mir ging es einmal so.“ Er seufzte wehmütig, „Auch wenn das schon sehr viele Jahre zurückliegt. Mehr als ich zählen kann und will…“

Als Hayana ihr am Abend behilflich war, das leichte Hemd anzulegen, das sie während der Nacht trug, begann Fedora, sie zum ersten Mal über Ahmed auszufragen.

„Sag mir, Hayana, was bedeutet ‚Ahmed‘ eigentlich in seiner Sprache?“

Hayana, die soeben ihr volles Haar mit einem elfenbeinernen Kamm frisierte, hielt kurz in ihrer Tätigkeit inne. „Es bedeutet *Der des Lobes würdig ist*‘.“

Fedora sann darüber nach. „Ein schöner Name“, sagte sie schließlich.

„Und ich kenne keinen in Bagdad, der ihn mit mehr Recht tragen würde“, setzte Hayana mit Überzeugung in der Stimme hinzu.

„So?“ Fedora hatte Ahmed die Szene vor einigen Stunden noch immer nicht verziehen. Es war grausam von ihm gewesen, sich gemeinsam mit diesem alten Mann über sie lustig zu machen. „Ich finde aber nicht, dass er besonders viel Lob verdient.“

„Aber doch! Niemand mehr als er!“

Fedora zuckte geringschätzig mit den Schultern, wollte jedoch noch mehr wissen. „Du bist doch schon so viele Jahre hier…“ fing sie vorsichtig an, „…da hast du doch schon vieles gesehen und gehört…“

„Ja, sehr vieles, aber ich habe mich gehütet, meine Zunge in Gefahr zu bringen, indem ich es weitererzähle“, erwiderte Hayana trocken.

„Aber du kennst den Prinzen Ahmed doch schon lange, nicht wahr?“ bohrte Fedora weiter.

„Seit ich hierher kam. Sein Vater hat mich damals gekauft, damit ich seiner Gattin diene. Und das habe ich immer getan, bis ich zu dir kam, weil ich deine Sprache spreche.“

„Und sein anderer Harem? Warum bekomme ich den nie zu sehen?“

Hayana zuckte mit den Achseln, „Da musst du ihn schon selbst fragen. Vielleicht glaubt er, dass du zuviel Unruhe bringst.“

Fedora entschied sich, nicht näher auf diese Vermutung einzugehen, die so genau mit Ahmeds eigenen Worten übereinstimmte, sondern fragte weiter, was ihr mehr am Herzen lag. „Hat er Kinder?“

„Er hatte eine Tochter, Mamuna, sein Sonnenschein“, nickte Hayana traurig. „Sie starb vor nicht einmal einem halben Jahr. Nur zwei Monate nach ihrer Mutter.“ Sie seufzte, „Das hat ihn tief getroffen. Er hat beide sehr geliebt.“

„Aber seine anderen Frauen, waren sie ihm kein Trost?“

„Gewiss, aber Salimana war etwas Besonderes. Sie war seine einzige Ehefrau. Und bisher hat er keine andere genommen.“

„Einzige Ehefrau?“ fragte Fedora erstaunt. „Aber ich dachte, er hat einen ganzen Harem!“

„Ja, aber das ist etwas anderes. Nach seiner Religion dürfen die Männer Sklavinnen und Konkubinen haben so viel sie sich leisten können, aber nur vier Ehefrauen.“

„Vier zur gleichen Zeit?“

„Gewiss.“

„Was ist eigentlich für ein Unterschied zwischen einer Ehefrau und einer Konkubine?“ fragte Fedora nachdenklich.

„Eine Frau hat viel mehr Rechte als eine Konkubine jemals erhalten könnte. Sogar das Recht, sie von ihrem Mann zu trennen, wenn er sie schlägt oder eine zweite Frau zu heiraten beabsichtigt. Das ist so festgelegt.“

„Aber wie kann ein Mann denn überhaupt mehrere Frauen gleichzeitig lieben?“

„Weshalb denn nicht?“ fragte Hayana lachend. „Ist das bei uns daheim denn anders? Hat nicht fast jeder Mann eine Gattin und daneben, wenn auch meist im Verborgenen, eine oder mehrere Geliebte? Jede Frau ist anders und die Männer lieben eben ihre besonderen Eigenheiten. Ihr Haar, ihre Hände, ihre Stimme…“

„Das sind Äußerlichkeiten“, erwiderte Fedora abwehrend. „Die Seele ist es, die uns Menschen ausmacht.“

„Die Frauen sind vor allem da, den Männern zu gefallen und ihnen zu dienen.“

Fedora schwieg. Sie selbst war knapp davor gestanden, mit einem Mann vermählt zu werden, den die Politik ihr zugedacht hatte. An seiner Seite hätte sie wohl ein nicht viel weniger elendes Dasein gefristet als in einem Harem. Nur eine Schachfigur, die man dorthin schob, wo man sie brauchte… Sie war ihm entflohen, aber anstatt die Freiheit zu erringen, war sie zur Sklavin eines Sarazenenprinzen geworden. Eine von vielen, während sie in der Heimat immerhin die einzige rechtmäßige Ehefrau gewesen wäre.

Aber das war vorbei, lag in der Vergangenheit. Weitaus wichtiger war nun Ahmed für sie geworden, der sie mit seinem Lächeln, seiner Klugheit und seinem weitaus feineren Benehmen sofort in seinen Bann geschlagen hatte. Ein völlig anderer Mann, der sich auf die Schönheiten dieses Lebens verstand und vermutlich noch nie im Leben ein Schwert auch nur in den Händen gehalten hatte. Alexios war ein Krieger gewesen, ein Feldherr, der sich am Schlachtfeld und unter seinen Soldaten am wohlsten gefühlt hatte. Ein ungezogener Mensch. Fedora erinnerte sich mit Schaudern daran, wie er einmal in ihrer Gegenwart ungehemmt Läuse aus seinem ungepflegten Bart gesucht hatte.

„Wie viele andere Frauen hat Prinz Ahmed denn?" fragte sie weiter, den Gedanken an den derben, ungeschlachten Alexios beiseiteschiebend.

„Ungefähr dreißig – das ist weitaus weniger als der fette Ibrahim hat, oder gar der Kalif, der zweihundert in seinem Palast hält. Sie wurden ihm zum Großteil als Geschenke übergeben. Die letzten erhielt er von seinem Vater, nach dem Tod seiner Gattin, und erst kürzlich hat ihm seine Mutter wieder fünf sehr schöne Frauen geschenkt." Sie teilte Fedoras Haar in mehrere Strähnen und begann, Zöpfe zu flechten, damit das Haar über Nacht lockig wurde. Sie wusste, dass dem Prinzen dies gefiel.

„Und die Frauen sind gerne hier?" fragte Fedora weiter.

„Wohin sollten sie denn gehen? Sie leben hier, das ist ihre Heimat. Und sie haben es gut. Du bist die einzige, die sich dagegen auflehnt", sagte Hayana kopfschüttelnd. „Die anderen können es kaum erwarten, von ihm geliebt zu werden und ihr Ziel zu erreichen."

…von ihm geliebt zu werden… Fedora wusste, dass ihre Dienerin nicht von reinen Gefühlen sprach. Auch sie würde von Ahmed einmal geliebt werden, nämlich dann, wenn ihr Widerstand brach. Dieser Gedanke stieß sie ab und erregte sie zugleich. „Zum Ziel?" fragte sie neugierig.

„Nun ja, die erste, die einem Kind das Leben schenkt, wird vermutlich seine erste Frau und steht dann über allen anderen. Und wenn es dann noch ein Sohn ist…"

„Er hatte aber bisher nur eine Tochter…?“

„Ein liebes Ding. So freundlich und klug und hübsch. Der Liebling aller und besonders von Ali, der wohl nicht weniger untröstlich war als der Prinz selbst, als sie starb.“

„Und ihre Mutter…“, forschte Fedora weiter. Sie wollte noch mehr von dieser Salimana hören, die Ahmeds Gattin gewesen war, und der offenbar seine Liebe gehört hatte.

„Starb bei der Geburt eines kleinen Sohnes, der sie nicht mehr als eine Stunde überlebte.“ Hayana schien ihre Zurückhaltung aufgegeben zu haben und sprach jetzt weiter, ohne dass Fedora sie drängen musste. „Salimana und Ahmed kannten einander schon als Kinder und es war bereits vor vielen Jahren zwischen den Vätern beschlossen, dass sie einmal heiraten sollten. Salimana war ein hübsches Mädchen und wurde zu einer wunderschönen Frau. Ihre Augen waren wie Mandeln, ihr Haar wie schwarze Seide und sie war so zart und feingliedrig wie die Fee von der die Märchen erzählen. Und von so liebreizendem Wesen! Sanftmütig, immer mit einem Lächeln auf den Lippen. Und dann war sie tot… Ach, welch ein Gram herrschte nicht nur hier, im Palast, sondern in ganz Bagdad! Sie war so eine gütige Frau gewesen, die viel Gutes getan hat, Brunnen errichten lassen, … Ja, auch das Volk hat sie geliebt.“

Fedora erfuhr weiter, dass Ahmed von Trauer gebeugt dem Sarg seiner toten Gemahlin gefolgt war, barfuss, durch den Schlamm von vielen Regenfällen. Und dann in das Grab hinabgestiegen war, wo er selbst die letzten Gebete gesprochen hatte. Seitdem hatte er fast täglich ihr Grab besucht. Die schönsten Rosen, die im Garten wuchsen, gehörten ihr alleine.

„In diesem Garten hier?“ fragte Fedora betroffen. Sie verspürte einen schmerzhaften Stich bei dem Gedanken, dass diese Rosen, die sie so bewunderte, plötzlich nicht mehr ihr zu gehören schienen, sondern der toten Gattin des Prinzen.

„Nein, nein, sie lebte in einem anderen Teil des Palastes, einen, den Ahmed seitdem nicht mehr betreten hat. Hier hat, bevor du gekommen bist, noch nie eine Frau gewohnt. Der Prinz hat nur den Garten und den Pavillon benutzt."

„Er muss sie tatsächlich sehr geliebt haben", sagte Fedora leise. Ein seltsames, neues Gefühl für Ahmed war mit einem Mal in ihr. Sie sah ihn plötzlich nicht mehr als Besitzer eines unüberschaubaren Harems, der seine Zuneigung wahllos zwischen seinen Sklavinnen verteilte, sondern als liebenden Gatten und Vater. Eine unbestimmte Sehnsucht stieg in ihr hoch und langsam wurde ihr klar, dass sie ebenfalls von ihm geliebt werden wollte. Mit dem Herzen geliebt und nicht nur auf die Weise, die Hayana zuvor im Sinn gehabt hatte.

Sie seufzte und richtete sich unwillkürlich auf. Unsinnig war es, sich diesem Traum hinzugeben. Das hatte ihr alleine schon die Tatsache bewiesen, dass er sie heute zu sich befohlen hatte, um sie von diesem alten Mann begutachten und beleidigen zu lassen. Nein, sie war nicht mehr für ihn als eine weitere Sklavin, auch wenn ihn ihre Abwehr reizte und er sich offenbar deshalb mehr um sie bemühte als eine Sklavin dies üblicherweise erwarten konnte.

Und sie durfte sich nicht in falschen Träumen verlieren…

„Zürnst du mir?" fragte Ahmed belustigt, als er sie am nächsten Tag aufsuchte und Fedora ihn keines Blickes würdigte, sondern beim Fenster saß und so tat, als wäre sie in ein Buch vertieft. Er kam näher, setzte sich nahe neben sie auf die Kissen und sah ebenfalls hinein. „Ein altes Märchen aus der Heimat meiner Mutter", sagte er überrascht. „Kannst du es denn schon lesen?"

Sie wandte sich ein wenig ab und blickte auf die Schriftzeichen, ohne auch nur ein Wort davon zu erfassen. Sie war tatsächlich immer noch gekränkt, weil er sie dem Spott des alten Mannes ausgesetzt und sich dabei auch noch amüsiert hatte. Ahmed hob plötzlich die Faust und legte sie auf die Seiten. Als er seine geschlossenen Finger öffnete, war ein goldener Ring mit einem riesigen Rubin darin. Fedora starrte darauf, ohne sich zu rühren.

„Nimm ihn, er gehört dir.“

„Eine Art Kaufpreis? Das habt Ihr nicht nötig, Ihr besitzt mich ja schon! Oder“, sie hob den Kopf und sah ihn hart an, „ist das eine Art Abschiedsgeschenk, weil Ihr die Absicht habt, mich weiterzuverkaufen?“

„Du hast also doch mehr verstanden als ich gedacht hatte“, erwiderte Ahmed erheitert. „Aber dann wirst du auch vernommen haben, dass mein Onkel dich in diesem… nun… ungeschliffenen Zustand noch nicht abkaufen würde. Erst, wenn du tanzen und singen gelernt hast.“ Seine Stimme schwankte etwas.

„Wollt Ihr also meinen Preis steigern?“ fragte sie spitz. „Mit diesen Lektionen? Um mich dann teurer wieder verkaufen zu können?“

Ahmed legte den Kopf zurück und lachte, „Bei Allah, meine messerzüngige Byzantinerin, so amüsiert wie über dich habe ich mich wahrlich noch nie! Kein Weib hat mich je so belustigen und zugleich reizen können wie du! Wie war mein Leben doch eintönig, bevor du in mein Haus kamst! Der Tag sei gesegnet, an dem ich dich das erste Mal sah!“

„Und mich dann dem anderen überließet“, ergänzte Fedora bitter seinen Satz.

„Verflucht sei die Stunde, in der ich es tat“, erwiderte er, plötzlich ernst geworden.

Fedora warf ihm einen bösen Blick zu, bevor sie den Ring mitsamt seiner Hand vom Buch schob. „Lasst mich jetzt. Ich möchte alleine sein und lesen.“

„Du wirfst deinen Herrn und Gebieter hinaus?“

„Geht fort und sucht Euch einen Affen, der Euch belustigt!“

„Das wäre weitaus weniger erheiternd! Der würde mir nämlich nicht widersprechen. Außerdem ist ein Affe nicht so reizvoll wie du, auch wenn er seinem Herrn gegenüber vermutlich weniger aufsässig wäre.“

Fedora antwortete nichts, sondern blickte wieder ins Buch.

„Es ist ein Geschenk“, sagte Ahmed schließlich ruhig, ihr den Ring abermals hinhaltend. „Einfach nur ein Geschenk, das ich meiner… einer meiner Sklavinnen mache. Zur Versöhnung“, fügte er hinzu. Als Fedora nicht reagierte, ergriff er fast ärgerlich ihre Hand und schob den Ring auf den mittleren Finger. „Ich wusste, dass er dir passen würde“, sagte er zufrieden. Er beugte sich näher zu ihr, sodass sie seinen Atem warm auf ihrem Gesicht fühlte.

„Ich denke deiner Lippe und küss des Rings Rubin —
Da ich sie nicht erreiche, küss ich voll Sehnsucht ihn.

Damit nahm er ihre Hand in die seine, zog sie an die Lippen und küsste den Ring. Dann erhob er sich und verließ sie, ohne sich noch einmal umzusehen. Fedora saß eine Weile still da, blickte auf den Ring. Schließlich hob sie die Hand und presste ihre Lippen auf den blutroten Stein.

Dritte Lektion

Als sie am nächsten Abend von Ali in den kleinen Pavillon im Garten gebracht wurde, fand sie dort Ahmed vor, der nicht wie sonst da saß und auf sie wartete, sondern unruhig hin und her ging und erst bei ihrem Eintritt stehen blieb und ihr aufmerksam entgegenblickte.

Als er den Ring an ihrer Hand bemerkte, wich die Spannung aus seinem Gesicht. „Dann hast du mein Geschenk also angenommen. Und bist sogar freiwillig gekommen und nicht weil Ali dich gezwungen hat mitzugehen?"

„So freiwillig, wie eine Sklavin eben ihren Herren aufsucht", entgegnete Fedora widerspenstig.

Ahmed griff nach ihrer Hand und strich sanft darüber. „Es gibt nicht viel, was wir freiwillig tun, meine stolze Byzantinerin. Wir glauben oftmals nur, dass es aus eigenem Antrieb geschieht, weil wir uns des Zwanges dahinter nicht bewusst sind oder weil wir uns bereits daran gewöhnt haben. Ein Zwang, der oft aus uns selbst kommt, unserem eigenen Körper und Geist, ohne dass wir uns gegen ihn wehren können." Er blickte sie lächelnd an, „Du könntest mir ruhig ein freundliches Gesicht zeigen, meine aufsässige Schöne. Schenk mir doch einmal ein Lächeln, anstatt mich anzusehen wie deinen größten Feind."

„Lasst mich gehen, dann werdet Ihr nicht mehr durch mein Gehabe beleidigt!" erwiderte Fedora erbittert.

„Du hast nichts anderes im Sinn als deine Freiheit, nicht wahr? Dieser Gedanke lässt dich wohl niemals los! Bist du so unzufrieden hier?"

„Die Freiheit gilt mir viel!" Eher hätte sich Fedora die Zunge abgebissen als zuzugeben, dass sie sich bereits so sehr zu ihm hingezogen fühlte, dass sie es kaum erwarten konnte, nachzugeben und diese erregende neue Lektion erteilt zu bekommen. „Ich will nicht die Sklavin eines gottlosen Barbaren sein!"

„Barbaren seid wohl eher ihr", erwiderte Ahmed abfällig.

„Ihr seid es, die ihr Mädchen und Frauen unseres Volkes raubt und zu euren Sklavinnen macht!" hielt Fedora ihm entgegen. „Es müssen schon Tausende sein, die in euren Harems schmachten und von lüsternen, fetten Männern gezwungen werden, ihnen zu Willen zu sein!"

„Eure eigenen Kaiser haben den Kalifen immer wieder die schönsten Sklavinnen geschickt, um sie mit diesen Geschenken zu besänftigen", erwiderte Ahmed höhnisch, von Fedoras Widersetzlichkeit langsam erzürnt. „Und diesen Sklavinnen ist es in unseren Harems wohl besser ergangen als dort, wo sie herkamen!"

„Aber nicht dieser Kaiser! Dieser ist mächtig und wird sich euch niemals beugen! Und nicht lange und er wird kommen und euch vernichten! Und dann werde ich frei sein! Ob es Euch passt oder nicht!"

„Euer Kaiser liegt dir wohl am Herzen", sagte Ahmed grimmig. „Du hast ihn wohl sehr bewundert. Ihn heimlich von der Ferne angebetet, wenn er in seinem Glanz durch die Straßen eurer Stadt zog, und dir nichts auf der Welt mehr gewünscht, als eine Prinzessin zu sein und neben ihm auf dem Thron zu sitzen!"

„Der Thron wäre mir gleichgültig gewesen!"

„Weil er für dich unerreichbar war, du einfältiges Geschöpf! Was würde dir deine Freiheit schon bieten? Was hätte dich in deiner Heimat erwartet?! Ein Leben in Armut vermutlich. Als Frau eines Schneiders vielleicht, der den ganzen Tag über seine Stoffe gebeugt sitzt und vor seinen Kunden buckelt, während du von Kindern umringt an der Feuerstelle stehst und Ruß schluckst! Du solltest wahrlich dankbar sein, dass ich mich überhaupt herablasse, mich mit dir abzugeben!"

„Wie viel lieber wäre mir ein christlicher Schneider und wäre er auch noch so arm!" fauchte Fedora. „Worauf bildet Ihr Euch eigentlich etwas ein? Ein Schneider arbeitet, er ist ein ehrenhafter Mann, während Ihr hier inmitten der Pracht sitzt und nur in die Hände zu klatschen braucht, damit

Euch alle Wünsche erfüllt werden! Und ebenso einfach glaubt Ihr, sei es auch mit mir!"

„Schweig jetzt! Kein Wort mehr! Ich habe genug von deiner Aufsässigkeit!"

Fedora warf den Kopf zurück, starrte ihn wütend an und er blickte finster zurück.

„Du hast mir mit deiner losen Zunge den Tag und die Laune verdorben", sagte er schließlich. „Geh jetzt! Aber wage es nie wieder, mir mit diesem Ungehorsam zu begegnen wie heute. Auch meine Nachsicht hat Grenzen!"

Fedora wandte sich um und schritt hocherhobenen Hauptes hinaus. Sie war Siegerin geblieben, hatte nicht nachgegeben, sondern ihm die Stirn geboten.

Und sie bedauerte es zutiefst.

Es gefiel dem Prinzen weder am nächsten noch am übernächsten Tag, sie zu sich zu rufen, und Fedora hielt sich tagsüber viel im Pavillon auf, die Zeit mit Träumen verbringend, in deren Mittelpunkt Ahmed stand. Um sich abzulenken spazierte sie oft im Garten umher, ihrem Wächter Ali Gesellschaft leistend, der eine besondere Liebe zu den Rosensträuchern hegte und diese keinem der Gärtner überlassen wollte.

„Du liebst deine Rosen", sagte sie zu ihm, während sie ihm zusah, wie er die Blätter nach Ungeziefer absuchte, verdorrte Äste mit dem Messer entfernte und bereits verwelkte Blüten abschnitt. Sie unterhielt sich gerne mit Ali, staunte über dessen Wissen, das sie niemals in ihm vermutet hätte, und half ihm dabei, seine Rosen zu pflegen. Im Gegensatz zu früher brachte sie ihm nun keine Abneigung mehr entgegen, sah in ihm nicht mehr den Wächter, der sie in ihrer Freiheit beschränkte, sondern einen Mann, der in diesem Palast im Grunde ebenso gefangen war wie sie selbst.

„Wie lange bist du eigentlich schon in den Diensten des Prinzen?" fragte sie schließlich.

„Schon viele Jahre. Früher war ich beim Kalifen selbst und dann folgte ich dem Prinzen in sein eigenes Haus."

„Hat man… ich meine… wann…“, Fedora verstummte tief errötend, aber Ali hatte verstanden und lachte leise.

„Das würde der Koran verbieten“, erwiderte er. „Nein, es war mein eigener Vater. Ich war der jüngste Sohn, hatte noch vier Brüder, und damit war der Fortbestand der Familie gesichert. Ich dagegen wurde meiner Männlichkeit beraubt, weil mein Vater hoffte, mir so einen Platz in der Nähe des Kaisers zu sichern. Das ist nichts Seltenes, wisst Ihr“, erklärte er weiter, als er Fedoras entsetzten Blick sah, „sondern geschieht häufig, da die Kaiser sich in ihrer engsten Umgebung nur mit Eunuchen umgeben.“ Er lachte, „Auf diese Weise glauben sie sicher sein zu dürfen, dass die Kinder ihrer Gattinnen wirklich von ihnen stammen. Genauso wie die Gebieter eines Harems…“ Er nickte, „Ja, genauso. Im Grunde gleicht sich hier viel…“

„So stammst du aus Byzanz?“ fragte Fedora erstaunt.

„Allerdings hieß ich damals noch Konstantin, zu Ehren des Kaisers, der unser Reich so groß gemacht und die Stadt berühmt gemacht hat. Mein Name sollte ein gutes Omen sein. Es sah auch eine Zeitlang so aus, als würde sich der Wunsch meines Vaters erfüllen, aber dann fiel ich bei einem Auftrag des Kaisers in die Hände der Sarazenen und endete schließlich im Palast des Kalifen. Und nun bin ich hier.“

„Hättest du niemals ein Weib haben wollen?“ fragte sie neugierig.

„Ein Weib? Nun, ja es gibt viele, die sich Ehefrauen und sogar Konkubinen nehmen, um das zu befriedigen, was man ihnen noch an Lust gelassen hat, aber ich selbst habe die Frauen niemals besonders geschätzt. Sie bringen nur Zank und Hader in das Leben eines Mannes. Mir sind meine Rosen viel lieber. Hätte mein Vater mich nicht für den Dienst beim Kaiser bestimmt, so wäre ich gewiss in ein Kloster eingetreten, um dort ein Leben in Zurückgezogenheit zu führen.“ Er trat einen Schritt zurück und betrachtete den Rosenstrauch an dem er gearbeitet hatte.

„Sie sind wunderschön, diese Rosen“, sagte Fedora bewundernd. „Man sieht, dass sie von einem Mann gepflegt werden, der etwas davon versteht.“

„Ich pflege sie nicht nur, ich liebe sie auch. Sie sind wie meine Kinder. Ich sehe, wie sie heranwachsen, größer und stärker werden, wie sie Blüten bekommen und sich fortpflanzen.“ Er trat zu einem der weißblühenden Sträucher, brach eine der Rosen ab und steckte sie vorsichtig in Fedoras Haar. „Diese Rose passt gut zu Euch“, sagte er lächelnd. „Sie ist weiß wie Eure Haut. Prinz Ahmed kann sich glücklich schätzen, Euch für sich gewonnen zu haben.“

„Er hat mich aber nicht für sich gewonnen!“ widersprach Fedora heftig. „Er hat mich gekauft wie eine Ware!“

Ali lächelte nur wissend und wandte sich wieder seinen Rosen zu.

Der Prinz ließ sie erst einige Tage später wieder zu sich rufen. Fedora, die vor sich selbst nicht zugeben wollte, wie sehr sie seine Nähe vermisst hatte, lief so eilig zum Pavillon, dass Ali, der sie traditionsbewusst begleitete, ihr kaum folgen konnte.

Als sie eintrat, kam ihr Ahmed schon entgegen. „Bist du heute besser gelaunt, meine widerspenstige Stute, oder wirst du deinem Herrn und Gebieter wieder Dinge sagen, die ihn erzürnen müssen?“

Fedora, die sofort eine schroffe Antwort auf der Zunge hatte, schwieg nach einem Blick ins Gesicht des Prinzen. Er sah müde aus und hatte dunkle Schatten unter den Augen, in denen ein fremdes Licht brannte.

Hayana hatte ihr erzählt, dass er den Palast verlassen und mit Freunden durch das Land geritten war, so wie er das nach Salimanas Tod sehr oft getan hatte. Ihre Dienerin hatte das mit leichtem Vorwurf gesagt und Fedora, die ihre kränkenden Worte schon längst bereut hatte, war von einem schlechten Gewissen geplagt gewesen, das nicht einmal der Gedanke daran mildern konnte, dass sie sich bei dem Streit im Recht gefühlt hatte. Aber zumindest hatte sie so die Gewissheit, dass er die vergangenen Tage nicht mit seinen Frauen im Harem verbracht und sich bei ihnen all die Vergötterung geholt hatte, die sie ihm versagte.

Sie hatte erwartet, dass er sofort mit der neuen Lektion beginnen würde, aber stattdessen fasste er sie an den Schultern und blickte sie lange Zeit forschend an, als wollte er in ihren Augen ihre Gedanken lesen. „Sag mir, wenn du nicht auf den Sklavenmarkt gekommen wärst“, sagte er endlich, „sondern jetzt noch daheim in Konstantinopel lebtest – was würdest du dann dort tun?“

„Ich wäre wohl schon vermählt“, erwiderte Fedora, erstaunt über diese Frage. Seine Hände lagen warm auf ihren Oberarmen und sie empfand dabei ein Gefühl der Vertrautheit, das sie verwirrte.

Ahmeds Blick verdunkelte sich und sein Griff wurde plötzlich fast schmerzhaft. „Du wolltest dich vermählen? Mit einem Mann, dem dein Herz gehörte? Zierst du dich deshalb so? Bin ich es etwa, den du verabscheust und nicht die Tatsache, dass du dich deiner Freiheit beraubt fühlst?“

Fedora spielte mit dem Gedanken ihn zu belügen, um ihm zu zeigen, wie wenig ihr an ihm liegen konnte, aber dann sagte sie: „Ich wäre mit einem Mann verheiratet, den man für mich ausgewählt hat. Einen Mann, den ich niemals lieben könnte.“

,*Ganz anders als dich*‘, dachte sie plötzlich und senkte den Blick, damit ihre Augen sie nicht verrieten. ,*Dich könnte ich lieben - mehr als mich selbst - wäre ich nicht nur eine gekaufte Sklavin, an der du deine Macht erprobst und die du dir unterwerfen willst.*‘ Eine sanfte Unterwerfung zwar, so wie er es gesagt hatte, aber doch eine Unterwerfung. Wie er eine Stute zähmen und sich untertan machen würde.

Für eine kleine Dauer war es still. Als Ahmed wieder sprach, klang seine Stimme seltsam rau. „Komm jetzt, es wird Zeit für die nächste Lektion.“

Fedora folgte ihm zu den Kissen, die diesmal in der Mitte des Raumes lagen, und ließ sich auf seinen Wink darauf nieder. „Tut Ihr das alles auch mit Euren anderen Sklavinnen?“ fragte sie plötzlich.

Ahmed hob die Schultern, „Nun, gewiss. Oder hältst du mich für einen Narren, der unter einem Baum voller reifer, süßer Früchte sitzt und wegläuft, wenn eine herunterfällt, anstatt zuzugreifen und sie zu essen?"

„Wie viele Frauen braucht Ihr, um befriedigt zu sein?" fragte sie weiter.

Er sah sie erstaunt an, „Was für Fragen du stellst! Ist das so Brauch in deiner Heimat, so zu fragen?"

„Ibrahim hatte seinen ganzen Harem um sich, der sich um ihn bemühte", erwiderte Fedora. „Tut Ihr das auch? Liebt Ihr auch mehrere Frauen gleichzeitig? Lässt Ihr Euch auch von dreien auf einmal streicheln und liebkosen?"

„Nun, das hat gewiss seinen Reiz", erwiderte er amüsiert, „und in meiner Jugend hatte ich wohl ähnliche Gelüste, aber nun ziehe ich es vor, nicht vor den Augen meines gesamten Harems mit meiner Lieblingsfrau ins Paradies einzugehen." Er rückte ein wenig von ihr ab und betrachtete sie neugierig. „Würdest du das wollen, meine wilde Stute? Würde es deine Lust entfachen, wenn ich dich inmitten meiner Frauen in Besitz nähme?"

„Nein!" sagte Fedora entsetzt. „Ich dachte nur, das wäre so üblich."

„Hast du noch weitere Fragen, die du mir stellen willst", fragte er belustigt, „oder können wir nun mit der Lektion beginnen?"

Fedora wandte den Kopf ab, wartete jedoch bebend vor heimlicher Erwartung darauf, was jetzt kommen würde.

„Deine Lippen", sagte er leise, während er sich neben sie kniete, „heute werde ich mich nicht mehr damit zufrieden geben, den Ring zu küssen, sondern werde deine Lippen berühren. Schließe wieder die Augen." Er drehte ihren Kopf zu sich und legte seinen Daumen auf ihre bebenden Lippen, die sich unter dem Druck leicht öffneten. Er streichelte darüber, ganz sanft und zärtlich, fuhr die Linie ihres Mundes nach, umkreiste ihn. Fedora hatte gehorsam die Augen geschlossen und als er die andere Hand unter ihr Kinn legte, um ihren Kopf ein wenig anzuheben, gab sie widerstandslos nach.

„Zur Lippe kam die Seele", flüsterte er, „reich deine Lippe mir, dass ich dir legen kann die Seele in den Mund!"

Ein angenehmes Zittern ging durch Fedora. Ahmed verstand es, sie allein schon mit Worten zu erregen und sie vermeinte seine Berührung schon zu fühlen, bevor sein Mund den ihren noch erreicht hatte. Aber es war nur sein Atem, der über ihr Gesicht und ihre Lippen strich. Sie hatte schon früher zu ihrer Überraschung festgestellt, wie gut er sich gut auf ihrer Haut anfühlte. Im Gegensatz zu Ibrahim al-Fadal gab es bei Ahmed nichts, was ihr an ihm ekelte, sondern alles an ihm war so vertraut wie ihr eigener Körper.

Und dann endlich lagen seine Lippen auf den ihren. Ganz sanft und spielerisch streichelten sie darüber, hinterließen eine weiche Feuchtigkeit, liebkosten ihre Mundwinkel, ihr Kinn, ihre Wangen, ihre geschlossenen Augen und kehrten wieder zu ihren zitternden Lippen zurück. Wunderbar war es. Erregend schön. Noch weitaus schöner als sie es sich in den Nächten, in denen sie schlaflos darauf gewartet hatte, dass die Stunden bis zu ihrem Wiedersehen vergingen, ausgemalt hatte.

Sie kam nicht im Geringsten auf die Idee, die Augen zu öffnen. Zu sehr schon vertraute sie ihm und seinen Berührungen und gab sich einfach nur ihren Gefühlen und seinen Liebkosungen hin. Liebkosungen, deren der Mann, der ihr zugedacht gewesen war, niemals fähig gewesen wäre. Alexios war ein Krieger, ein harter Mann. Und sie selbst war eine Ware für ihn gewesen. Ein grober, ungeschlachter Mensch, der mit seinen Truppen umgehen und sich bei ihnen Respekt verschaffen konnte. Ein Mann, der es auch nach dem Tod seines Vaters vermutlich schaffen würde, den Frieden in Byzanz selbst und an den Grenzen zu erhalten. Aber kein Mann, der ihr auch nur einen Bruchteil der Zärtlichkeiten geschenkt hätte, die sie hier, von einem Feind ihres Volkes erhielt, der ihr Herz schon längst erobert hatte. Sie wusste immer noch nicht, wie viel sie ihm bedeutete. War sie nur ein Zeitvertreib für ihn? Eine Herausforderung? Wollte er ihren Willen beugen, sie sich ihm untertan machen und dann von sich stoßen, um das Spiel mit der nächsten fortzusetzen?

Ahmed begnügte sich nun nicht mehr damit, ihre Lippen einfach zu küssen und zu streicheln, er hob die Hand, fasste ihre Unterlippe zwischen Daumen und Zeigefinger und küsste sie, saugte sanft daran, und zog sie dann zwischen seine eigenen Lippen, bis Fedora zart seine Zähne spüren konnte. Sie hielt ganz still. Der Raum um sie herum schien sich in die Ewigkeit auszudehnen, das leise Plätschern des Baches verstummte und jedes ihrer Gefühle konzentrierte sich nur in dem Mann vor ihr. Ihr Körper gab plötzlich nach und sie sank, von seinem Arm gehalten, nach hinten in die weichen Polster. Ahmed glitt über sie, bedeckte ihr Gesicht mit Küssen, während er leise Worte murmelte, die sie nicht verstand, deren Tonfall jedoch unendliche Zärtlichkeit ausdrückte.

Schließlich wandte er sich wieder ihrem Mund zu, presste seine Lippen auf ihre, bis sie vermeinte nicht mehr atmen zu können. Sie gab seinem Druck nach und fühlte seine Zunge, die an ihre Zähne stieß, die Innenseite ihrer Lippen ertastete und dann weiter glitt, bis sie die ihre erreicht hatte. Ohne nachzudenken kam sie ihm entgegen, fühlte das leichte, erregende Kitzeln, als er sie koste, sie mit seiner umrundete. Der Bart auf seiner Oberlippe stach ein wenig auf ihrer zarten Haut, aber sie genoss es, öffnete den Mund noch etwas weiter, um ihm mehr Raum zu geben, seine aufreizenden Spiele fortzusetzen.

Schon längst ließ Ahmed es nicht mehr bei dem Kuss alleine bewenden und Fedora erglühte, als seine Hände über ihren Körper streichelten, unter ihr leichtes Gewand glitten um ihre Brüste zu massieren und deren zarte Spitzen mit seinen Daumen zu reiben bis sie hart empor standen. Die Gefühle, die sie während der vorigen *Lektionen* empfunden hatte, waren nichts im Vergleich zu der Leidenschaft, die sie jetzt ergriff. Ihr ganzer Körper schmerzte vor Sehnsucht nach seinen Berührungen und zwischen ihren Beinen war ein bisher wohlgehüteter Punkt, der aufzuschwellen schien und zu pochen begann.

Ohne es selbst zu merken stöhnte sie in seine Lippen hinein. Ahmed schien zu erraten, was in ihr vorging, denn er verminderte den Druck auf ihren Lippen und ließ sie nur zart auf den ihren liegen während er sprach. „Umarme mich, meine stolze Byzantinerin. Und streichle mich, wie ich es tue."

„Nein, niemals." Fedora musste sich in den Kissen unter ihr festkrallen, um sich selbst nicht nachzugeben. Sie konnte kaum mehr denken, fühlte nur ihn, seine Leidenschaft, die die ihre erweckt hatte, aber ihn ebenfalls zu berühren war ihr unmöglich, hätte ihre Niederlage und Unterwerfung bedeutet.

„Tu es." Seine Stimme klang bittend und fast sehnsüchtig.

„Nein." Fedora wollte den Kopf wegdrehen, als sich sein Griff verstärkte.

„Doch!"

„Nicht einmal, wenn Ihr mich dafür auspeitschen lässt!"

Der Zauber war mit einem Mal verflogen. Fedora öffnete die Augen und begegnete einem Blick voll unterdrückten Zorns. „Ich sollte es tun lassen!" fuhr Ahmed sie erbost an. „Bei Allah! Ich sollte es sogar eigenhändig tun, du missratenes, widerspenstiges Geschöpf! Langsam frage ich mich, ob du meiner Langmut und Freundlichkeit überhaupt wert bist!"

„Dann lasst mich doch gehen!" fauchte sie zurück, erzürnt über sich selbst, dass sie ihm bereits so verfallen war, dass jedes böse Wort aus seinem Mund mehr schmerzte, als Peitschenhiebe das jemals gekonnt hätten.

„So nicht!" erwiderte Ahmed wild. „Zuerst will ich diese Lektion selbst auskosten und mir das nehmen, was du mir vorzuenthalten wagst!" Fedora schnappte nach Luft, als er sie auf die Kissen drückte und seine Lippen mit einer Heftigkeit auf die ihren presste bis sie seine Zähne spürte. Sein Körper lag schwer auf ihrem und seine Hände hielten ihren Kopf, sodass sie ihn nicht zur Seite drehen konnte. Sie hob die Hände, um ihn zu schlagen, aber das hätte bedeutet, ihn zu berühren, also ballte sie nur die Fäuste und lag reglos da, bis er zur Besinnung zu kommen schien und von ihr abließ.

Ihr Mund schmerzte von seinem harten, fast endlosen Kuss, der ihr den Atem geraubt hatte, aber sie hatte die Genugtuung, dass sie Siegerin geblieben war. Sie hatte ihn nicht berührt, ihm nicht das gegeben, was er von ihr verlangt hatte!

Ahmed starrte ihr schweratmend in die Augen, dann sprang er plötzlich auf und zerrte sie hoch. „Geh jetzt! Geh endlich, bevor ich mich völlig vergesse und über dich herfalle wie ein wildes Tier!" Er stieß sie von sich und Fedora taumelte aus dem Pavillon und lief dann so schnell sie konnte in ihre Gemächer.

In den folgenden Tagen hörte und sah sie nichts von Ahmed. Der Prinz hüllte sich in Schweigen, ließ sie nicht mehr zu sich kommen um die Lektionen, nach denen sie sich so sehr sehnte, fortzusetzen, und Fedora kam bald zu der Auffassung, dass sie bei ihm in Ungnade gefallen war.

Es gab natürlich Momente – einige wenige -, in denen sie sich selbst verachtete, weil sie sich so sehr zu einem Feind ihres Volkes hingezogen fühlte. Einem Mann, der in ihr nur einen Besitz sah, ein Spielzeug! Aber mit jedem Tag, der ohne Ahmed verstrich, rücken diese Überlegungen in den Hintergrund und der Gedanke, sich vielleicht das wenige, was er ihr an Zuneigung entgegengebracht hatte, verscherzt zu haben, begann ihr Schmerzen zu bereiten. Und am Ende zürnte sie sich selbst für ihren dummen Stolz, der sie nicht hatte nachgeben lassen, sodass sie kaum noch schlafen konnte, tagsüber stumm und traurig im Pavillon saß, der ohne Ahmed leer und einsam zu sein schien, und an nichts anderes denken konnte, als an ihn und die Zuneigung, die sie für ihn empfand.

Als sie eines Tages wieder in den Pavillon ging, um ihm dort nahe zu sein, bemerkte sie zu ihrer Überraschung, dass jemand anderer außer den Dienerinnen oder Ali darin gewesen sein musste. Die Kissen lagen anders als am Vortag und in einer Ecke waren mehrere Bücher und Schriftrollen übereinander gestapelt.

Neugierig näherte sie sich und öffnete eine davon. Eine kundige Hand hatte mit rascher Feder einige Worte darauf festgehalten, die Fedora nun schon leicht entziffern konnte. Es war die Liebeserklärung eines Unbekannten an eine ebenso unbekannte Geliebte.

Mein Leib schmilzt von der Glut des Herzens,
Mein Herz kann selbst nicht mehr bestehen….
Ich lieb dich mit solcherlei Liebe, wie ich sie nicht fand bei anderen Liebenden.
Aber der Liebe Meer ertränkt den, der drin schwimmt mit Macht,
und ihr Feuer brennt und sengt und ihre Qual bedrängt den, der da nächtens wacht…

Fedora flüsterte die Worte leise vor sich hin, während sie las. Deren Innigkeit erfasste sie und berührte eine Saite in ihr, die, seit sie in Ahmeds Harem gekommen war, immer stärker und heftiger zum Schwingen gebracht worden war. Ging es ihr nicht selbst so? War sie nicht schon so sehr in Liebe zu dem Herrn dieses Palastes entflammt, dass sie glaubte, daran zerschmelzen zu müssen? Und brannte trotz ihres äußeren Widerstands nicht in den einsamen Nächten dieses ständige Feuer in ihr, das sie zu verbrennen drohte?

Tief bewegt griff sie nach einer weiteren Rolle. Diesmal war es keine Liebespoesie, sondern Verse an ein totes Kind. Fedora hielt unwillkürlich den Atem an, als sie darüber den Namen von Ahmeds verstorbener Tochter las: Mamuna. Mit zitternden Fingern glättete sie die Rolle.

O Tochter des, der keine Tochter gewünscht,
Erst fünf, erst sechst warst du,
Als du vom Atemholen ruhtest
Und brachst mein Herz und meine Ruh…

Diese Worte mussten von Ahmed selbst stammen. Und es war dieselbe Hand, die auch die Liebesverse geschrieben hatte. Aber da war noch mehr… Sie wollte soeben weiterlesen, als sie hinter sich Schritte vernahm. Tödlich verlegen und in dem Bewusstsein, eine Schwelle übertreten zu haben, die ihr verschlossen hätte sein sollen, senkte sie die Rolle und blickte Ahmed entgegen, der langsam auf sie zukam.

„Ich hatte nicht gedacht, dich hier zu finden", sagte er ruhig.

„Ich bin oft hier", erwiderte sie mit einem leichten Zittern in der Stimme, „aber ich habe Euch bisher noch nie in diesem Pavillon getroffen, wenn Ihr mich nicht hattet rufen lassen…"

„Es ist mein Lieblingsplatz. Ich habe diesen Garten und den Pavillon ganz nach meinen Wünschen anlegen lassen, als ich diesen Palast vor vielen Jahren von meinem Vater geschenkt erhielt. Ich halte mich tagsüber nicht viel in diesem Teil des Palastes auf, aber ich verbringe oft die Nächte hier."

Fedora spürte einen leichten Schmerz. Er war also hier gewesen, in ihrer Nähe, ohne sie zu besuchen oder sie rufen zu lassen. Mit demselben Gedanken stieg plötzlich eine stechende Eifersucht in ihr hoch. Wenn er die Nächte hier verbrachte, dann hatte er vielleicht in den vergangenen Tagen eine andere Frau aus seinem Harem hier gehabt, sich unweit von ihr mit einer seiner Konkubinen vergnügt, während sie sich über seine Abwesenheit gekränkt hatte! Eine Frau, der vielleicht diese Liebesworte galten! „Wart Ihr mit anderen Frauen hier?" fragte sie gequält. Sie hatte diese Frage nicht stellen wollen, aber sie war ihr einfach entkommen.

„Sollte dich das etwa interessieren?" fragte er überrascht. „Oder hast du dir gar damit geschmeichelt, ich würde mich um eine lieblose Frau wie dich bemühen und dabei meinen anderen Harem vernachlässigen?"

Sie senkte den Kopf und gab keine Antwort. Seine Worte hatten ihr wehgetan, mehr als sie ertragen konnte, und sie fühlte, wie Tränen der Kränkung in ihre Augen stiegen. Sie hatte tatsächlich gehofft, etwas Besonderes für ihn zu sein. Mehr als nur eine Sklavin, ein Weib, das er sich durch seine Spiele untertan machen wollte. Sie hatte nicht daran zu glauben gewagt, aber sie hatte es sich mehr gewünscht als alles andere.

Er trat zu ihr hin und nahm ihr die Schriftrolle aus der Hand. „Du liest Dinge, die dich nichts angehen, meine neugierige Byzantinerin. Hat man dich keinen Respekt vor dem Eigentum anderer gelehrt?"

Fedora wusste, dass sie kein Recht gehabt hatte, diese Worte zu lesen, aber die Kränkung und die unterdrückten Tränen saßen so beklemmend in ihrer Kehle, dass sie nicht sprechen konnte.

„Geh jetzt, lass mich allein. Und komm nie wieder ungerufen hierher." Er wandte sich um und sah beim Fenster hinaus, so, als hätte er ihre Anwesenheit bereits vergessen.

Fedora erhob sich rasch, blieb dann aber nach wenigen Schritten stehen. Sie hatte ihn noch mehr erzürnt durch ihre Neugier und sie wollte nicht gehen, ohne ihn deshalb um Verzeihung gebeten zu haben. Zu sehr hatte sie seine Trauer um das tote Kind berührt.

Als sie nicht ging, wandte er sich um. „Was ist? Sonst kannst du es doch kaum erwarten, mich zu verlassen! Weshalb zögerst du heute?"

„Weil ich glaube, Euch gekränkt zu haben. Durch meine Neugier, mit der ich Eure Worte las."

Der Ernst in seinem Gesicht wich einem kleinen Lächeln als er langsam näher kam. Fedora blieb stehen und sah ihm entgegen, ohne seinem Blick auszuweichen. Aber diesmal lag kein Widerspruch und Aufruhr in ihren Augen, sondern nur die Sorge, ihn verletzt zu haben. Als er ganz dicht vor ihr stand, hob er die Hand und strich über ihre Wange. Es war keine Berührung von der Art, wie sie sie fürchtete und ersehnte zugleich, sondern liebevoll, und zu ihrer eigenen Verwunderung fühlte sie ein warmes, zärtliches Gefühl für ihn in sich aufsteigen, das so ganz anders war als ihre bisherigen leidenschaftlichen Empfindungen.

„Du hast mich nicht gekränkt, meine stolze Byzantinerin, aber du hast Erinnerungen aufgetan, die ich vergessen glaubte."

„Verzeiht", hauchte sie.

„Es gibt nichts zu verzeihen.“ Er beugte sich vor und Fedora hielt still als er sanft seinen Mund auf ihren legte, ohne sie jedoch zu küssen. Dann trat er einen Schritt zurück und wandte sich halb ab. „Und nun geh.“

Sie senkte tief errötend ihren Kopf, wandte sich um und verließ den Raum. Seine Berührung, die nicht mehr als ein Hauch gewesen war, hatte sie mehr erschüttert als die Küsse, die sie vor einigen Tagen ausgetauscht hatten, und die Sehnsucht nach ihm fast unerträglich gemacht.

„Endlich kommst du!“ rief Dananir ungeduldig aus, als Hayana den Raum betrat. „Bringst du endlich neue, bessere Nachrichten von meinem Sohn?“

„Wie man es nimmt…“, entgegnete Hayana zögernd.

„Haben ihm die Frauen, die ich ihm schenkte, keine Freude bereitet? Haben sie ihn nicht von seinem Schmerz abgelenkt?“ Sie schüttelte mitleidig den Kopf, „Noch selten habe ich einen Mann gesehen, der so untröstlich war wie er, dass ihn nicht einmal die reizvollsten neuen Sklavinnen dazu bringen können, sich wieder den Freuden des Lebens hinzugeben.“

„Nun…“, fing Hayana an, „sie reden natürlich nicht davon, aber ich glaube, er hat noch keine einzige davon zu seinem Weib gemacht. Sonst hätten manche von ihnen wohl keinen Grund, mit einem so sauren Gesicht herumzulaufen. Und die anderen besucht er auch nicht mehr. Jedenfalls nicht, um mit ihnen zu schlafen. Er sucht sie zwar auf, spricht mit ihnen, hört sich ihre Beschwerden und kindischen kleinen Wünsche an, aber dann geht er wieder.“ Sie lachte leise in sich hinein. „Ihr solltet nur sehen, wie sie sich immer aufputzen, sich schmücken, um ihm zu gefallen, diese albernen Gänse, wie sie um ihn herumflattern und ihm schöntun, und doch kommt keine zum Ziel.“

Dananir ließ sich entmutig in die Kissen sinken, „Meinst du… meinst du, meinem Sohn fehlt etwas? Hat sich vielleicht ein böser Dämon seiner bemächtigt, der ihm die Freude am Leben und an der Liebe nimmt?“

„Nun, eine Art Dämon wohl schon", erwiderte Hayana geheimnisvoll.

Ahmeds Mutter sah schnell auf, „So sprich doch!"

„Es gibt da eine neue Frau in seinem Harem, die seine Sinne entflammt hat..."

„Etwa die neue Sklavin, von der man sich erzählt?" fragte Ahmeds Mutter gespannt.

Hayana nickte.

„Ist es tatsächlich jene, die zuvor Ibrahim angegriffen und dabei fast den Tod gefunden hat? Ganz Bagdad spricht darüber und Ibrahim muss vor Demütigung fast grün werden, weil er nicht verhindern konnte, dass diese Kunde sich aus seinem Harem auf die Straßen ausbreitete! Ich wollte Ahmed darüber befragen, aber er gab mir nur ausweichende Antworten."

„Es ist dieselbe."

„Und mein Sohn findet sie tatsächlich ansprechend?

„Dies ist genau die Frau, die er brauchte, um seine verstorbene Gattin zu vergessen. Sie ist nicht wie die sanfte Salimana und schon gar nicht wie die anderen, sondern hat einen starken Willen, den sie ihm auch zeigt." Hayana lachte leise, „Sie ist klug, widerspricht ihm aber auch, widersetzt sich ihm. Das beschäftigt ihn."

„Und er lässt sich das gefallen?"

„Er brennt lichterloh", erwiderte Hayana zufrieden. „Schickt ihr die ausgefallensten Süßigkeiten, lässt aus den Bergen Eis holen, um damit ihre Getränke zu kühlen, und hat ihre Truhen mit Kleidern gefüllt, die weitaus kostbarer sind als die der anderen Frauen. Ich möchte schwören, dass seine Gedanken unaufhörlich darum kreisen, wie er sie für sich gewinnen kann."

„Mein Sohn zu Füßen einer Sklavin?" Dananir verzog den schönen Mund.

„Keine gewöhnliche Sklavin", erwiderte Hayana nachdenklich. „Sie mag vielleicht auf dem Sklavenmarkt zum Verkauf gestanden sein, aber ihr ganzes Auftreten, ihre stolze Haltung, ihr Blick, zeigen mir, dass sie nicht aus dem gemeinen Volk stammt, sondern edle Vorfahren haben muss. Wenn Ihr sie träft, würdet Ihr dasselbe sagen, meine Herrin.“

„Wie sieht sie aus?“

„Sie hat leuchtend rotes Haar, blasse Haut und die Taille einer Wespe“, erzählte Hayana. „Aber dennoch sind ihre Hüften breit und ihre Brüste voll genug. Ihre Augen sind grün. Und sie ist sehr gebildet, bemüht sich, unsere Sprache zu lernen und übt sich im Schreiben. Der Prinz unterhält sich gerne mit ihr, über alle Dinge, die ihm am Herzen liegen. Und sie hat sich mit Ali angefreundet.“ Hayana setzte diese Worte hinzu wie einen Triumph.

„Mit Ali?“ Dananir sah überrascht hoch. Sie kannte Ali, den Eunuchen, den Wächter der Frauen ihres Sohnes, seit sehr vielen Jahren. Sie mochte ihn, schätzte wie Ahmed seine Treue und Zuverlässigkeit. Er begegnete ihr mit dem Respekt der ihr zustand und sie wusste, dass er sie bis zu einem gewissen Grad auch mochte, aber gleichfalls wusste sie auch, dass er die meisten Frauen verachtete. Und nun war da eine neue Frau, eine Sklavin, die mit ihm Freundschaft geschlossen hatte! Keine Sekunde dachte Dananir, die Alis absolute Ergebenheit ihrem Sohn gegenüber ebenso kannte wie seine Unfähigkeit seinen Herrn in dieser gewissen Sache zu betrügen, es könnte etwas in dieser Freundschaft sein, das nicht ihr Wohlgefallen erregen könnte. Nein, im Gegenteil, diese Bevorzugung durch den sonst so zurückhaltenden Mann machte die neue Sklavin interessanter und … sogar liebenswert.

„Bring sie einmal zu mir“, sagte sie zu Hayana. „Ich möchte sie kennen lernen.“

„Das geht nicht, meine Herrin“, erwiderte die Dienerin. „Der Prinz hat streng verboten, dass Fedora jemals den Palast oder auch nur die Gemächer, die sie bewohnt, verlässt.“

„Aber seinen anderen Konkubinen erlaubt er doch auch, sich unter der Aufsicht der Wächter außerhalb des Palastes zu bewegen und zu gehen wohin sie wollen!“ rief Dananir erstaunt aus. „Es hat mich oft verwundert, wie viel

Freiheit er ihnen lässt! Mehr noch als ich selbst als Gattin des Kalifen genieße."

„Gewiss, er ist sonst sehr großzügig", sagte Hayana. „Aber bei dieser Byzantinerin ist er weitaus strenger. Er ist ihr gegenüber so nachsichtig wie er nur sein kann, aber er erlaubt nicht, dass sie sich aus seiner Nähe entfernt."

„Dann komm öfter und erzähl mir von ihr. Und vielleicht lässt es sich sogar einmal einrichten, dass ich sie besuchen kann."

Jetzt, wo sie wusste, wie nahe Ahmed ihr in den Nächten war, fand Fedora noch weniger Schlaf als bisher. Die Sehnsucht nach ihm und seinen Händen ließ sie erglühen und der Wunsch, seine Stimme zu hören und mit ihm zu sprechen, wurde fast übermächtig. Zwei Tage und Nächte verbrachte sie so, dann, eines Nachts, fasste sie endlich einen Entschluss: sie erhob sich leise von ihrem weichen Lager, huschte unhörbar an den schlafenden Dienerinnen und Hayana vorbei und lief die nächtlichen, vom Licht der Sterne und des Mondes beleuchteten Wege entlang, bis sie den Pavillon erreicht hatte. Durch die geschnitzten Fenstergitter konnte sie sehen, dass drinnen Kerzen brannten. Er war also hier. Eine unfassbare Freude stieg in ihr hoch, dann zögerte sie jedoch einzutreten, voller Furcht, Ahmed könnte nicht alleine sein und sie fände ihn zusammen mit einer anderen auf denselben weichen Kissen, auf denen er sie geküsst und gestreichelt hatte. Sie schob leise den Teppich zur Seite und lauschte hinein, bereit, sofort wegzulaufen, wenn sie auch nur einen Ton hörte, der ihr die Anwesenheit einer anderen Frau verriet.

In diesem Augenblick griff eine harte Hand nach ihrem Arm und zerrte sie derb hinein. „Wer wagt es…?!" Im selben Moment, in dem Ahmed sie erkannte, ließ er sie los und der Zorn in seinen Augen machte einer Verblüffung Platz.

„Du? Was willst du hier? Sehen, ob es noch mehr Dinge gibt, die zu lesen es sich lohnt?"

Fedora wand sich unter diesen Worten, aber dann fasste sie sich ein Herz. „Ich komme zur nächsten Lektion", sagte sie leise.

Er starrte sie an ohne sich zu rühren. „Wer sagt, dass ich dir überhaupt noch Lektionen geben will?" fragte er schließlich finster. „Vielleicht bin ich es schon überdrüssig, mich mit einer Frau abzugeben, die an Sturheit nicht zu überbieten ist?"

„Wäre ich dann hier, wenn ich so stur wäre, wie Ihr meint?“ erwiderte sie fast unhörbar.

Ahmed blickte sie mit einem seltsamen Ausdruck an. „Die nächste Lektion wäre jene, in der ich dich überall berühren würde“, sagte er dann langsam. „An jeder Stelle deines Körpers, auch an den geheimsten. Bist du sicher, dass du das willst?“

Bei seinen Worten war ein Beben durch Fedoras Körper gegangen. Sie berühren, überall… Es musste unerträglich schön sein, von ihm berührt zu werden, dort, wo es schon beim Gedanken an ihn heiß wurde.

Ahmed hatte ihre Reaktion bemerkt. „Hast du Angst?“ fragte er spöttisch. „Bereust du es schon, gekommen zu sein?“

Sie schüttelte den Kopf, ohne ihn anzusehen. Keine Angst vor ihm, vielmehr vor ihren eigenen Gefühlen, die sie schon bei ihren früheren Begegnungen unter seinen Liebkosungen fast mitgerissen hatten. Und wenn er jetzt jene Stellen berührte, in denen die Hitze mit jeder seiner Zärtlichkeiten wuchs, die nach ihm verlangten, dann wusste sie, dass sie endgültig ihren eigenen Willen verlieren und ihm so sehr verfallen sein würde, dass sie nicht nur äußerlich, sondern auch innerlich seine Sklavin wurde. Aber deshalb war sie ja gekommen. Um den letzten Schritt zu tun. Weil sie es ohne ihn nicht mehr aushielt.

Er stand vor ihr, musterte sie mit einem prüfenden Blick, dann atmete er tief durch. „Gut, beginnen wir mit der Lektion.“ Er trat nahe an sie heran, hob die Hände und schob ihr leichtes Nachtgewand von ihren Schultern. Es glitt sanft und seidig an ihr herab, bis es zu ihren Füßen lag. Fedora hatte die Augen geschlossen und wartete zitternd darauf, was weiter geschehen würde.

„Sieh mich an“, sagte er plötzlich. „Ich will heute deine Gefühle erkennen können.“

Sie öffnete ihre Augen und erschrak vor der Glut in den seinen. Sie waren dunkler als sonst, brennender und fremder und für einen kurzen Moment bereute sie es, ihre Schritte hierher gelenkt zu haben.

„Du hast doch Angst", murmelte er, während seine
Hände warm von ihren Schultern über ihre Oberarme glitten und wieder zurück. Es war eine beruhigende, liebevolle
Geste. „Ich sehe es in deinen Augen. Aber du musst keine
haben. Ich werde dir nicht wehtun, dich nicht verletzen. Ich
werde dich nur streicheln, bis du keinen anderen Gedanken
mehr hast als mich. Bis dein unseliger Wunsch nach Freiheit unter meinen Liebkosungen zu Asche verbrennt."

Zu ihrer Überraschung fasste er sie unter den Knien
und unter den Armen und hob sie hoch, um sie zu den
weichen Kissen zu tragen. Dann richtete er sich wieder auf,
stand vor ihr und betrachtete ihren Körper.

„Du bist schön. Schöner als jede Huri, die uns das Paradies verspricht. Aber ich wollte, du wärst mir ebenso ergeben und würdest nicht nur kommen, weil dein Fleisch danach verlangt."

Statt einer Antwort streckte Fedora sehnsüchtig die Arme nach ihm aus.

Ahmed schüttelte den Kopf, „Nein, du sollst mich nicht
mehr berühren. Ich will es nicht. Zumindest nicht heute
und nicht so. Du sollst mich erst berühren, wenn du…
mich liebst. Nicht eher." Er kniete neben ihr nieder und
Fedora erschauerte, als er seine Hand schwer auf ihren Leib
legte. Es war eine sanfte, aber sehr besitzergreifende Geste
und sie atmete zitternd ein als er langsam über ihren Bauch
strich, weiter hinauf, über ihre Brüste, ihren Hals und ihre
Schultern und Arme, dabei auch nicht die kleinste Stelle
auslassend. Sie kannte dieses Gefühl schon, das diese Liebkosungen in ihr auslösten, aber dieses Mal war es noch erregender. Sie war zum ersten Mal seit dem Schachspiel völlig nackt und sie genoss seine Blicke auf ihrer Haut nicht
weniger als seine Berührungen.

Sie gab sich bedingungslos seinen Händen hin, die steigende Erregung erwärmte ihren Körper, bis er sie sanft
herumdrehte, sodass sie ihm ihren Rücken zukehrte. Er
schob ihr Haar zur Seite und streichelte mit den Fingerspitzen über ihre Schultern, ihren Rücken und kehrte wieder
zurück bis zu ihrem Nacken. Hauchzart war seine Berüh-

rung, ließ sie erschauern und ihre Haut sich wie schon so oft bei seinen Zärtlichkeiten genussvoll zusammenziehen.

Als er plötzlich seine Hand zurückzog, blieb sie zuerst abwartend liegen, dann wandte sie leicht den Kopf.

„Soll ich weitermachen?“ fragte er ruhig.

Fedora nickte nur. *Ich werde dich an jeder Stelle deines Körpers berühren*, hatte er gesagt, *auch an den geheimsten.* Sie hatte ein wenig Angst davor und doch eine unstillbare Sehnsucht, die sie nach mehr verlangen ließ.

Sie fühlte seine Hände auf ihrem Gesäß. Schwer und warm lagen sie darauf und Fedora, die bisher niemals gedacht hätte, dass eine solche Behandlung sie jemals so erregend konnte, zog überrascht die Luft ein, als sie plötzlich seine Lippen fühlte.

„Du solltest dich inzwischen schon daran gewöhnt habe, dass ich dich überall küsse, wo es mir gefällt“, murmelte er an ihrer Haut, auch das kleinste Stückchen ihres Rückens mit Küssen bedeckend. Fedora gab sich mit einem tiefen Aufseufzen dieser neuen Zärtlichkeit hin und hielt erst wieder den Atem an, als seine Finger den Wirbeln ihres Rückgrates folgten, immer weiter und weiter hinab, bis zwischen ihre Gesäßbacken. Sie stieß einen kleinen Laut der Lust aus, presste ihr heißes Gesicht in die kühlen Seidenkissen, als sie seine Finger noch tiefer fühlte. Sie gab dem Druck seiner Hand nach, öffnete die Beine etwas mehr und fühlte, wie seine Finger, nachdem sie das weiche, nachgiebige Fleisch zwischen ihren Schenkeln ertastet hatten, weiterglitten, eine zarte Feuchtigkeit auf der Innenseite ihrer Oberschenkel hinterlassend.

Plötzlich hielt er inne, strich mit der anderen Hand über eine Stelle auf ihrem Rücken. Sie wusste, dass sie dort kleine Narben hatte, wo die Peitsche von Ibrahims Henker die Haut hatte aufplatzen lassen. Sie würden vergehen, hatte Hayana sie beruhigt, aber es würde wohl noch ein Jahr dauern, bis die Haut wieder glatt war wie zuvor. Ihre Dienerin rieb ihr jeden Abend und Morgen ein heilendes Öl ein, das angeblich alle Male verschwinden lassen sollte.

„Stört Euch dieser Schönheitsfehler?" fragte sie beunruhigt, als er immer wieder mit den Fingern über die zarten Vertiefungen fuhr.

„Nein. Aber ich sollte ihn selbst dafür…" hörte sie Ahmed zwischen den Zähnen hervorpressen.

„Hayana hat gesagt, dass sie bald vergehen werden", fuhr sie fort.

„Man sieht sie kaum", erwiderte er heiser, „ich kann sie nur erfühlen. Wenn ich ein wenig später gekommen wäre…" Er sprach den Satz nicht zu Ende, aber Fedora wusste, was er meinte, und ein Gefühl tiefer Freude stieg in ihr hoch. Er war wütend, aber nicht auf sie, sondern auf Ibrahim, weil dieser sie hatte schlagen lassen.

Sie drehte sich unter seinen Händen herum bis sie auf dem Rücken lag, und sah ihn ernst an. „Ihr zürnt mir jetzt nicht mehr?"

Ahmeds Blick verlor sich für die Dauer unzähliger Herzschläge in dem ihren. „Nein. Nein, ich glaube, ich könnte dir gar nicht ernsthaft böse sein, meine widerspenstige Byzantinerin. Denn wärst du auch nur ein wenig nachgiebiger, so würdest du jetzt in Ibrahims Palast wohnen und nicht in meinem." Das kleine Lächeln, das sie an ihm lieben gelernt hatte, stahl sich zum ersten Mal seit langem wieder in seine Augen. „Allein der Gedanke daran lässt mich wünschen, etwas zu tun, das der Koran verbietet, und Ibrahim einer Behandlung zu unterziehen, die ihn in die Reihe der Eunuchen bringen würde."

Fedora erwiderte, ohne sich dessen bewusst zu sein, sein Lächeln und Ahmeds Blick wurde seidenweich.

„Dies ist das erste Mal, das du mich anlächelst, weißt du das?"

„Bitte küsst mich", bat Fedora. „Ich habe mich in den vergangenen Tagen so sehr danach gesehnt."

Ahmed beugte sich über sie, seine Lippen fuhren über ihre Wange, ihr Kinn und fanden dann endlich die ihren. Als sie jedoch ihre Arme um ihn legen wollte, hielt er sie davon ab. „Nein, jetzt nicht. Ich möchte deine Nachgiebigkeit auskosten, meine wilde Stute, sehen wie du mir gehorchst. Außerdem, es gibt nichts, was die Glut noch mehr entfacht, als unerfüllte Wünsche und Sehnsüchte." Er fasste er sie an den Handgelenken und schob ihre Arme hoch, bis sie über ihrem Kopf lagen, dann brachte er seine Lippen wieder ganz nahe an ihre, „Ich brenne vor Leidenschaft, meine schöne Huri, aber ich werde mein Verlangen und deines erst stillen, bis ich sehe, dass auch du in Flammen stehst, die ich alleine löschen kann."

„Ich stehe in Flammen", hauchte Fedora. Noch nie war sie so vor ihm gelegen, nackt, mit den Armen über dem Kopf, ihm so völlig preisgegeben.

„Ja, aber sie lodern noch nicht hoch genug." Ein Lächeln lag in seiner Stimme, „Glaube mir, das, was du jetzt empfindest, ist nichts, gegen das, was ich noch in dir entfachen werde. Bis du vollkommen mir gehörst…"

Bei diesen Worten glitt seine Hand, die bisher ruhig auf ihrer Brust geruht war, weiter hinab. Seine Finger suchten ihren Nabel und Fedora, die noch niemals eine derartige Liebkosung gekannt hatte, fühlte, wie ein Blitz von der Mitte ihres Körpers zwischen ihre Schenkel fuhr. Sie zog überrascht die Luft ein und spannte sich unwillkürlich an, als sich der Druck von Ahmeds Fingers zart verstärkte.

„Nicht, meine Schöne", sagte er, leise lächelnd, „du darfst mir und meinen Händen keinen Widerstand entgegensetzen. Bleib nur ganz ruhig liegen und warte ab, was weiter geschieht. Du wirst es nicht bereuen, glaube mir."

Das heiße Gefühl schien sich zwischen Fedoras Beinen zu sammeln und wurde noch heftiger, als Ahmed seine Finger zurückzog und stattdessen seine Lippen über ihren Nabel legte und mit der Zunge hineinbohrte. Das Kitzeln, manchmal heftiger, dann wieder hauchzart, ließ sie zuerst leise auflachen, aber als er auch noch seine Hände zart über ihren Bauch und ihre Brüste wandern ließ und alle jene Stellen suchte, die empfindsam waren, wand sie sich bereits unter seinen Berührungen. Das Pochen zwischen ihren Beinen, das sie zum ersten Mal unter seinen Küssen gespürt hatte, war wieder da, wurde heftiger, verlangender und etwas schien aufzuschwellen, feucht zu werden.

„Was tut Ihr nur mit mir?“ flüsterte sie erregt. Ihre Brustspitzen standen dunkelrot empor und sie schloss die Augen, als er seine Lippen um sie schloss, daran saugte, bis sie schmerzten. Seine Hand war tiefer gewandert, lag jetzt über dem Punkt, der nach Aufmerksamkeit verlangte, ohne, dass Fedora sich bewusst war, welcher Art diese sein sollte.

Er verstärkte den Druck seiner Hand, bis zwei seiner Finger federleicht genau auf der Quelle des Pochens lagen. „Ich werde dir sagen, was ich mit dir tue, meine kostbare Byzantinerin, die trotz allem noch so erregend unschuldig ist.“ Seine Stimme klang rau, aber weich und sein Atem strich heiß über ihr Gesicht, während seine Lippen an ihrer Wange lagen. „Allah sei Dank, der dich mir so erhalten hat – ich habe es noch nie so genossen, die Leidenschaft und Liebe einer Frau zu wecken wie bei dir.“ Er küsste ihre Augen. „Ich werde dir sagen, was ich tue: Ich werde das Feuer weiter schüren, dich bis zum Äußersten bringen.“

Fedora, alleine schon von der Vorstellung erregt, atmete zitternd ein. All ihre Furcht war verflogen und sie wollte nur eines: Ahmed fühlen, seine Hände und Lippen auf ihrem Körper spüren und in unsäglicher Lust und Liebe vergehen. „Bitte tut es“, wisperte sie. „Tut es.“

Ahmed lachte leise, aber es war ein erregtes Lachen, voller Lust und Freude an dem Spiel und an ihr und ihrem Körper. „Aber ich werde das Feuer nicht löschen“, sprach er weiter. „Nicht heute. Ich möchte unserer beider Leidenschaft noch warten lassen, bis sie die Erfüllung findet.“ Seine Lippen kosten ihr Ohr, „Das habe ich noch nie getan, es lässt mich leiden, aber es verschafft mir auch einen Genuss, der fast unerträglich ist.“

Sein Mund war nahe an ihrem Gesicht und sein Blick ließ sie nicht los, verfolgte jede ihrer Bewegungen, jede Veränderung ihres Ausdrucks, während seine linke Hand tiefer glitt. Sie schrie leise auf, als er eine Stelle ertastete, die so empfindsam war, dass sie die Berührung kaum ertrug.

„Du bist bereits voller Erwartung“, flüsterte er. „Deine Quelle der Leidenschaft ist feucht und glühend und heißt mich willkommen.“ Als er ihre Beine ein wenig weiter öffnen wollte, verhärtete sich ihr Körper. Die Erinnerung an Ibrahims derben Griff ließ sie unwillkürlich nach einem der Kissen greifen und sich daran festkrallen.

Ahmed betrachtete sie nachdenklich. „Du hast Angst", sagte er ruhig. „Das musst du nicht." Er schien ihre Gedanken lesen zu können. „Hat Ibrahim dich hier berührt?"

Sie drehte verschämt den Kopf zur Seite und nickte.

„Hat er dir wehgetan?"

„Es… es war sehr unangenehm..." Sie hatte plötzlich Angst vor ihren eigenen Erwartungen, davor, sich seine Berührungen so sehr zu wünschen und dann enttäuscht zu werden.

„Das wird es jetzt nicht sein." Ahmed beugte sich über sie, küsste sie zärtlich auf den Mund, ihre Wangen. „Du sollst nichts vor mir verbergen", flüsterte er an ihrem Mund. „Es soll keine Stelle an deinem wunderbaren Körper geben, die mir verschlossen bleibt. Vertraue mir, meine süße Huri, und öffne dich mir, damit ich die Knospe deiner Lust liebkosen kann, bis sie sich unter meinen Berührungen zu einer wunderbaren Blüte zu entfaltet."

Als er diesmal seine Hand zwischen ihre Schenkel legte, gab Fedora nach, vor Erregung zitternd, als er ihre Knie leicht auf die Seite bog. Sie hatte angenommen, dass er sofort mit seinen Fingern in sie eindringen würde, aber stattdessen streichelte er zart über ihre Scham, fuhr mit den Fingerspitzen die äußeren und inneren Formen nach. „Wie eine Blüte", flüsterte er, „eine wunderbare, rosige Blüte, die unter meinen Berührungen erblüht." Sein Finger fuhr tiefer zwischen ihre Beine, aber in dem Moment, als sie abermals dachte, er würde eindringen, zog Ahmed seine Hand zurück. „Nein", murmelte er, „noch nicht. Dort sollst du mich erst spüren, wenn ich in dir liege. Nein, zuvor sollst du eine andere Art der Wonne fühlen."

Ohne dass Fedora, die kaum noch klar denken konnte, nunmehr den geringsten Widerstand leistete, bog er ihre Beine weit auseinander und kniete sich dazwischen. Hayana hatte sie bereits vor einiger Zeit davon überzeugen können, dass es nicht genug war, ihre Gliedmaßen vom Haar zu befreien, sondern dass der Prinz es schätzen würde, eine Frau zu lieben, die keinen *tierischen Pelz zwischen den Beinen* trug. Fedora war schon verliebt und sehnsüchtig genug nach Ahmeds Berührungen gewesen, um nachzugeben, und war nun dankbar für Hayanas guten Ratschlag.

„Was tut Ihr?!" Sie hatte gedacht, er würde sie nur ansehen oder berühren wollen, aber als er seinen Kopf hinabbeugte, hielt sie vor Überraschung und Entzücken den Atem an.

„Ich küsste dich", murmelte er. „Ich küsse die Blätter dieser Blüte, die feucht ist vom Tau der Liebe und Erwartung, und suche nach deiner Knospe der Leidenschaft, … dem Zentrum deiner Lust und deines Begehrens." Sein Atem strich kühl und zugleich heiß über die Feuchtigkeit ihrer Scham und sie erbebte, als er mit den Fingern sanft die weichen, schützenden Lippen etwas weiter auseinander zog, um zu dem Punkt zu gelangen, der fast schmerzlich pochte. Sie schrie leise auf, als er seine Zunge darum tanzen ließ, und wand sich unter seinen Berührungen, die nichts Fremdes oder Beängstigendes mehr hatten, sondern ihren Körper zum Glühen und jeden Gedanken zum Erlöschen brachten. Das Pochen und die Lust zwischen ihren Beinen war kaum noch erträglich, breitete sich von ihren Schenkeln aufwärts wandernd über ihren ganzen Körper aus und ließ sie in einen Zustand der Wonne verfallen, der nur noch aus einem heftigen Brennen bestand, das sie zu verzehren drohte.

Er hielt ihre Schenkel fest als sie sich aufbäumte, seinen saugenden Lippen entgegen, aber plötzlich, kurz vor einem Punkt, von dem Fedora niemals gedacht hatte, dass er überhaupt möglich war, ließ er plötzlich von ihr ab. Seine Hände lagen zwar immer noch auf ihrem Körper, aber streichelten sie, beruhigten sie, glitten sanft über ihren Bauch, ihre Brüste.

Fedora, die nur langsam wieder in die Gegenwart zurückfinden konnte, öffnete die Augen, als seine Hände sich von ihr zurückzogen. „Ist es... ist es schon vorbei?" fragte sie atemlos. Sie fühlte sich erhitzt, voller Lust, aber unbefriedigt, so, als hätte er ihr noch einen Höhepunkt ihrer Gefühle vorenthalten. Noch weitaus stärkere Gefühle, von denen sie ahnte, dass sie vorhanden sein mussten.

Ahmeds Augen fesselten ihren Blick, liebkosten ihr Gesicht, aber er berührte sie nicht mehr. Sie wollte ihn bitten weiterzumachen, sie jetzt nicht alleine zu lassen, jedoch er erhob sich seltsam schwerfällig und atmete tief durch. Zu ihrer Erregung sah sie, dass sich sein Gewand vorne wölbte. Sie wusste, was sich darunter verbarg. Etwas, das sie berühren und besitzen wollte.

Als er ihren Blick bemerkte, lachte er ein wenig mühsam. „Ja, meine leidenschaftliche Geliebte, es scheint mir doch schwerer zu fallen, der Glut und der Erlösung zu widerstehen, als ich zuvor dachte. Und fast neige ich dazu, meine Entscheidung zu bereuen.“ Er ging zu dem kleinen Bach, kniete sich hin, dann tauchte er die Hände hinein und warf sich Wasser ins Gesicht, bis er wieder ruhiger atmete.

„Mein Gebieter…“

Es war das erste Mal, dass sie ihn so nannte, und er lächelte sie an, als sie die Hand nach ihm ausstreckte. Er ergriff sie und zog sie an seine Lippen. „Es wird Zeit für dich, mich für heute zu verlassen“, flüsterte er in ihre Handinnenfläche hinein.

„Ist es wirklich schon zu Ende? Schickt mich jetzt nicht fort. Lasst mich bei Euch bleiben!“

„Morgen, meine süße Huri.“ Seine Stimme klang rau, „Morgen werde ich dich zur nächsten Lektion rufen. Aber vermutlich werde ich diesmal nicht damit warten können, bis der Abend kommt, sondern schon viel früher nach dir schicken. Du bist wahrhaftig die erregendste Frau, die ich je berührt habe. Ich weiß aber auch, dass du noch nicht so weit bist, mir das zu geben, was ich mir ebenso sehr von dir wünsche wie deinen Körper.“ Er beugte sich zu ihrer Überraschung zu ihr hinunter und hob sie hoch. „Du bist leicht, meine rothaarige Gazelle, leichter als ich dachte. Es ist schön, dich auf meinen Armen zu halten.“

„Und es ist schön, von Euch gehalten zu werden.“ Fedora hob ihre Hand, um mit den Fingern durch sein Haar zu fahren.

„Nicht, meine wilde Stute“, sagte er, bevor sie ihn noch berühren konnte, „das wäre zuviel für mich. Und ich will diese Nacht in der köstlichen Erwartung verbringen, dich die letzte Lektion zu lehren, bevor wir uns vereinigen.“

„Noch eine weitere Lektion?“ Fedoras Augen waren dunkel vor Sehnsucht und unerfüllten Wünschen.

„Noch weißt du nichts oder nicht viel über die Lust des Mannes“, erwiderte er mit einem leisen Lachen. „Oder“, sein Blick verdunkelte sich, „hat dieser Hund Ibrahim es gewagt, dich dazu zu zwingen? Musstest du ihn berühren?“

„Die einzige Berührung, die er von mir erhielt war die meiner Nägel an seiner Wange“, flüsterte Fedora. „Aber ich habe zugesehen wie seine Frauen es taten“, fügte sie hinzu. „Es war… nun…“

„Abstoßend?“ ergänzte Ahmed ihren Satz, als sie den Blick senkte.

Fedora nickte verlegen.

„Dann werde ich es dich sehr langsam lehren. Bis du dich ebenso daran gewöhnst wie an meine Berührungen und Küsse. Es soll nichts an unserer Vereinigung sein, das du nicht willkommen heißt.“

„Es gibt nichts, mein Gebieter, das ich von Euch nicht willkommen heißen würde.“ Fedora legte ihren Kopf auf Ahmeds Schulter und schmiegte sich an. Es war schön, von ihm im Arm gehalten zu werden und sie fühlte sich geborgen und sogar zufrieden.

Ahmed trug sie aus dem Pavillon, hinaus in den Garten bis zu ihren Gemächern und legte sie erst in ihrem Schlafraum sanft in die Kissen. Dort küsste er sie auf die Stirn, „Schlafe wohl, meine Geliebte, und träume von mir.“

Fedora wartete, bis er ebenso leise den Raum verlassen hatte, wie er gekommen war, dann drehte sie sich mit einem Lächeln zur Seite und schlief ein. Das erste Mal seit Tagen.

Und die stets wachsame Hayana, die ihr Lager im Raum davor aufgeschlagen hatte, tat dasselbe.

Fedora wachte erst auf, als die Sonne hoch am Himmel stand. So gut gelaunt und erfrischt wie schon lange nicht mehr ließ sie sich von den Dienerinnen dabei helfen, ins Becken zu steigen und sich danach anzukleiden. Ihr leichtes Nachtgewand hatte sie im Pavillon vergessen und sie spielte kurz mit dem Gedanken, Ahmed unter dem Vorwand, es zurückholen zu wollen, aufzusuchen. Dann jedoch sagte sie sich, dass er den Garten vermutlich schon längst wieder verlassen hatte, und geduldete sich auf später, wo er sie hoffentlich zu sich rufen würde. Die Leidenschaft, die er in ihr erweckt hatte, konnte mit nichts, was der Tag ihr brachte, befriedigt werden, und sie sehnte sich danach, Ahmed wiederzusehen, unter seinen Händen zu vergehen und die letzte Lektion gelehrt zu bekommen, bevor er ihr endlich die Erlösung ihrer Wünsche und Sehnsüchte gestatten würde.

Als er sie dann einige Stunden später aufsuchte, tat er das jedoch nicht, um wieder ihre Glut zu entfachen, sondern um ihr eine Mitteilung zu machen, die sie noch weit schlimmer traf, als sie noch wenige Wochen davor sich das jemals hätte vorstellen können.

„Ich bin gekommen, um dir zu sagen, dass ich verreisen muss, meine schöne Byzantinerin. Es gibt Unruhen im Norden des Landes."

Fedora, die von Hayana bereits vor Tagen von kriegerischen Auseinandersetzungen mit einigen Rebellen, die sich gegen den Kalifen auflehnten, gehört hatte, horchte beunruhigt auf. „Aber Ihr werdet doch nicht etwa in den Kampf ziehen, gemeinsam mit dem Heer des Kalifen?"

„Es ist meine Pflicht, ihm beizustehen."

„Aber weshalb überlasst Ihr das denn nicht den Kriegern?!" fragte sie entsetzt. „Hat der Kalif denn nicht genügend Soldaten, die für ihn kämpfen?"

„Auch ich wurde für die Schlacht ausgebildet, meine süße Geliebte. Es wäre ein Zeichen von Feigheit, würde ich hier bleiben und meine Brüder nicht begleiten." Er trat ein wenig näher und griff nach ihrer Hand, um sie an seine Lippen zu ziehen. „Es schmerzt mich zutiefst, dich verlassen zu müssen, und ich bin mir selbst gram, dass ich die gestrige Nacht nicht genutzt habe, um mich ganz mit dir zu vereinen." Er lächelte schwach, „Welch eine Narretei, noch abzuwarten, anstatt endlich das zu tun, wonach ich mich schon seit so langer Zeit sehne. Nur, weil ich mich der Vorstellung hingab, deine Zuneigung dadurch noch zu vertiefen und am Ende sogar dein Herz zu erringen." Er legte sein Gesicht in ihre Hand. „Aber wer weiß, wäre mir das überhaupt jemals gelungen? Jetzt jedoch…? Allah alleine weiß, was die Zukunft uns bringt und ich habe mich vielleicht dadurch um die höchsten Wonnen gebracht, die das Leben für mich bereithielt." Bevor Fedora etwas antworten konnte, zog er sie an sich und küsste sie sanft auf den Mund, sich dann schnell von ihr lösend, als könne er seinen eigenen Gefühlen nicht trauen.

„Was meintet Ihr damit, als ihr sagtet, Ihr wolltet meine Zuneigung vertiefen und wüsstest nicht, ob es Euch gelingen würde, mein Herz zu erringen?" fragte Fedora hastig, als er sich umwandte, um sie zu verlassen. Sie hatte nach seinem Gewand gegriffen und hielt ihn fest. „Bin ich nicht gestern freiwillig zu Euch gekommen?"

Er wandte den Kopf und sah mit einem kleinen Lächeln auf sie herab. „Doch, das bist du. Aber ich wollte nicht nur deinen Körper und deine Willigkeit, sondern dein Herz, meine stolze Byzantinerin. Ich wollte, dass ich deine Gedanken einnehme, so wie du meine. Dass ich dein letzter Gedanke bin, bevor du einschläfst, und dein erster, wenn du aufwachst. Dass du mich vermisst, wenn ich nicht bei dir bin. Dass du mir all die Gefühle gibst, die ich für dich empfinde." Er lachte leicht auf, als er ihr betroffenes Gesicht sah. „Aber noch ist es, wenn Allah uns gnädig ist, kein Abschied für immer, und wer weiß…"

„Wartet!", sagte Fedora schnell, als er gehen wollte. „Wenn es Euch gelänge, mein Herz zu gewinnen, so wie

Ihr es wollt", fragte sie drängend, „was würdet Ihr damit tun?"

„Es halten wie eine Kostbarkeit und es nie wieder loslassen", erwiderte Ahmed ernst. Sein Blick blieb an ihren Augen hängen, dann drehte er sich abrupt um und ging.

Fedora stand wie festgebannt dort, wo er sie soeben verlassen hatte. Ein überwältigendes Gefühl war in ihr. Freude. Nein, mehr! Ein Glück, das sie noch kaum fassen konnte. Sie wusste jetzt nur eines: dass er ihr seine Liebe gestanden hatte, und sie ihn noch vor seiner Abreise wissen lassen musste, wie sehr sie seine Gefühle erwiderte.

Sie zögerte nicht lange, sondern ließ sich von einer Dienerin Papier und Tinte bringen. Dann dachte sie kurz nach, bevor sie die Feder in die Tinte tauchte und ein Gedicht hinschrieb, das sie vor kurzem auswendig gelernt hatte, weil es so deutlich ihre Empfindungen für Ahmed auszudrücken schien.

Niemals steigt und niemals sinkt die Sonne,
Ohne dass nach dir der Wunsch mir stände.
Keinen Hauch tu ich, betrübt und fröhlich,
Dem sich Dein-Gedenken nicht verbände.
Mit den Leuten sitz ich nicht zu sprechen,
Ohne dass mein Wort du bist am Ende.
Keinen Tropfen Wasser trink ich dürstend,
Ohne dass dein Bild im Glas ich fände.

Sie blies vorsichtig über das Papier um es zu trocknen, rollte es zusammen und schnitt sich eine Haarsträhne ab, die sie darum wickelte wie ein seidenes rotes Band. Dann rief sie nach Hayana.

„Hier, bringe das Prinz Ahmed. Aber nur ihm persönlich, hörst du? Und dann komm sofort wieder her und berichte mir, was er gesagt oder getan hat."

Als sie nur kurze Zeit danach Schritte hörte, sah sie hoch, in der Vermutung, Hayana zu sehen, die von ihrem Botengang zurückkehrte. Aber dann wurde der Vorhang ungeduldig zurückgestoßen und statt ihrer Dienerin stand Ahmed vor ihr, in den Augen ein Leuchten, wie sie es noch nie zuvor darin gesehen hatte. Er musste eben dabei gewesen sein, sich umzukleiden, denn er war barhäuptig, trug nur einen mit einer Schärpe hastig zusammengebunden Mantel, der über der Brust ein wenig offen stand, und hatte weder Pantoffel noch andere Schuhe an.

Fedora sah ihn stumm an, dann trat sie dicht zu ihm hin. Er rührte sich nicht, aber in seinen Blick trat eine fast unerträgliche Spannung, als sie die Hand hob und ihn berührte. Das erste Mal seit sie in seinen Harem gekommen war.

Ahmed schloss die Augen, wie um ihre Berührungen noch tiefer zu empfinden, als ihre Fingerspitzen ganz zart und fast schüchtern sein Gesicht ertasteten. Sie strich leise über seine Wange, den kurzen, gepflegten Bart, dann glitt sie weiter, streichelte über seine hohe Stirn unter dem lockigen dunklen Haar. Sein Haar war weich und voll, es war angenehm mit den Fingern hindurchzufahren und noch angenehmer, dass er es dieses Mal mit einem kleinen Lächeln geschehen ließ.

Endlich berührte sie seine Lippen. Sie fühlte den Hauch seines Atems auf ihrer Hand, sah, wie er unwillkürlich tief die Luft einzog. Schmal und wohlgeformt waren sie und es stieg heiß in ihr auf bei der Erinnerung daran, wie er sie damit geküsst und liebkost hatte.

Als sie ihre Hand wieder zurückziehen wollte, hielt er sie fest. „Mach weiter, meine schöne Byzantinerin, hör jetzt nicht auf." Er nahm ihre Hand und legte sie auf seine Brust, dort, wo sein Gewand leicht geöffnet war.

Fedora atmete zitternd ein, als sie seine warme Haut fühlte, seine Atemzüge, und fast vermeinte sie, seinen Herzschlag zu spüren.

„Fühlst du, wie es schlägt, Fedora?" fragte er in diesem Moment. „Es schlägt jetzt nur für dich."

„Nur jetzt?" Aus einem unerfindlichen Grund schien Fedora dies nicht genug zu sein. Immer sollte es für sie schlagen. Sie wollte seine Sinne und sein Herz besitzen, wie er das ihre schon besaß.

Endlich öffnete er wieder die Augen und Fedora schien in deren unergründlicher Tiefe zu versinken. „Ich kann keine Versprechungen für die nächsten einhundert Jahre machen", ließ er sich mit einem leisen Lachen vernehmen. „Allah alleine weiß, was morgen ist."

„Euer Allah scheint ein grausamerer Gott zu sein als der unsere", erwiderte Fedora nachdenklich.

„Nein, denn er hat mir dich gegeben."

Sie nahm sie ihn bei der Hand, führte ihn in ihr Schlafgemach und zog ihn neben sich auf die weichen Kissen.

„Ich will nicht auf Euch warten", sagte sie leise. „Ich will Euch jetzt angehören. Ihr sollt die Erinnerung daran mitnehmen und sie soll Euch wieder zu mir zurückführen." Ihre Hand drückte ihn sanft zurück. Er gab nach, ließ sich in die Polster sinken und wandte keinen Blick von ihr, als sie sich über ihn beugte. Eine Hand schien ihr nicht mehr genug, ihn zu berühren, und sie legte beide auf seine Brust, schob sie unter sein Gewand, und was sie darunter fand, ließ sie angenehm erschauern.

Ihre Daumen streichelten in kleinen Kreisen um seine Brustspitzen, so wie er das bei ihr getan hatte, bis sie zu ihrem Entzücken hart wurden. Dann gab sie ihrem Wunsch nach, beugte sich vor und küsste sie, fuhr mit der Zunge darüber, schob ihre Hand noch tiefer in sein Gewand, fühlte seine kräftige Brust, die wohlausgebildeten Muskeln, die sie erstaunten. Sie hatte ihn noch niemals unbekleidet gesehen und es war ein erregendes Erlebnis für sie, seine nackte Haut zu riechen und zu ertasten wie er die ihre bereits gekostet hatte.

Sein tiefes, zitterndes Einatmen ließ sie den Kopf heben. Sein Blick ruhte voller Verlangen auf ihr und als er sie näher an sich heranzog, gab sie willig nach, bis ihr Gesicht nahe dem seinen war.

„Küss mich jetzt, Fedora."

„Heute ist es das erste Mal, dass Ihr mich bei meinem Namen nennt", sagte sie leise.

„Heute ist es das erste Mal, dass du mich berührst und mir nicht mehr das Gefühl gibst, einen Feind zu sehen, dem du nur unwillig gehorchst", erwiderte er sanft. „Oder nur deshalb, weil deine eigene Sinnlichkeit und Lust dich dazu treibt."

„Ich sehe schon lange keinen Feind mehr in Euch." Sie senkte den Kopf bis ihre Lippen auf den seinen lagen, weich und warm, und sein Atem sich mit dem ihren vermischte. Er atmete jetzt unregelmäßiger als zuvor, ebenso wie sie auch selbst, aber bevor ihrer beider Lippen sich enger aneinander schlossen, hob sie den Kopf und sah ihn ernst an. „Ich muss immer an die Worte denken, die Ihr mir sagtet, als Ihr mich das erste Mal küsstet", erwiderte Fedora. „*Zur Lippe kam die Seele – reich deine Lippe mir, dass ich dir legen kann die Seele in den Mund!*"

Er sagte nichts, sah sie nur an.

„Und das will ich nun tun, mit diesem Kuss", fuhr sie fort. „Euch meine Seele geben. Sie mit Eurer vereinigen, wie Ihr es mich lehrtet."

Seine Hand griff in ihr Haar, zog ihren Kopf zu sich herunter und die Welt um sie herum schien zu versinken, als seine Lippen sich öffneten und ihrer Zunge, die noch schüchtern tastete, Raum gaben. Es war ein anderer Kuss als zuletzt, wo sie nur still gehalten hatte, während er ihren Mund und ihre Lippen liebkoste. Diesmal erwiderte sie das Streicheln seiner Zunge, bis sie das leise, vertraute Pochen zwischen ihren Schenkeln fühlte, von dem sie nun endlich wusste, was es bedeutete und wohin es sie führen würde.

Noch wollte sie diese Zärtlichkeiten fortsetzen. Es gefiel ihr, ihn zu fühlen und seine wachsende Erregung zu spüren. Sie nahm, so wie er es getan hatte, seine Unterlippe zwischen zwei Finger, knabberte daran, bis er seinen Griff in ihrem Haar verstärkte und seine Zunge besitzergreifend zwischen ihre Lippen schob. Sie umfasste sie mit ihren Lippen und saugte daran, bis sie etwas Hartes fühlte, das durch sein Gewand sich gegen ihren Schenkel presste.

Er lachte leise, als sie innehielt und an ihm hinabsah. Dann nahm er ihre Hand und legte sie auf die Erhebung.

„Das wäre eigentlich die nächste Lektion gewesen, meine schöne Byzantinerin. Mich zu streicheln, zu erregen, zu lernen, mich mit deinen Händen und deinen Lippen zu befriedigen. Aber nun scheint es, als würdest du diese Kunst besser beherrschen als ich es für möglich gehalten hätte."

Ihre Hand lag um sein Glied und sie war erstaunt, wie dick und fest es sich anfühlte. „Wie weit wird diese Lektion heute führen?" fragte sie drängend. „Werdet ihr heute das Brennen löschen, das Ihr in mir verursacht?"

Sein Blick tauchte in ihren, dann nickte er leicht. „Ja, weil ich das Brennen im mir selbst nicht mehr ertragen kann… Ich…". Er unterbrach sich, weil Fedora sich erhob, ihr Gewand von ihren Schultern streifte und nackt vor ihm stand.

„Lasst mich Euch jetzt liebkosen", bat sie. „Lasst mich Euch in jeder Weise zufrieden stellen. Ich möchte nicht, dass Ihr geht, ohne von mir alles bekommen zu haben, das Ihr Euch wünscht und dessen ich fähig bin." Sie wusste, was Ahmed gemeint hatte, als er von der Lust des Mannes gesprochen hatte, und während es für sie unvorstellbar gewesen wäre, einen anderen Mann an diesen Stellen zu berühren, gab es nichts, was sie nicht mit Freuden für ihn getan hätte.

Er legte den Kopf zurück und verfolgte sie mit seinem Blick, als sie sein Gewand öffnete. Sie löste die Schärpe, warf sie hinter sich, bevor sie über seine Brust strich, sie küsste und dann mit den Händen und ihren Lippen weiter hinunter wanderte, bis dorthin, wo seine Beinkleider sie davon abhielten, ihren Weg fortzusetzen. Sie zerrte daran, bis er lachend, wenn auch nicht minder ungeduldig, ihr dabei half, sie zu öffnen. Fedora hatte das Glied von Ibrahim, ihrem ersten Besitzer, gesehen und verabscheut, aber jetzt staunte sie über das, was frei vor ihren Augen lag, und es schien ihr weitaus weniger hässlich als sie vermutet hatte. Im Gegenteil …

„Was ist denn?" fragte Ahmed verwundert, als sie, anstatt ihn zu streicheln und zu erregen, neugierig von allen Seiten betrachtete.

„Ich dachte nicht, dass Euer Stab der Freude so groß sei", erwiderte sie.

„*Stab der Freude?*"

„Diesen Ausdruck hat Ibrahim gebraucht.“

„Vergiss, was Ibrahim gesagt oder getan hat. Vergiss, dass es ihn überhaupt gibt. *Ich* kann es ohnehin nicht“, sagte Ahmed finster.

Sie zögerte, „Ich weiß, dass Ihr damit in mich dringen werdet – aber …“

Ahmeds Augen wurden weich, er nahm ihre Hand, küsste sie und führte sie dann zu seinem erregten Glied. „Er ist dafür geschaffen, in dir zu ruhen, meine Geliebte“, sagte er sanft. „Du musst keine Angst haben.“

„Ich habe keine“, sagte sie lächelnd und voller Vorfreude auf das, was sie beide erwartet. „Ich hatte niemals Angst vor Euch. Nur vor dem, was Ihr in mir auslöstet.“ Sie beugte sich hinunter und legte ihre Lippen auf sein Glied, streichelte mit den Fingern darüber, küsste es, so wie sie es bei Ibrahims Frauen gesehen hatte, saugte an der roten Spitze, die bei Ahmed so gar nichts Abstoßendes hatte, und bemerkte mit Entzücken, wie er mit jeder ihrer Berührungen härter wurde. Sie genoss es die samtene Haut zu streicheln, mit ihren Lippen zu berühren und dehnte ihre Liebkosungen auch auf seine Hoden aus, völlig ihrem Tun hingegeben, das sie mehr erfreute als sie es sich jemals hätte träumen lassen. Sie hörte erst auf, als Ahmed sie sanft neben sich auf das Lager zog.

„Genug, meine süße Huri.“ Seine Stimme klang erregt und atemlos. „Nicht jetzt. Zuerst will ich dich mir zu Eigen machen, wie ein Mann sein Weib besitzt.“

Er rollte sich über sie, flüsterte Liebesworte, bedeckte ihr Gesicht, ihren Hals, ihre Brüste mit leidenschaftlichen Küssen, sog an den zarten Spitzen bis sie hart und dunkel wurden, und legte dann seine Hand zwischen ihre willig für ihn geöffneten Schenkel, wo er sie streichelte und liebkoste, bis sie sich wand.

„Du bist schon ebenso bereit wie ich“, murmelte er. Seine Finger waren nass von ihrer Erregung als er ihre Hand nahm und auf die Spitze seines Gliedes legte, die ebenfalls feucht war. „Unsere Leiber sind bereit für die Vereinigung“, sagte er leise. „Bist du es ebenfalls?“

„Schon lange, Gebieter meines Herzens und meines Körpers.“ Fedora spürte wie die wachsende Leidenschaft ihren Körper erhitzte, so sehr, dass kleine Schweißperlen zwischen ihren Brüsten standen. Ahmed bemerkte sie ebenfalls, beugte seinen Kopf herab und küsste sie fort. Dann hob er seinen Unterkörper etwas an und schob sein Glied zwischen ihre Schenkel, ohne jedoch einzudringen.

„Ich habe dir einmal versprochen, dir nicht wehzutun und dich nicht zu verletzen“, sagte er sanft, „aber nun werde ich es tun müssen. Das ist der Lauf unserer Vereinigung und unserer Liebe. Es ist natürlich.“

„Ich weiß“, Fedora schlang ungeduldig Arme und Beine um ihn und zog ihn an sich. Er gab nach und senkte sich auf sie, während er seinen Blick nicht von ihrem Gesicht ließ. Der Druck zwischen ihren Beinen wurde stärker und sie war überrascht, wie fest er sich anfühlte, als er gegen ihre Enge drängte. Ein kleiner, scharfer Schmerz, der sie ein wenig zusammenzucken ließ, aber Ahmeds Kuss erstickte den Laut, der sich zwischen ihren Lippen formte. Und dann lag er endlich in ihr. Fedora streichelte seinen Rücken, genoss das Gefühl einer Verbundenheit, die sie nie zuvor empfunden hatte, und die sie ebenso beglückte wie bestürzte. Es war, als hätte sie einen fehlenden Teil ihres Lebens gefunden, als wäre sie ohne Ahmed und seinen Körper bisher nicht vollständig gewesen.

Er küsste ihr Gesicht mit einer Glut, die sie noch mehr erhitzte. „Noch ist es nicht vorbei, Fedora, meine schöne Geliebte. Jetzt kommt jener Teil, den die Dichter mit dem Tod vergleichen. Der uns direkt ins Paradies versetzt und uns in den Armen des Geliebten wieder aufwachen lässt. Bist du auch dafür bereit?“

„Ich möchte mit Euch ins Paradies eingehen“, flüsterte Fedora. Das leise Brennen hatte aufgehört, sein Glied schmerzte nicht mehr, sondern lag fest und voll in ihr. Das Pochen zwischen ihren Beinen wurde jedoch stärker, drängender, und sie wusste, dass noch etwas geschehen musste, ohne das ihre Leidenschaft nicht befriedigt und ihre Verbindung nicht vollständig war. Als er sich vorsichtig in ihr zu bewegen begann, stöhnte sie wohlig auf. Wie anders war das, als was dieser Ibrahim ihr hatte antun wollen. Und welch unsagbare Freuden erlebte sie nun in Ahmeds Armen.

Eine namenlose Lust ergriff sie, die sich von ihren Schenkeln über ihren ganzen Körper ausbreitete wie eine endlose Welle. Noch konnte das nicht alles sein, es musste mehr kommen, etwas, das ihr die Erlösung brachte und sie zufrieden und beruhigt zurückließ und das unstillbar scheinende Verlangen endlich löschte. Ahmed löste sich ein wenig von ihr, sie wollte ihn halten, aus Angst, er würde sie verlassen, die Ursache ihrer Wonne nehmen, aber da kam er schon wieder zu ihr zurück. Als er das zweite Mal ihren Körper verließ, genoss sie bereits das Gefühl des Reibens, der Erweiterung und der Beengung zugleich. Immer schneller bewegte er sich in ihr, immer heißer wurde ihr Leib und all ihr Denken schwand, löste sich in einem roten Nebel von Gefühlen auf, die ihr die Besinnung rauben wollten.

Da zuckte es wie ein scharfer lustvoller Schmerz durch sie hindurch, ließ ihren Körper aufbäumen, ihr Inneres zog sich rhythmisch zusammen, presste sein Glied, ein heiseres Stöhnen entrang sich ihrer Kehle, das sich mit dem Ahmeds vermischte, der von derselben Lust gepeinigt, noch einige Male heftig und tief zustieß. Ihre Beine zuckten und sie schlang sie fast unbewusst um ihn, der nun ruhig in ihr lag, ihr Gelegenheit gebend, das Gefühl bis an seine Grenzen auszukosten. Erst im Abbeben ihrer Erregung wurde sie gewahr, dass er ebenso wie sie die Pforten des Paradieses überschritten haben musste und wieder mit ihr gemeinsam zurückgekehrt war.

Ahmed küsste sie. Es lag diesmal Zärtlichkeit darin und nicht diese Leidenschaft, die sie gemeinsam empor getragen hatte, bis sie sich ihrer nicht mehr hatten erwehren können oder wollen.

„Es war wunderbar“, flüsterte sie. Sie fühlte sich zufrieden wie noch nie zuvor. Endlich hatte er ihr die Erlösung geschenkt, nach der sie schon verlangt hatte, seit er sie zur ersten Lektion hatte rufen lassen. Wie lange schien dies her zu sein... Waren wirklich nur wenige Wochen seither vergangen? „Es ist mir, als würde ich dich ewig kennen", sprach sie ihre Gedanken aus, ihn zum ersten Mal vertraulicher anredend als bisher.

Ahmed strich sanft über ihr Gesicht, ihr Haar. „Du hast mich meine Geduld und Selbstbeherrschung nicht bereuen lassen", erwiderte er. „Und Allah weiß, wie schwer es mir gefallen ist, mich in diesen vergangenen Wochen nicht hinreißen zu lassen. Einmal wäre es fast so weit gewesen, als ich dich bat, mich zu berühren und zu streicheln, weil ich es kaum mehr ertragen konnte. Und wenn du nicht so aufsässig gewesen wärst, meine widerspenstige Byzantinerin, dann hätte ich die Erfüllung meiner Liebe zu früh erhalten." Er lächelte an ihrem Mund, „Noch nie habe ich etwas schmerzlicher herbeigesehnt als diesen Moment und noch nie etwas mehr genossen."

„Mir erging es ebenso", antwortete Fedora zärtlich. Als Ahmed sich von ihr lösen wollte, hielt sie ihn fest. „Nein, verlass mich noch nicht, bleib noch bei mir, Gebieter meines Herzens! Ich kann jetzt nicht ohne dich sein!"

„Ich gehe noch nicht, meine Geliebte. Ich werde lediglich eine der Dienerinnen mit der Botschaft an meinen Vater senden, dass ich mich erst morgen früh seinem Heer anschließen werde." Er lachte leise, „Ich weiß, er würde Verständnis für mich aufbringen, wüsste er, was mich hier zurückhält."

Fedora sah ihm zu, wie er aufstand. Er hatte einen schönen Körper, kräftig und geschmeidig, und ihr Blick suchte jenen Quell der Lust, der soeben noch so erregend von ihr Besitz ergriffen hatte. Er bemerkte ihren Blick und lächelte, als er den Mantel, den sie zuvor von seinen Schultern geschoben hatte, aufhob und ihn sich umlegte, bevor er die schützenden Vorhänge verließ und hinaus trat. Sie wusste, dass Hayana die Dienerinnen aus den Gemächern gewiesen hatte, war sich jedoch wohl bewusst, dass jede einzelne von ihnen genau wusste, was sich hier abgespielt hatte.

Sie rollte sich auf die Seite, streckte sich wohlig und erlebte in Gedanken noch einmal die Leidenschaft und die
Lust der vergangenen Stunde. Das Zusammensein mit
Ahmed übertraf alles, was sie sich jemals in den romantischen Bildern ihrer Kindheit und Jugend ausgemalt hatte.
Später, als ihr klar geworden war, dass ihre zukünftige Ehe
nur auf Überlegungen von Macht basieren würde, hatte sie
sich keinerlei Illusionen mehr hingegeben. Sie hatte gewusst, dass sie einen Mann heiraten würde, den die Vernunft ihr zuführte und nicht die Zuneigung, der ihren Körper, aber niemals ihr Herz besitzen, und dem sie pflichtgemäß Kinder schenken würde.

Nun aber war alles ganz anders gekommen und sie verstand selbst nicht mehr, wie sie sich so lange gegen Ahmed
und ihre Liebe zu ihm hatte sträuben können. Dabei hatte
sie sich vom ersten Moment an zu ihm hingezogen gefühlt
und gewusst, dass dies der Mann war, den ihr das Schicksal
zugedacht hatte. Die Demütigung, die ihr bei der Entführung und der Zuschaustellung am Sklavenmarkt widerfahren war, schien dagegen klein, unwichtig und gottgewollt,
und selbst die Bedrohung ihres Lebens und die Peitschenhiebe, die man ihr zugefügt hatte, waren nichts gegen das,
was nun mit ihr geschah.

Sie musste nicht lange warten, bis Ahmed zu ihr zurückkehrte. Draußen, hinter dem Vorhang, in dem Raum,
wo sich das Becken befand in dem sie täglich badete, hörte
sie schnelle Schritte, Flüstern, Gefäße klirrten, dann war es
wieder still. Schließlich hörte sie Hayanas Stimme, „Es ist
alles vorbereitet, Gebieter.“

„Vorbereitet?“ Fedora war verwundert, als Ahmed ihr
die Hand hinhielt und sie hochzog. Als sie sich eine Decke
um ihren Leib wickeln wollte, um nicht nackt vor den Augen der anderen zu erscheinen, noch mit den Spuren ihrer
Liebe und ihrer ersten Begegnung, winkte Ahmed ab. „Wir
sind ganz alleine, Fedora, meine Geliebte. Niemand wird es
wagen, uns in den nächsten Stunden zu stören.“

Fedora trat hinaus und fand, dass unsichtbare Hände niedrige Tischchen neben das Becken gestellt hatten, auf denen die erlesensten Speisen standen.

Ahmed ließ seinen Mantel fallen, hob sie hoch und stieg mit ihr gemeinsam ins Becken. Das Wasser kühlte sie ab, wusch den Schweiß von ihrem Körper und belebte sie. Als er sich mit ihr gemeinsam auf eine Stufe, die um den inneren Rand des Beckens führte, setzte, bemerkte sie, wie sich in ihr wieder Gefühle zu regen begannen, die sie noch kurz davor befriedigt geglaubt hatte. Sie schlang die Arme um ihn, küsste ihn und streichelte verlangend über seinen Körper.

Ahmed lachte leise. „Meine wilde Stute! So schnell erwacht die Leidenschaft wieder in dir? Willst du dich nicht zuerst ein wenig stärken? Sieh doch nur, all diese Köstlichkeiten."

„Es gibt nur eine Köstlichkeit, nach der mich jetzt verlangt!" Unter ihren drängenden Berührungen wuchs seine Leidenschaft so rasch, dass es nicht lange dauerte, bis sie beide engumschlungen mitten im Becken schwammen und sich einem neuen Spiel der Liebe hingaben, dessen Feurigkeit nicht einmal von dem kühlen Wasser gelöscht werden konnte. Als Ahmed endlich Fedoras Beine spreizte und sie um seine Hüften legte, zog sie sich ungeduldig an ihn heran. Sie bewegten sich beide in einem immer schneller und heftiger werdenden Rhythmus, bis Ahmed, der in dem Becken gerade noch stehen konnte, den Halt verlor und sie beide im Wasser versanken. Anstatt ihn jetzt jedoch loszulassen, klammerte sich Fedora noch fester, presste ihre Lippen auf seine und trat mit ihm ein weiteres Mal ins Paradies der Liebe ein.

Als sie kurz darauf prustend und außer Atem wieder an die Wasseroberfläche kamen, schüttelte Ahmed den Kopf. „Bisher hatte ich dich für eine wilde Stute gehalten, meine schöne Byzantinerin, aber jetzt bin ich geneigt, zu glauben, dass du ein mystisches Wasserwesen bist, das die Gläubigen in ihren Bann zieht und dann ertränkt!"

Fedora lachte, hustete ein wenig und schwamm zu den Tischchen hin, die gleich neben dem Rand des Beckens aufgestellt worden waren. Jetzt, wo ihr Begehren ein zweites Mal befriedigt worden war, fühlte sie erst, wie hungrig sie war.

Ahmed schwamm neben sie. Als sie nach einem der goldenen Teller greifen wollte, hielt er sie auf. „Warte, lass mich das tun." Fedora setzte sich an den Rand des Beckens und ließ sich von ihm mit den Leckerbissen verwöhnen, die er für sie auswählte. Schließlich hob er sie aus dem Wasser, trocknete sie vom Kopf bis zu den Füßen ab und trug sie dann zurück auf ihr Lager.

„Noch mehr?" fragte sie entzückt, als er sich über sie beugte und seine Lippen über ihren Körper gleiten ließ.

„Wenn ich dich morgen verlasse, möchte ich so viele Erinnerungen wie möglich an dich mitnehmen, meine süße Geliebte."

„Was tust du da?" fragte sie atemlos, als er seine Zärtlichkeiten zwischen ihren Beinen fortsetzte und dabei den lustvollsten Punkt berührte.

„Ich küsse dich", flüsterte er mit einem leisen Auflachen.

„Aber…"

„Sei still, meine süße Huri, einfach nur ganz still."

Er bog ihre Beine etwas weiter auseinander und legte die Lippen auf ihre offene Scham. Seine Zunge spielte dieses bereits bekannte, sehr gekonnte Spiel, das Fedora schnell dazu brachte, sich zu winden und mit den Fingern in die Polster unter ihr zu krallen, bis ihre Lust ins Unerträgliche gesteigert wurde. „Ich hätte bis gestern nie gedacht, dass es noch besseres gibt als deine Hände", stammelte sie. Er antwortete nicht, seine Zärtlichkeiten wurden jedoch heftiger, bis sie vermeinte, es nicht mehr aushalten zu können und ihm die Hand auf das Haar legte. „Mein Körper verlangt ganz nach dir. Ich möchte dich in mir spüren, mein Gebieter. Komm zu mir, ich bitte dich."

„Willst du denn nicht alles haben?" flüsterte er, als er über sie glitt „Soll ich dich nicht zuerst mit meinen Lippen zum Wahnsinn treiben? Ich könnte das, du weißt es."

„Ich habe alles, was ich mir wünsche, in meinen Armen", erwiderte sie und schlang fest ihre Arme um ihn. „Keine Frau könnte mehr verlangen als ich nun in meinen Armen halte."

Sie fühlte, wie er seinen Unterkörper etwas anhob. Die Spitze seines Gliedes fand ihren Weg, überwand die erste Enge und glitt unendlich langsam weiter. „Du lässt mich warten", hauchte sie.

Seine Lippen streichelten über ihre Lippen, ihre Wangen und ihre Augen und kehrten wieder zu ihrem Mund zurück. „Ich lasse uns beide warten", murmelte er. „Gefällt es dir nicht?"

„Doch."

„Gezügelte Leidenschaft ist der wahre Genuss", sprach er weiter. Seine Stimme klang rau. „Den Moment der paradiesischen Vereinigung hinauszögern, die lustvolle Qual verlängern, bis der Körper sein Recht verlangt."

„Ich will, dass dieser Moment nie mehr vergeht", flüsterte sie in sein Ohr. „Dass er bleibt. Ich will mich nie wieder von dir trennen."

„Dann würdest du all das andere versäumen, das ich dich noch lehren kann", erwiderte er lächelnd.

Fedora bog den Kopf etwas weiter in den weichen Kissen zurück, um ihn ansehen zu können. „Weitere Lektionen?" fragte sie mit einem Aufblitzen in den Augen.

„Noch unzählige", erwiderte er mit einem kleinen Lachen.

„In einem der Bücher, die du mit sandtest, habe ich über diese Dinge gelesen", sagte Fedora. Er lag ruhig in ihr ohne sich zu bewegen, küsste nur ihre Wangen, ihre Lippen, ihre Augen. Es machte ihr Freude, mit ihm darüber zu sprechen, und es steigerte ihre Erregung. „Auch über verschiedene Stellungen, die sehr lustversprechend sein sollen."

„Ich werde sie dich lehren“, flüsterte er an ihrem Ohr.
„Du sollst jede Art der Freude kennen und genießen lernen.“

„Wir könnten auch wieder einmal Schach spielen“, überlegte sie.

„Vorerst“, sagte er mit dem dunklen Ton in der Stimme, den sie so sehr liebte, „werden wir *dieses* Spiel in einer kleinen Abwandlung wiederholen, meine bezaubernde Byzantinerin.“

„Eure Sklavin fügt sich Euren Willen, Gebieter meines Herzens“, flüsterte Fedora, mit einem tiefen, glücklichen Aufseufzen die Augen schließend. Sie hatte gedacht, dass er nun das wiederholen würde, was ihr zuvor solche Lust bereitet hatte, aber stattdessen rollte er sich mitsamt ihr herum, bis er am Rücken lag und sie auf ihm.

Fedora hatte sich an ihm angeklammert, um ihn nicht zu verlieren, und lag nun ein wenig erstaunt da. „Was…?“

Ahmed lachte, als er ihren verblüfften Ausdruck sah. „Setz dich auf, meine Geliebte.“

Sie richtete ihren Oberkörper auf, bis sie halb kniend auf ihm saß, sein Glied fest zwischen ihren Beinen.

„Gefällt es dir nicht?“

„Doch, sehr.“ Es fühlte sich gut an, gab ihr ein Gefühl der Macht. Sie bewegte sich langsam und bemerkte, wie er schneller atmete. Er hob die Hände, erfasste ihre Brüste und streichelte, massierte sie, erregte ihre Spitzen, während sie sanft auf ihm schaukelte, den Kopf etwas vorgebeugt, sodass ihr langes Haar wie ein Schleier über seine Arme bis auf seine Brust fiel. Sie ließ ihr Becken leicht kreisen, auf diese Weise jene Bewegungen ausprobierend, die ihr und offenbar auch ihm die größte Lust verschafften.

Plötzlich löste er eine Hand von ihren Brüsten und fuhr mit den Fingern spielerisch abwärts bis zu ihrer Scham. Er schob sie tiefer hinein und Fedora zuckte zusammen, als er sie berührte, im Rhythmus ihres Wiegens den Druck verstärkte, nachließ, bis sie sich völlig seinem Willen anpasste, sich schneller und heftiger bewegte, wenn er es wollte oder langsamer wurde, sanfter.

Ihr Körper wurde heißer, hitziger, die Leidenschaft zog sich von ihren Beinen hinauf zu ihren Brüsten, sie glühte und dann war er wieder da, dieser Höhepunkt der Lust, der alles Denken stilllegte, die Welt um sie herum versinken ließ. Ahmed hielt ihre Hüften fest als sie den Kopf zurückwarf, während ihr Inneres ihn presste, ihr Körper zuckte, und hieß sie dann mit seinen Armen willkommen, als sie sich aufatmend auf ihn sinken ließ.

„Zufrieden, meine wilde Stute?" fragte er, als sie auf ihm lag, das Gesicht in seiner Halsgrube vergraben, während er sanft ihren Rücken und ihre Gesäßbacken massierte.

„Ja, vorerst…" Fedora hob den Kopf und bedeckte sein Gesicht mit Küssen.

Ahmed lachte leise in ihre Küsse hinein, „Meine süße Huri, der Mann, der dich besitzt, bedarf wirklich keiner weiteren Frau mehr – es wird ihm schon schwer genug fallen, dich alleine zufrieden zu stellen."

Fedora lächelte müde, umschlang ihn fester mit den Beinen, schob ihre Arme unter seinen Kopf, um sich an ihn zu drücken und schlief dann einfach auf ihm liegend ein.

„Ich muss jetzt gehen", sagte er leise, als sie am anderen Morgen in seinen Armen erwachte.

„Lass mich mit dir gehen!"

„Wie willst du das tun?" fragte Ahmed lächelnd. „Willst du mich in den Kampf begleiten?"

„Auch Mohammeds Witwe ist auf einem Kamel reitend in die Schlacht gezogen", erwiderte Fedora unnachgiebig. „Das habe ich in euren alten Schriften gelesen."

„Du bist aber nicht Mohammeds Witwe, meine streitbare Huri. Und, Allah sei Dank, auch noch nicht die meine. Und solange ich lebe, möchte ich dich hier in Sicherheit wissen und mich darauf freuen, dich wieder in meinen Armen zu halten, anstatt dich im Kampfgetümmel zu sehen!" Er küsste sie, „Ich verlasse dich jetzt, komme vor meiner Abreise aber noch einmal, um mich von dir zu verabschieden."

Fedora ließ ihn nur ungern aus ihren Armen und eilte ihm entgegen, als er zwei Stunden später wieder in ihr Gemach trat. Als sie ihm um den Hals fiel, presste er sie eng an sich.

„Wenn es Allah gefallen sollte, dass der Engel des Todes an mich herantritt, so bete ich, dass wir dereinst im Paradies vereinigt sein mögen."

„Das wird nicht möglich sein", erwiderte Fedora neckend. „Deinem Glauben zufolge kommen wir nicht in dasselbe Paradies. Aber du wirst mich nicht lange entbehren müssen, Ahmed, die Huris, die euer Prophet euch verspricht, werden dich zu trösten wissen."

„Huris…", murmelte Ahmed nachdenklich, „all die Freuden des Paradieses, die man uns ausmalt, seit wir das erste Mal von unserem Glauben gehört haben. Wie schön und erstrebenswert habe ich mir dieses Paradies immer vorgestellt, und nun, da ich es nicht mit dir teilen sollte, erscheinen mir alle Wonnen trüb und gleichgültig. Alle Huris des Paradieses müssten neben dir verblassen."

„Nach meinem Glauben teilen sich Männer und Frauen das Paradies", erwiderte Fedora. „Allerdings ist mir dieser Weg wohl auch versperrt, da ich dein Weib geworden bin, Gebieter meines Herzens, ohne nach unseren Gesetzen getraut zu werden."

„Gesetze werden von Menschen gemacht", erwiderte Ahmed. „Uns verbindet etwas anderes, das weit darüber hinausgeht - über Völker, Gesetze, Grenzen und Feindschaft." Er nahm eine Kette ab, an der ein schwerer goldener Schlüssel hing. „Hier, meine Geliebte, dies ist der Schlüssel zur geheimen Pforte. Du findest sie hinter den Rosensträuchern verborgen, die am nördlichen Ende des Gartens dunkelrot blühen."

Fedora nickte, die Neugier hatte sie schon dazu getrieben, diese Pforte zu suchen. Sie hatte sie auch gefunden, war aber niemals auf die Idee gekommen, den Schlüssel an sich zu bringen. Zu sehr schon hatte sie Ahmeds Nähe gesucht, als dass der Gedanke an Flucht auch nur ein einziges Mal in ihr aufgetaucht wäre.

„Du hast sie schon gefunden, nicht wahr?" fragte er mit einem leichten Lächeln. „Nun, so höre, dass dahinter ein geheimer Gang liegt, der sowohl in meine Gemächer führt als auch in den Harem, wo sich die anderen Frauen befinden, und weiter hinunter zum Tigris. Er wurde als Fluchtweg angelegt, sollte der Palast jemals angegriffen werden." Er drückte ihr den Schlüssel in die Hand, „Dieser Schlüssel hier öffnet und schließt all diese Türen, ich überlasse ihn dir als Zeichen meiner Liebe und meines Vertrauens, Fedora."

Sie blickte zu ihm empor, unendlich glücklich über diesen Beweis seiner Zuneigung. „Ich werde mich deiner Liebe würdig erweisen, Gebieter meines Herzens", sagte sie überwältigt.

Er beugte sich zu ihr und küsste sie. „Gebieter meines Herzens…", murmelte er. „Wie sehr habe ich mich danach gesehnt, dies von dir zu hören."

„Das bist du auch", erwiderte Fedora innig, „jetzt, und solange ich denken und atmen werde."

Der Eindringling

Fedora saß unglücklich im Pavillon und gedachte ihres Geliebten und der wohligen Stunden, die sie mit ihm hier verbracht hatte. Wie viel Zeit hatte sie doch verschwendet! Wie viele Tage hinausgezögert, die sie schon längst in seinen Armen hätte verbringen können! Er selbst hatte ihr gesagt, dass er dieses Zögern genossen hatte, die unerfüllte Leidenschaft, die begehrte Erlösung. Und doch war ihr die letzte Nacht mit ihm zu wenig gewesen, um die Sehnsucht nach ihm und seinen Liebkosungen zu stillen. Jetzt, wo sie wusste, wie wunderbar die Vereinigung von Körpern und Seelen war, das Eingehen in ein irdisches Paradies, war der Wunsch nach mehr in ihr erwacht. Ein Verlangen, das – wie er selbst es vorausgesagt hatte – nur von ihm gestillt werden konnte und von nichts und niemandem sonst.

Aber das war nicht alles, was ihr fehlte. Es war alleine schon seine Gegenwart, die sie vermisste. Das Wissen, dass er nahe war. Wie sehr hatte sie früher insgeheim ihre Gespräche und Leselektionen herbeigesehnt, trotz ihrer zur Schau getragenen Abwehr. Nur seine Stimme zu hören, mit ihm über Dinge zu reden, die ihnen beide am Herzen lagen und ihren Geist erfreuten, hatte sie schon beglückt.

Neben ihrer Sehnsucht nach Ahmed plagte sie jedoch auch die Sorge um ihn. Er war in einen Kampf gezogen, in dem er verletzt und sogar getötet werden konnte, und Fedora verbrachte mehr Stunden damit, den Schutz des Himmels für ihren Geliebten zu erflehen, als sie nach ihrer Gefangennahme durch den Sklavenhändler für sich selbst übrig gehabt hatte. Wie viel unwichtiger erschien ihr dagegen alles andere, denn sollte Ahmed nicht mehr zu ihr zurückkehren, so war ihr, als müsse damit auch ihr eigenes Leben vorbei sein.

Hayana hatte versucht sie zu trösten. „Hab keine Sorge, mein Kindchen, es ist nicht das erste Mal, dass der Prinz in einen Kampf zieht. Er wird heil zu dir zurückkommen.

Sollte es seinem Gott jedoch gefallen, ihn zu sich zu nehmen, so ist auch für dich Sorge getragen. Prinz Ahmed würde niemals zulassen, dass sein Harem einfach aufgelöst und seine Frauen weiterverkauft werden wie Ware. Ich weiß von seiner Mutter, dass er schon früher entsprechende Anweisungen hinterlassen hat, den Frauen hier die Heimat zu erhalten, wenn das ihr Wunsch sein sollte, oder ihnen die Möglichkeit zu geben, einen Mann zu finden, der sie achtet. Wie viel mehr wird er dann dafür gesorgt haben, dass es dir an nichts mangeln soll…"

Hayana hatte es mit diesen Worten gut gemeint, damit aber weder Fedoras Angst noch ihren Schmerz beruhigen können, und sie hatte sich wie so oft alleine in den Pavillon zurückgezogen, durch nichts aufzuheitern und durch nichts zu trösten als durch Briefe, die sie ihrem Geliebten schrieb, und die durch Boten zu ihm gebracht wurden. Drei Wochen war Ahmed nun schon fort und sie hatte gehofft, auch von ihm eine Botschaft zu erhalten, zu hören, dass es ihm gut ging, er gesund war. Aber bisher kamen die einzigen Neuigkeiten von Hayana, die diese von der Mutter des Prinzen mitbrachte, die immer genau wusste, was vor sich ging.

Um Ahmed nach seiner Rückkehr zu erfreuen, hatte sie sogar begonnen, bei einem der Eunuchen Unterricht im Lautenspiel zu nehmen. Sie hatte sich auch als Sängerin versucht, diesen ehrgeizigen Plan auf Hayanas eindringliches Anraten hin jedoch bald wieder aufgegeben. Nun verbrachte sie also neben dem Briefe Schreiben soviel Zeit wie möglich damit, auf der Laute Melodien zu üben, mit denen sie Ahmed überraschen wollte. Allerdings schien ihr das Spiel weniger leicht von der Hand zu gehen als das Schreiben der ihr noch vor kurzem so fremden Zeichen und sie verzagte oftmals und war nahe daran, das kostbare Instrument wutentbrannt im Brunnen zu versenken.

In einer der trübsten Stimmungen fand Ali sie vor. „Kommt mit mir", sagte er, „dann zeige ich Euch etwas, das Euer Auge erfreuen wird."

Fedora stand von dem Brief auf, in dem sie gerade Ahmed ihrer Liebe und ihrer Sehnsucht versichert hatte, legte die Feder weg und folgte Ali in den Garten. Er führte sie zu dem kleinen Teich, in dem die Lotusblumen ihre Blätter öffneten. „Seht, ist das nicht wunderschön?"

Fedora nickte nur und wünschte sich, diesen Anblick mit Ahmed teilen zu können, der so sehr auf das Erblühen dieser Seerosen gewartet hatte und nun nicht hier war, um sich mit ihr daran zu erfreuen.

„Ihr müsst Euch nicht um den Prinzen sorgen", sagte Ali, als er ihr trauriges Gesicht sah. „Der Prinz ist ein geübter Kämpfer und ein hervorragender Reiter. Seine Pferde sind im ganzen Land berühmt und er selbst hat so manches Rennen auf dem Hippodrom gewonnen, das einer seiner Vorfahren erbauen ließ. Auch im Bogenschießen hat er nicht bald seinesgleichen und er hat sich sogar im Ringkampf ausgezeichnet."

„Ich wollte, er wäre wieder bei mir", erwiderte Fedora nur. Hayana hatte ihr vor einigen Tagen erzählt, dass Ahmed nicht nur ein Mann der Feder, sondern auch des Schwertes war, aber selbst wenn sie Stolz darüber verspürt hätte, wäre dieser schnell der Angst um ihn gewichen. „Lieber einen Mann der Feder", hatte sie ihr geantwortet, „als einen, der mit dem Schwert getötet wird. Lieber einen Feigling, den ich in den Armen halten kann, als einen Helden, der nach seinem Tod besungen wird!" Hayana hatte auf diese Worte hin nur gelacht und gemeint, dass es noch wesentlich angenehmer für eine Frau sei, einen lebenden Helden in den Armen zu halten als einen toten Feigling besingen zu müssen, und sie spätestens nach Ahmeds Rückkehr ebenfalls dieser Meinung sein würde.

„Er kommt gewiss bald zurück", tröstete Ali sie nun. „Und bis dahin solltet Ihr vergnügter sein, meine Herrin. Der Prinz wäre sicher untröstlich, wüsste er, wie sehr Ihr Euch um ihn grämt. Aber jetzt kommt bitte mit mir." Er führte sie ans andere Ende des Gartens, wo einige junge Sträucher gepflanzt waren.

„Hier", er wies voller Stolz darauf.

„Ja?" Fedora sah nur kleine Blätter und junge Dornen, aber keine einzige Knospe.

„Man sieht sie noch nicht, aber sie stammen aus einer Zucht, die ich vor kurzem begonnen habe. Ich gebe mich nämlich nicht damit zufrieden, einfach die vorhandenen Pflanzen zu pflegen, sondern ich versuche, sie zu kreuzen und neue Farben zu schaffen. Und wenn es mir gelingt, erhalten sie einen Namen. Diese dort drüben", er deutete zu einem hellrosa blühenden Strauch, „heißt Dananir, zu Ehren meiner ehemaligen Herrin. Jene dort, die dunkelrote, fast schwarze, habe ich gezüchtet als Prinz Ahmed das Licht der Welt erblickte. Ich habe sie dann, als ich dem Prinzen hierher folgte, mitgebracht. Und diese hier", er betrachtete den Strauch vor sich mit einem liebevollen Blick, „habe ich nach Euch benannt: *Fedora*. Und wenn es mir gelingt, was ich mir wünsche, dann werden diese Dornen Blüten von der Farbe Eures Haares tragen."

Fedora sah betroffen von dem Strauch auf Ali. Ein *Tier* hatte sie einmal genannt und wie bereute sie jetzt diese Worte, die ihrem Zorn und ihrer Unkenntnis entsprungen waren! „Das ist sehr… Denkst du denn, dass ich einer solchen Ehre überhaupt würdig bin?" fragte sie gerührt.

Ali sah sie freundlich an. „Ihr seid eine sehr liebenwerte Frau, meine Herrin. Und weitaus würdiger als jede andere die Gemahlin meines Gebieters zu werden, den ich in meinen Armen geschaukelt habe, und den ich liebe wie einen Sohn. Ihr habt ihm wieder die Freude gegeben, die er verloren hatte, und Eure Liebe zu ihm ist groß und wahr. Mir mag vielleicht die Erfahrung eines Liebeslebens mangeln, aber ich habe viel vom Leben und den Menschen gesehen und bin alt und weise genug, um das zu erkennen. Deshalb werde ich Euch immer beschützen und immer für Euch da sein, wenn Ihr mich braucht."

Fedora lächelte ihn warm an und legte ihm die Hand auf den Arm, als sie plötzlich ein Geräusch hinter sich hörte. Erschrocken wandte sie um und sah sich einem Mann gegenüber, dessen Gesicht von einem Tuch verdeckt war. In der Hand hielt er ein Schwert.

Im nächsten Moment wurde sie von Ali zur Seite gestoßen. „Bringt Euch in Sicherheit, meine Herrin!" Er stürzte sich mit bloßen Händen auf den Eindringling, der unter der überraschenden Wucht des Ansturms sein Schwert nicht gebrauchen konnte, sondern sein Gleichgewicht verlor und zurücktaumelte. „Hund! Du wagst es, in den geheiligten Garten meines Herrn einzudringen und seine Lieblingsfrau zu bedrohen!?"

Der andere stürzte und schon lag Ali über ihm und drückte ihn mit seinem gewaltigen Gewicht zu Boden. „Lass mich sehen, wen ich zerquetschen werde wie eine Laus, die sich im Pelz des Bären einnisten wollte!" Er riss ihm den Turban vom Kopf und legte dem kleineren Mann die riesengroßen Hände um den Hals.

In demselben Moment, in dem das Gesicht des röchelnden Angreifers sichtbar wurde, schlug Fedora vor Überraschung die Hände zusammen.

„Leon??!!"

Ibrahim al-Fadal, der Sohn des Wesirs, musterte die junge Frau, die mit nacktem Oberkörper vor ihm kniete. „Und du bist dir völlig sicher, dass du gesehen hast, wie ein Fremder den Harem von Prinz Ahmed betreten hat?"

„Vollkommen sicher, mein Gebieter", erwiderte die dunkelhaarige Schönheit, auf deren rechter Wange ein kleiner Leberfleck prangte. „Er hat die Wachen überlistet und ist dann in die Gemächer der Favoritin des Prinzen eingedrungen, dieser rothaarigen Hexe, die ihn von uns fernhält." In ihrer Stimme klang nur schwer unterdrückter Hass mit.

„Und dann?"

„Ich habe mich herangeschlichen, durch den geheimen Durchgang, zu dem Ihr mir den Schlüssel gabt", sprach sie weiter, während sie seine nackte Brust streichelte und ihre Finger über seinen ‚Stab der Freude' tanzen ließ. „Zuerst stürzte sich Ali, der Obereunuch des Harems, auf den Eindringling, aber dann hielt ihn diese Kröte, die Allah in die tiefste Hölle verdammen soll, davon ab, ihn mit bloßen

Händen zu zermalmen." Sie beugte sich ein wenig näher, „Sie kennt den Fremden, mein Gebieter. Hat ihn mit Namen angesprochen: *Leon.* Er muss ein Grieche sein, aus ihrer Heimat. Und soweit ich verstanden habe, kam er hierher auf der Suche nach ihr." Sie lächelte mit leichtem Spott, „Ihr schlechter Ruf hat sich in den Straßen Bagdads verbreitet und muss wohl auch ihm zu Ohren gekommen sein…"

„Schweig!" fuhr Ibrahim sie an, der durch nichts an die Schmach erinnert werden wollte, die Fedora ihm zugefügt hatte.

Zaida zuckte mit den Schultern, „Nun, wie dem auch sei, er hat sie jedenfalls gefunden. Und nun sitzt er bei ihr im Pavillon des Prinzen und lässt sich von ihr füttern und verwöhnen."

„Das ist gut", Ibrahim tätschelte ihre schweren Brüste, „sehr gut. Besser noch als alles andere. Ich wollte sie töten, um meine Rache an ihnen beiden zu nehmen. Aber das wird ihn noch mehr treffen. Sein Stolz wird verletzt, wenn seine kostbare Blume seine Liebe mit Füßen tritt und sich einem anderen zuwendet, kaum dass er sein Haus verlassen hat. Er ist ein Schwächling", fügte er abfällig hinzu, „der nicht einmal seine eigenen Frauen zu beherrschen weiß und es besser versteht mit dem Federkiel umzugehen als mit dem Schwert. Und wäre nicht sein Vater der Kalif, hätte ich ihn schon längst zermalmt. Ihn unter meinen Füßen zertreten wie einen Wurm!"

„Soll ich die Wächter rufen, damit sie die Untreue festnehmen?" fragte Zaida, der weniger daran gelegen war, Ahmed tot zu sehen, als die verhasste Rivalin aus seiner Nähe entfernt zu wissen. Sobald diese Frau fort war, würde sich Ahmed wieder seinen anderen Konkubinen zuwenden, und sie verstand sich so hervorragend auf die Kunst der Liebe, dass sie Grund hatte zu hoffen, bald die Lieblingsfrau des Prinzen zu werden. Ahmed gefiel ihr nur zu gut. Er war kein brutaler Wüstling wie Ibrahim, dessen Peitsche sie mehr als einmal zu spüren bekommen hatte, als sie noch seine Sklavin gewesen war, sondern von vornehmer Wesensart, war klug und roch nicht nach dem verbotenen Wein, sondern nach duftendem Ambra. Wie viel lieber hätte sie in diesem Moment sein Glied in den Händen gehalten, um seine Leidenschaft zu erregen.

„Das würden sie nicht tun", erwiderte Ibrahim nach kurzem Nachdenken. „Sie würden es nicht wagen, die Favoritin des Prinzen einzukerkern. Und sie wäre gewarnt und könnte fliehen. Nein, das muss anders geschehen."

„Aber es muss überzeugend sein. Ahmeds Glaube an diese Tochter einer Hyäne ist sehr tief, sonst hätte er ihr nicht sogar den Schlüssel zur geheimen Pforte anvertraut, wie ich genau sehen konnte." Ihre dunklen Augen funkelten böse, „Sie hat ihn verhext, völlig verzaubert, sodass er nichts anderes mehr sieht als sie!"

„Dein Hass interessiert mich nicht, Weib!" unterbrach Ibrahim sie.

„Was ich Euch damit sagen wollte, erlauchter Gebieter", fuhr Zaida lauernd fort, seine Hoden in ihre Behandlung einbeziehend, „ist, dass er es nicht glauben wird, wenn man ihm den Verrat hinterbringt. Er wird misstrauisch werden, auch wenn es die Wahrheit ist. Er darf nicht ahnen, dass wir die Hand im Spiel haben, sonst deckt er am Ende sogar auf, dass wir einen zweiten Schlüssel zur Pforte besitzen. Nein, er muss es auf andere Art erfahren. Durch einen Brief vielleicht, den sie selbst an ihren Geliebten schrieb…"

„Wie sollen wir an einen solchen Brief gelangen?" fragte Ibrahim, der sich in den weichen Kissen räkelte, hin und her gerissen zwischen der Vorfreude Ahmed zu schaden oder ihn gar zu vernichten, und der sinnlichen Befriedigung, die diese Sklavin ihm bereitete, die eine wahre Künstlerin der Liebe war. Er hatte sich damals erstaunlich schwer von ihr getrennt. Schwerer jedenfalls als von jeder anderen, aber das war es ihm wert gewesen. Er hatte über sie Einfluss auf Ahmed gewinnen wollen, den Lieblingssohn des Kalifen, aber nun erwies sie sich als noch wesentlich wertvoller, indem sie ihm Mittel und Wege zur Rache in die Hand gab.

„Wenn Ihr erlaubt?" Zaida hielt kurz inne und zog ein Stück Pergament hervor, „Hier, mein erhabener Gebieter, ist er."

Ibrahim nahm das Schreiben entgegen und las es. Dann sah er auf. „Hast du ihn verfasst? Er wird erkennen, dass es nicht ihre Hand ist."

„Aber der Brief stammt von ihr", sagte Zaida triumphierend. „Sie schrieb ihn selbst, er war wohl für Ahmed gedacht. Aber sie beendete ihn nicht und ich konnte ihn entwenden und für sie vervollständigen. Ich habe dazu sogar dieselbe Tinte und Feder benutzt."

Ibrahim las den Brief ein weiteres Mal, warf den Kopf in den Nacken und lachte, „Ja, meine kluge Katze! Das wird ihn überzeugen! Du bist durchtrieben! Aber jetzt lass mich die Kunstfertigkeit deiner Zunge fühlen! Lass sie mich spüren."

Zaida beugte sich über seine Lenden und für Minuten unterbrach nichts die Stille des Raumes als das immer lauter werdende Stöhnen Ibrahims, das exstatische Laute erreichte und dann in einem Röcheln erlosch.

„Es ist übrigens nicht der einzige Brief, der in meine Hände gelangt ist", fuhr Zaida fort, als Ibrahim zufrieden schnaufend in den Kissen lag. Sie verabscheute diesen brutalen Mann zutiefst. Aber sie brauchte ihn. Die Rivalin musste erst vernichtet werden, bevor Ahmed sich ihr, Zaida, zuwenden würde. „Jeden Tag hat sie einen geschrieben, seit Ahmed Bagdad verlassen hat, und auch er sandte ihr Briefe. Aber ich habe sie alle in meiner Hand." Sie lächelte überlegen, „Einer der Palastdiener ist mir verfallen. Ein Eunuch, dem ich durch meine Kunst die geringen Freuden gebe, deren er fähig ist, und der mir deshalb meine Wünsche erfüllt. Er hat Ahmeds Briefe an sich gebracht, noch ehe Ali sie überhaupt sehen konnte, und hat auch verhindert, dass die Briefe dieser Kröte an den Boten weitergereicht wurden."

„Das heißt", setzte Ibrahim diese Überlegungen fort, „sie haben beide seit längerem nichts voneinander gehört und der Schlag kommt völlig unvorbereitet. Das hast du sehr gut gemacht. Du hast mich zufrieden gestellt, meine Schöne. Hier!" Er warf ihr einen Beutel mit Gold und Juwelen zu, „Das ist für deine kunstfertigen Dienste. Ich werde dich wieder rufen lassen, sobald ich weiß, wie ich am besten vorgehen werde. Und nun geh, ehe man in Ahmeds Palast deine Abwesenheit bemerkt."

Zaida hatte den Raum kaum verlassen, als Ibrahim seine beiden Leibwächter rief. „Man hat mir zugetragen, dass sich im Palast des Prinzen Ahmed ein Eindringling aufhält, ein Grieche. Ich wünsche, dass ihr alle Ausgänge bewacht, auch jenen Geheimgang, der stromaufwärts am Ufer des Tigris mündet. Ruft unsere verlässlichsten und verschwiegensten Männer, und sollte jemand den Palast verlassen, der nicht zu Ahmeds Leuten gehört, so nehmt ihn fest und bringt ihn hierher. Aber ohne dass jemand im Palast darauf aufmerksam wird! Es muss am Ende so wirken, als wäre der Grieche nur durch Zufall in unsere Hände gefallen, habt ihr mich verstanden?!"

Die Männer verschwanden und Ibrahim widmete sich wieder dem Studium des Briefes. „Ausgezeichnet", murmelte er. „Sobald ich diesen Griechen in meinen Händen habe, werde ich dafür sorgen, dass Ahmed davon überzeugt ist, der Brief wäre an den Geliebten seiner rothaarigen Sklavin gerichtet. Umso mehr, als man ihn bei diesem Mann finden wird!" Er klatschte in die Hände, „Bringe mir meine Favoritinnen", sagte er, als der Eunuch eintrat. „Ich will mich mit ihnen vergnügen."

Fedora, die nichts von der Intrige ahnte, die man gegen sie spann, saß mit ihrem Freund Leon im Pavillon, hielt seine Hand und streichelte fast unaufhörlich darüber.

Sie hatte, nachdem sie ihren Freund erkannt hatte, Ali mit aller Macht davon abhalten müssen, ihn entweder zu töten oder die Wachen zu rufen, damit der Unglückliche festgenommen und in den Kerker geworfen wurde. Es hatte ihre ganze Überredungskunst gekostet, um ihn davon zu überzeugen, dass Fedora ihm lieb und wert war wie eine Schwester und nur die Sorge um sie ihn dazu getrieben hatte, in den Palast einzudringen und den Frieden und die Abgeschiedenheit des Harems zu stören. Sie selbst wusste zwar, dass es in diesem Land üblicherweise für jeden Mann streng verboten war, die Frauen eines anderen zu sehen oder zu sprechen, aber in diesem Fall glaubte sie, dass Ahmed nichts dagegen haben könnte, und ihr sogar gestatten würde, ihren Freund zu empfangen.

„Mein Lieber, ich kann es immer noch nicht fassen, dass du hier bist! Dass du mich überhaupt gesucht hast! In meinen Gedanken hatte ich schon Abschied genommen und euch im Stillen um Verzeihung gebeten für mein Verschwinden, aufgrund dessen ihr mich für tot halten musstet.“

Leon erwiderte innig ihren Händedruck, „Du hattest deinen Tod gut vorgetäuscht und für die meisten sah es tatsächlich so aus, als wärst du bei einer Bootsfahrt ums Leben gekommen. Aber mir ließ es keine Ruhe. Und als deine Dienerin und Vertraute mir unter Tränen gestanden hatte, dass du geflohen warst und wohin du wolltest, versuchte ich, deine Fährte zu finden. Ich traf jedoch nur auf einen deiner Männer, der den Überfall des Sklavenhändlers schwer verletzt überlebt hatte, und es nicht wagte, ohne dich wieder heimzukehren. Ich folgte auch dieser Spur und gelangte nach Bagdad, wo Händler, die ich von früher kenne, mir von einer rothaarige Sklavin erzählten, die vom Sohn des Wesirs erworben worden war. Ich erfuhr weiter, dass eben diese Frau sich nun im Besitz eines der Söhne des Kalifen befand. Und so kam ich hierher, zu diesem Palast. Es gelang mir, mit einem Trick Zugang zu erhalten und dann diesen Garten zu finden, wo du dich aufhieltst.“

„Du hast dein Leben aufs Spiel gesetzt, um mich zu finden“, sagte Fedora bestürzt.

„Für meine Schwester“, erwiderte Leon ernst. „Aber ich kann nicht glauben, dass du tatsächlich geflohen bist. Nicht du, meine Fedora!“

„Und doch bin ich feige geflohen, vor einem Mann, den ich nicht liebte und niemals lieben könnte“, erwiderte Fedora beschämt. „Und habe damit meine Familie in Schande gestürzt und euch Kummer bereitet.“

Ihr Freund blickte sie traurig an, „So widerwärtig war er dir, du Ärmste? So entsetzlich war dir der Gedanke an diese Ehe, dass du dein Leben in Gefahr brachtest? Und am Ende als Sklavin im Harem eines Barbaren endetest?“ Er nickte grimmig, „Aber nun habe ich dich gefunden und werde dich retten. Du musst Alexios nicht heiraten, sondern ich bringe dich auf das Landgut meines Vaters. Er ist gewiss damit einverstanden, und weder der Kaiser noch sein Sohn werden dich dort suchen. Zudem hält man dich ja für tot. Dein Vater kann ebenfalls dort leben, ich weiß, dass er die Stille des Landes schon lange dem bunten Treiben Konstantinopels vorziehen würde.“ Er fasste ihre Hand, „Du warst immer wie eine Schwester für mich, Fedora, aber muss es denn so bleiben? Als meine Gemahlin wärst du in Sicherheit, selbst wenn der Kaiser dich fände…“

„Aber Leon“, sagte Fedora sanft, „mein lieber Leon. Ich danke dir von Herzen, aber ich will doch gar nicht mehr fort von hier.“

„Schämst du dich?“ fragte er ernst. „Hast du Angst, man könnte dich dafür verachten, dass du diesem Barbaren zu Willen sein musstest? Niemand wird das tun, das schwöre ich dir, Fedora. Keiner kann dir etwas vorwerfen, wozu du gezwungen wurdest. Und als meine Gattin wärst du vor allen Verleumdungen sicher.“

„Niemand hat mich gezwungen“, erwiderte Fedora, während eine zarte Röte in ihre Wangen stieg. „Im Gegenteil, Prinz Ahmed hat mich vor Qualen und dem Tod bewahrt. Und er hat mich nicht gezwungen, sein Lager mit ihm zu teilen. Ich bin freiwillig sein geworden, aus Liebe zu ihm.“ Sie lächelte leicht, als sie Leons Blick sah, „Und er ist alles andere als ein Barbar. Er kennt all die Philosophen, die auch uns nahe stehen, hat mich in seiner Sprache Schreiben und Lesen gelehrt und behandelt mich nicht wie eine Sklavin, sondern wie eine Prinzessin. Sieh doch“, sie hielt ihm den Ring mit dem Rubin hin, „das ist ein Unterpfand seiner Liebe.“ Ahmed hatte ihr nach dem verlorenen Schachspiel die ganze mit Juwelen gefüllte Schatulle geschenkt, aber der Ring war ihr weitaus kostbarer, weil er ihn selbst an ihre Hand gesteckt und ihn geküsst hatte.

„Aber du bist hier eine Gefangene", sagte Leon fassungslos. „Eine Sklavin im Besitz eines Feindes!"

„Ich mag ihm gehören, aber er ist nicht mein Feind", entgegnete Fedora fest. „Er war es niemals."

„Das kann nicht dein Ernst sein!" Leon sprang erregt auf. „Man hat deinen Geist mit Gift getrübt! Ich werde dich mitnehmen und dann wirst du bald gesunden und diesen Mann vergessen haben!"

„Ohne diesen Mann wäre ich schon tot. Und ohne ihn kann ich nicht weiterleben", sagte sie ruhig. Sie erhob sich ebenfalls und umarmte ihren Freund. „Du kannst jetzt nicht länger bleiben, sonst wirst du entdeckt. Ich höre schon Ali, der zurückkommt. Du bist zwar an den Wachen vorbeigekommen, aber wie leicht könnte dich eine der Dienerinnen hier finden!"

Als der Eunuch eintrat, trug er einen schwarzen Mantel und ein großes schwarzes Tuch in der Hand. „Schwarz ist die Farbe des Kalifen", sagte er. „Damit wird dich jeder für einen Angehörigen des Palastes halten." Er half Leon den Mantel umzulegen und band ihm dann das Tuch um den Kopf, sodass Leons Haupt bald von einem großen Turban verdeckt wurde, dessen Zipfel hinunterhing. „Mit dem Ende kannst du dein Gesicht verbergen", erklärte er. „Und hier habe ich noch einen Beutel mit Wasser und einen mit Nahrung mitgebracht. Wie meine Herrin es befohlen hat, steht am Ende des Ganges ein Pferd für dich bereit, mit dem du fliehen kannst." Er warf Leon einen strengen Blick zu. „Eigentlich müsste ich dich töten, weil du hier eingedrungen bist, aber weil du mir dein Wort gegeben hast, es nur aus brüderlicher Liebe zu meiner Herrin getan zu haben, kann ich mein Gewissen damit beruhigen. Es ist Brüdern erlaubt, ihre Schwestern ohne Schleier zu sehen und mit ihnen zu sprechen. Aber dennoch würde ich dich nicht ziehen lassen, hätte meine Herrin mich nicht darum gebeten. Wenn nicht einmal mein Gebieter ihr zu widerstehen vermag – wie kann ich, ihr armer Diener es dann? Aber nun geh! Halte dich nicht länger auf. Ich werde dich begleiten und die Pforte dann wieder verschließen.“

„Fedora!“

„Nein, still, mein Lieber. Ich habe dir gesagt, weshalb ich bleibe. Aber ich danke dir für deine Liebe, mit der du nach mir gesucht hast, und dafür, dass du meinem Vater Botschaft von mir bringst. Er hat keinen Grund mehr, um mich zu trauern. Er mag sich mit mir über mein Glück freuen, das ich daheim niemals gefunden hätte.“

Nach einigem Zögern, und erst als Ali ihn nachdrücklich weiterschob, verließ Leon den Pavillon. Fedora begleitete die beiden bis zur geheimen Pforte, umarmte ihren treuen Freund dann nochmals mit Tränen in den Augen und blieb zurück.

Als Fedora wenige Tage später wieder im Pavillon saß, spürte sie, dass die tiefe Unruhe immer noch nicht von ihr gewichen war. Wie ein unheilvolles Ahnen war es, das ihr den Schlaf und die Ruhe raubte. War es das Gewissen, das sie plagte, weil sie Leon zur Flucht verholfen hatte? War es ein Fehler gewesen, ihn durch die geheime Pforte und den Gang, der aus den Palastmauern führte, fliehen zu lassen? Leon, den Gespielen ihrer Kindheit, der ihr wie ein Bruder war, dessen Mutter sie gestillt hatte?

Nein, es war richtig gewesen. Niemals hätte sie ihn in den Fängen der Wächter sehen wollen. Sie hatte von Hayana gehört, was mit jenen Männern geschah, die den Frieden und die Unantastbarkeit des Harems störten. Man stach ihnen die Augen aus und wenn sie Glück hatten, ließ man sie dann auf den Straßen von Bagdad betteln. Andere landeten unter dem Beil des Henkers. Ihr fröstelte. Nein, sie hatte richtig gehandelt, als sie die Wächter irregeführt und Leon hatte fliehen lassen, und sie hoffte innigst, dass er in der Zwischenzeit schon in Sicherheit war.

Sie sah unwillig hoch, als sie plötzlich Schritte hörte. Sie wollte nicht gestört werden. Dieser Pavillon war ein Ort, an dem sie sich zurückzog, um mit ihren Gedanken an Ahmed und mit sich selbst alleine zu sein.

Die Schritte näherten sich, der Vorhang wurde zur Seite geschoben und Fedora blickte voll freudiger Fassungslosigkeit in Ahmeds helle Augen. Im nächsten Moment lief sie ihm auch schon entgegen, umarmte ihn und schmiegte sich an ihn.

„Ahmed, mein Geliebter, mein Gebieter! Wie sehr hatte ich dich ersehnt! Gott hat mein Bitten erhört und dich zu mir geschickt!" Sie sah erstaunt auf, als er nicht ebenfalls die Arme um sie legte, sondern nur mit einem seltsamen Ausdruck auf sie herab sah. „Was ist denn, mein Gebieter? Ist etwas geschehen?" Sie löste sich von ihm, ließ hastig ihre Blicke über ihn schweifen und betastete unruhig seinen Körper. „Bist du etwa verletzt?!"

„Das weiß ich noch nicht", erwiderte er gepresst. „Ich weiß noch nicht, ob ich verletzt wurde."

„Aber… was ist denn geschehen?" fragte sie, zutiefst beunruhigt. „Gestern noch sagte mir Ali, dass du oben im Norden seiest, und nun stehst du hier vor mir und bist so fremd." Sie nahm ihn bei der Hand, um ihn zu den Kissen zu ziehen. „Komm, setz dich. Ich werde Befehl geben, dass du ein gutes Mahl erhältst. Soll ich dich entkleiden, dir beim Bad behilflich sein?" fügte sie mit einem Blick auf sein staubiges Gewand hinzu. Er sah erschöpft und schmutzig aus, als wäre er eben erst nach einem langen Ritt vom Pferd gestiegen.

Er entzog ihr seine Hand. „Zuerst beantworte mir eine Frage."

Sie hielt inne, „Ja, Gebieter meines Herzens?"

Bei der Anrede wurden seine Augen schmal. „Nenne mich erst wieder so, bis du meine Frage beantwortet hast — zu meiner Zufriedenheit beantwortet hast, Byzantinerin."

Da war sie wieder, diese Unruhe, diese unbestimmte Angst. Und diesmal hatte sie mit Ahmed zu tun, mit seinem befremdlichen Benehmen. „So stell sie mir, mein Gebieter. Ich werde sie beantworten." Sie sah fast ängstlich hoch, versuchte, in seinem verschlossenen Gesicht zu lesen.

„Hast du den Schlüssel, den ich dir bei unserer Trennung anvertraute, benutzt?“

Fedora errötete. Sie wusste nicht, woher Ahmed davon gehört haben konnte, aber sie versuchte keine Ausflüchte. „Das habe ich, mein Gebieter.“

„Und zu welchem Zweck?“ Ahmeds Stimme war so kalt wie seine Augen.

„Um einen Mann entkommen zu lassen“, erwiderte Fedora mit letzter Kraft.

„So ist es also wahr.“ Ahmeds Stimme klang tonlos und eine tiefe Blässe überzog sein Gesicht, als er sich abwandte.

Fedora griff nach seinem Arm. „Ich weiß, ich hätte das nicht tun sollen, aber ich hatte solche Angst, er würde von den Wächtern ergriffen und getötet werden! Verzeih mir, mein Gebieter! Wenn du hier gewesen wärst, hätte ich seine Freiheit erbitten können, aber du warst so weit fort und…“

„Schweig!“ herrschte er sie an. „Du warst treulos! Diesen Schlüssel hätte ich nicht einmal Salimana, meiner Gattin, anvertraut und sie hätte mich niemals hintergangen!“

„Ich habe dich nicht hintergangen!“ fuhr Fedora entsetzt auf. „Ich habe ihm lediglich zur Flucht verholfen!“

„Wer war dieser Mann? Nicht, dass ich es nicht schon wüsste“, sagte er scharf, „aber ich will es von dir hören.“

„Der Spielgefährte meiner Jugend.“

„Nicht etwa der Mann, den du in deiner Heimat heiraten wolltest?“

„Aber nein! Mein Ziehbruder, der aus Liebe zu mir kam, um mich zu retten“, erwiderte Fedora eindringlich.

„Um dich zu retten?“ Ahmed lachte höhnisch auf. „Aus den Fängen des ungläubigen Teufels, der deine Tugend bedrohte?“

„Bitte verzeih mir“, bat Fedora. „Ich tat es nicht, um dich zu hintergehen.“

„Weshalb bist du nicht mitgegangen?“ fragte er mit einem verächtlichen Blick, ihre Hand, die sich an seinen Arm klammerte, abstreifend wie lästiges Ungeziefer.

„Wie hätte ich dich denn verlassen können?" fragte Fedora fassungslos. „Glaubst du denn, ich hätte auch nur einen Moment daran gedacht, fortzugehen?"

„Hattest du Angst, du könntest bei der Flucht ertappt werden? Oder hast du dich noch rechtzeitig in Sicherheit gebracht, um nicht mit deinem Geliebten gemeinsam gefasst zu werden?"

Fedora wurde blass. „Man hat ihn gefasst?"

„Hast du solche Angst um ihn, dass dein Gesicht so bleich wird, meine untreue Byzantinerin?" Ahmed fragte das mit Zorn, aus dem jedoch deutlich sein Schmerz herauszuhören war. „Nun, du wirst Zeit und Gelegenheit haben, ihn zu sehen, wenn der Henker sein Werk an ihm vollzieht!"

„Der Henker?!" rief Fedora entsetzt aus. „Aber er hat doch nichts getan! Ebenso wenig wie ich, die ich dir weder mit meinem Herzen noch mit meinem Körper untreu war! Wie sollte er denn wissen, dass ich freiwillig hier bin", fuhr sie fort. „Seit ich aus Konstantinopel verschwunden bin, hat er nach mir gesucht und mich endlich gefunden. Hatte er denn nicht das Recht dazu? Hättest du an seiner Stelle nicht ebenso gehandelt?"

„Ich wäre bis an Ende der Welt gegangen, um dich wieder zu finden", antwortete Ahmed müde. „Aber ich hätte nicht versucht, dich heimlich zu entführen, sondern wäre offen vor den anderen hingetreten, um dich zurückzufordern."

Fedora griff nach seiner Hand, „Aber dir wäre ich niemals entwichen. Und ich bin auch jetzt freiwillig hier. Aus Liebe zu dir."

„Aus Liebe?" Ahmed lachte höhnisch. Er zog ein verknittertes Stück Pergament hervor und hielt es ihr hin, „Hier. Dieser Brief wurde bei ihm gefunden."

Fedora starrte auf das Pergament. Es war ihr Brief. Jener Brief, den sie an Ahmed geschrieben hatte, der dann aber im Tumult des Wiedersehens mit Leon auf geheimnisvolle Weise verloren gegangen war. „Aber…", fing sie an.

„Sind das nicht die Worte, die du mir gesagt hast, bevor ich fortging um zu kämpfen? Hast du nicht mit denselben Liebesworten mein Herz betört, die du nun einem anderen geschrieben hast? Willst du leugnen, ihn verfasst zu haben?" fragte Ahmed weiter. „Oder mich jetzt glauben machen, dass du diesen Mann, diesen Leon, nicht kennst?"

„Doch, ich kenne ihn!" sagte sie bestürzt, weil sie erkannte, dass jemand Änderungen an dem Brief vorgenommen, ihn beendet haben musste. Allerdings auf eine Art, die ihre Untreue belegen sollte. Er war an Leon gerichtet und es war von heimlichen Treffen die Rede, von ihrer Liebe zu ihm und von ihrer Sehnsucht, mit ihm zu fliehen. „Aber das sind nicht alles meine Worte, nur jene, die dir galten, mein Liebster! Ein anderer hat sie geschrieben!"

„Willst du jetzt auch noch meinen Verstand beleidigen?" fragte Ahmed mit kalter Wut. Er klatschte in die Hände und Ali trat ein, das Gesicht in Sorgenfalten gelegt, als er den finsteren Blick seines Herrn bemerkte.

Er machte einen Schritt nach vor und stürzte Ahmed zu Füßen. „Gebieter! Verzeiht Eurem unwürdigen Diener! Ich habe …"

Fedora krallte sich in Ahmeds Gewand. „Ahmed, ich bitte dich, zürne nicht Ali! Bestrafe ihn nicht!"

Ahmed stieß sie von sich weg. „Schweigt, alle beide! Ich will nichts mehr hören! Was immer hier geschehen ist, konnte nicht ohne dein Wissen passieren, Eunuch! Ich könnte dich für deine Untreue töten lassen, aber vermutlich hat dich dieses Weib ebenso verhext wie sie es mit mir tat! Und ich vergesse nicht all das Gute, das du mir in der Vergangenheit erwiesen hast. Du darfst im Palast bleiben, wirst aber diese Frau nicht wieder sehen, um nicht ein weiteres Mal ihrem bösen Einfluss zu erliegen. Aber ich rate dir wohl, dir meine Gunst kein zweites Mal zu verscherzen und mir in Zukunft mehr Treue zu bewahren als du es hier getan hast!" Er wies verächtlich auf Fedora. „Bring die Sklavin jetzt zu den anderen Frauen in den Harem. Ich will sie nicht mehr sehen."

Ali führte Fedora, die ihre eigenen Gemächer bisher nur ein einziges Mal verlassen hatte, in einen anderen Teil des weitläufigen Palastes. Die Gänge waren mit weichen Teppichen ausgelegt, die Wände bedeckten Malereien und zarte Vorhänge und bis auf zwei Dienerinnen, die mit gesenktem Blick vorbeihuschten, und einigen bewaffneten Eunuchen schien der Palast leer zu sein. Erst als sie sich ihrem Bestimmungsort näherten, hörte Fedora Stimmen und leises Lachen. Sie konnte immer noch nicht fassen, was geschehen war. Ahmed hatte Worte gesagt, die immer noch wie Messerstiche schmerzten, hatte ihr nicht einmal mehr zuhören wollen und sie einfach aus seiner Nähe gewiesen. *Sklavin* hatte er sie verächtlich genannt, und Fedora, die in ihrer Liebe zu ihm und eingehüllt in seine Zuneigung, fast vergessen hatte, dass sie hier nicht mehr war als ein Stück Besitz, war mit einem Schlag wieder bewusst geworden, wie hilflos sie Ahmed und seinen Befehlen ausgeliefert war und wie angewiesen sie war auf sein Wohlwollen.

„Hier ist es?" fragte sie als Ali einen Vorhang zur Seite schob, der den Blick in einen lichten Raum öffnete. Der Eunuch nickte nur und sah zu Boden.

Fedora legte ihm die Hand auf den Arm. „Mein lieber Ali, verzeih mir bitte, was ich dir angetan habe."

Ein kleines Lächeln glitt über Alis Gesicht. „Es gibt nichts zu verzeihen, meine Herrin. Ich tat es freiwillig und weil ich überzeugt davon war, Recht zu handeln, auch wenn ich meinen Herrn damit verraten habe." Er beugte sich aus seiner imponierenden Höhe herab, nahm ihre Hand und zog sie an seine Stirn. „Ich bin kein junger Mann mehr – gar kein Mann, könnte man sagen – hatte niemals die Freude, meine eigenen Kinder heranwachsen zu sehen, und werde niemals Enkelkinder haben. Aber ich bete zu Allah, dass er den Sinn des Prinzen wieder ändert und sein Herz erweicht. Ich möchte wieder ein Kind in meinen Armen wiegen, mich von ihm am spärlichen grauen Bart ziehen lassen und mich daran erfreuen, wie es blüht und gedeiht und heranwächst."

„Wie deine Rosen", sagte Fedora leise, mit Tränen in den Augen.

„Wie meine Rosen."

„Was wird mit meinem Freund geschehen?" fragte Fedora ängstlich. „Du weißt, dass nichts zwischen uns vorgefallen ist, das auch nur einen Tadel verdiente."

Der Eunuch zuckte mit den Schultern, „Alles was ich über ihn erfahren konnte, Herrin, ist, dass er durch Zufall in die Hände von Ibrahims Leuten fiel und dieser ihn dem Kalifen übergeben ließ, da der Prinz nicht in der Stadt weilte."

„Ibrahim?" Fedoras Augen weiteten sich. „*Er* hat Leon gefangen gesetzt?! Wie konnte das geschehen? Wie konnte er auch nur ahnen, dass er im Palast war und wie er ihn wieder verlassen hat?"

„Es tut mir Leid, Gebieterin, mehr kann ich dazu nicht sagen. Aber ich werde Hayana befragen, die vom Prinzen zurück in den Palast seines Vaters geschickt wurde, wo sie wieder ihrer früheren Herrin dient. Sie wird Euch gewiss mehr erzählen können, wenn sie Euch besucht."

„Man wird Leon doch nicht foltern oder töten?!" Die Angst um ihren Jugendfreund war weit größer als die Sorge um ihr eigenes Schicksal. Irgendwann musste sich ihre Unschuld herausstellen und Ahmed ihr Glauben schenken, aber bis dahin konnte es für Leon zu spät sein.

„Das ist nicht die Art des Prinzen", erwiderte Ali, „auch wenn er ihn verhören wird. Vorläufig ist Euer Freund noch im Palast des Kalifen, auf dessen Befehl unser Gebieter zurückgeholt wurde, um die Ehre seines Hauses wieder herzustellen und die Schuldigen zu bestrafen." Er strich zart über Fedoras Wange, „Aber sorgt Euch nicht. Allah wird alles zum Guten wenden, davon bin ich überzeugt."

Fedora wandte sich zögernd um und blickte in jenen Teil des Palastes, der von nun an ihre Heimat war. Sofort sah sie den Unterschied zu ihren früheren Gemächern. Der Raum, in den sie trat, war zwar größer, nicht weniger kostbar ausgestattet als ihrer, aber er war weitaus gedrängter. Während sie fast alleine gewohnt hatte, nur mit Hayana und einigen Dienerinnen, die jedoch unauffällig um sie herum gewesen waren, niemals aufdringlich, saßen hier überall Frauen. Manche unterhielten sich, eine spielte auf einer Laute. Andere wieder waren mit einem Äffchen beschäftigt und zwei lachten über einen exotischen Vogel, den sie mit Leckerbissen fütterten.

Ali führte sie in eine Ecke, dabei einen scharfen Blick auf die anderen Frauen werfend, die neugierig herübersahen, angesichts seiner finsteren Miene jedoch schnell wegblickten. „Sie werden es nicht wagen, Euch dreiste Fragen zu stellen oder gar, Euch zu belästigen", sagte er ruhig.

„Belästigen?"

„Diese Frauen sind wie… nun… sie bleiben sich eben viel selbst überlassen", sagte Ali verlegen.

Fedora hockte sich auf einige Kissen, die er ihr fürsorglich hinschob. Sie zog den dichten Schleier enger um sich, der ihr das Gefühl gab, vor den Blicken der anderen verborgen zu bleiben. Besonders eine von ihnen, eine üppige Schönheit mit tiefschwarzem Haar und einem Muttermal auf der Wange, die ihre Augen dick mit schwarzem Kohl umrandet hatte, warf ihr Blicke zu, die sie wie spitze Nadeln trafen. Sie hatte diesen Frauen nichts getan, hatte sie bisher nicht einmal gesehen, und doch kamen sie ihr mit offensichtlicher Abneigung entgegen.

„Hayana wird später nach Euch sehen", sprach Ali weiter. „Sie weint heiße Tränen über Euer Schicksal und wird gewiss Mittel und Wege finden, Euch aufzusuchen."

„Wo wirst du sein?" fragte Fedora schnell, als er sich entfernen wollte.

„Der Prinz hat verboten, dass ich in Eurer Nähe bleibe, aber ich werde Euch so oft besuchen, so oft ich nur kann, meine schöne Gebieterin", lächelte er. „Aber nun darf ich mich nicht zu lange hier aufhalten. Die anderen Frauen wissen jedoch, dass ich ein wachsames Auge auf Euch haben werde und werden Euch daher in Ruhe lassen."

Dananir sah ihrem Sohn aufmerksam entgegen als er eintrat, „Hast du mit der Byzantinerin gesprochen?"

Ahmed nickte. Er trat an das vergitterte Fenster und blickte in den Garten hinaus, hatte jedoch kein Auge für die blühende Pracht. Seit sein Vater ihn vom Kampf zurückgeholt und ihm von dem Griechen erzählt hatte, der heimlich in seinem Palast und bei Fedora gewesen war, war die Welt für ihn dunkler und kälter geworden. „Sie behauptet, er sei ihr Jugendfreund, der sie retten und heimbringen wollte", sagte er ruhig, den Blick seiner Mutter vermeidend. Sie hatte ihn gebeten, ihn aufzusuchen, aber er, der ihr sonst jeden Wunsch gerne erfüllte, war dieses Mal nur widerwillig gekommen.

„Aber du glaubst nicht daran?"

„Der Brief, den sie bei ihm fanden und der von ihrer Hand stammt, spricht eine andere Sprache, allerdings..." Er verstummte. Der Brief war seltsam. Es war ihm im ersten Zorn, als er, rasend vor Eifersucht und Schmerz, kaum hatte denken können, nicht aufgefallen, aber welchen Grund sollte Fedora haben, ihrem griechischen Geliebten in einer fremden Sprache zu schreiben? Wenn der Brief tatsächlich verfälscht worden war? Da war natürlich immer noch die Tatsache, dass sie in seiner Abwesenheit einen anderen Mann in ihren Gemächern versteckt und dann auch noch den Schlüssel benutzt hatte, um ihn an den Wachen vorbei in die Freiheit zu lassen. Aber wenn dieser Grieche wirklich nur ein Freund war? Wie ein Bruder für sie? Er war mit jeder Stunde, die verging, geneigter, ihren Erklärungen zu glauben, da es ihm fast unmöglich erschien, seine stolze Geliebte könnte ihn so frech belügen.

„Dann musst du ihn foltern lassen, um das Geständnis aus ihm herauszupressen", sagte Dananir in seine Gedanken hinein.

„Folter war in meinen Augen noch niemals ein Mittel, die Wahrheit zu erfahren", erwiderte Ahmed abweisend, während er düster einem kleinen Vogel nachsah, der lebenslustig von Ast zu Ast hüpfte. „Wer würde nicht eine Lüge vorziehen, um sich die Folter zu ersparen und sich damit einen schnellen Tod erkaufen?"

„Aber wie willst du denn sonst die Wahrheit erfahren?“ fragte Dananir verwundert. „Wie du ja selbst weißt, ist der heilige Schwur bei diesen Ungläubigen nicht viel wert. Du denkst, deine Byzantinerin habe dich hintergangen und belogen, glaubst ihren Worten nicht, mit denen sie das Gegenteil behauptet, und willst die Wahrheit auch aus ihm nicht herauspressen?“

Als er nicht antwortete, sondern nur finster vor sich hinstarrte, dabei mit der Hand über seinen Bart strich, wie immer wenn ihn etwas sehr beschäftigte, sprach sie weiter, „Hast du Angst davor, etwas zu hören, das diese Frau belasten würde?“

Ahmed wandte sich ihr heftig zu. „Hältst du mich für einen Feigling, der die Wahrheit nicht erträgt?!“

„Ich halte dich für einen sehr vernarrten Mann, der seine Geliebte nicht verlieren will. Aber du musst dir Gewissheit verschaffen und je eher du das tust, desto besser.“ Sie streichelte ihrem Sohn liebevoll über die Wange, „Geh, mein Liebling, und finde die Wahrheit heraus. Und ich bete zu Allah, dass ich dich bald wieder glücklich sehen werde.“

Als Ahmed den Kerker betrat, mussten sich seine Augen erst an das Dämmerlicht gewöhnen. Es herrschte ein dumpfer Geruch in diesen unterirdischen Gewölben, wo niemals das Tageslicht hinkam, und die Fackeln an den Wänden verbreiteten einen beißenden Rauch, der in den Augen und in den Lugen brannte. Er ging langsam weiter, bis er vor Leon stehen blieb, der ausgestreckt auf einer Art Bank lag und ihm aufmerksam entgegenblickte. Er war an Händen und Füßen gefesselt, sodass er sich kaum rühren konnte.

Ahmed wandte sich an die Wächter, die Statuen gleich neben dem Gefesselten verharrten. „Geht! Ich will mit dem Gefangenen alleine sprechen.“

„Bist du der Mann, in dessen Harem sich Fedora befindet?“ fragte Leon heiser. Man hatte ihn zwar nicht verletzt, ihn aber auch nicht sehr rücksichtsvoll behandelt. Seine Glieder waren starr von der unbequemen Haltung, die Fesseln schnitten in sein Fleisch und er sehnte sich nach einem Schluck Wasser, um den brennenden Durst zu löschen, der seine Zunge am Gaumen kleben ließ.

„Ich bin der Mann, in dessen Haus du eingedrungen bist, um sein Weib zu stehlen", erwiderte Ahmed kalt.

„Dein Weib?" Leon sah ihn finster an. „Eine Sklavin, die du in deinem Harem hältst und deren Sinn du verwirrt hast, sodass sie die Sklaverei der Freiheit vorzieht."

Ahmed betrachtete ihn eine Weile ruhig. „Sie wollte nicht mit dir gehen?" fragte er schließlich.

„Nein. Sie schickte mich fort." Leon starrte ihn entsetzt an, als ihm plötzlich ein Gedanke kam. „Was ist mit ihr? Hast du ihr etwas getan? Wo ist sie? Ich will sie sehen! Will wissen, dass es ihr gut geht!"

„Niemand hat ihr etwas getan. Und was mit ihr weiter geschehen wird, hängt von deiner Antwort ab." Ahmed zog den Brief hervor. „Dieser Brief wurde bei dir gefunden, als man dich ergriff. Bist du der Mann, an den er gerichtet ist?"

Leon blickte kaum auf das mit arabischen Zeichen bedeckte Pergament. „Ein Brief? Dieses Schreiben habe ich noch nie gesehen."

„Du lügst aus Angst!"

„Und wenn er mir gehörte?" fragte Leon zurück. „Was würde das ändern?"

„Viel. Es wäre der Beweis für ihre Untreue."

„Dann brauche ich den Brief erst gar nicht anzusehen, da er nicht mir gehören kann", erwiderte Leon verächtlich. „Außerdem könnte ich ihn ja nicht einmal lesen, er ist in deiner Sprache geschrieben."

„Und jener hier?" Ahmed zog ein weiteres Schreiben hervor, das in griechischer Sprache abgefasst war. Er hatte den versiegelten Brief noch nicht geöffnet, sondern wollte erst von dem Gefangenen hören, was er beinhaltete. Wenn er ihn hierin belog…

Leon runzelte die Stirn. „Dieser Brief ist nicht für dich bestimmt! Wie kannst du es wagen, ihn an dich zu bringen!"

„An wen ist er gerichtet?"

„An Fedoras Vater. Aber jetzt, wo dieses Schreiben ebenso in deiner Hand ist wie ich, wird er wohl niemals erfahren, dass seine Tochter lebt." Er sah Ahmed abfällig an, „Aber vielleicht ist das ganz gut so. Es hätte ihm das Herz gebrochen, zu erfahren, dass sie in der Gewalt eines Mannes ist, der nicht nur Briefe stiehlt, die nicht an ihn gerichtet sind, sondern auch eine Frau, die einem anderen hätte angehören sollen!"

Ahmeds Augen wurden dunkler. Fedoras Worte, dass sie einem anderen versprochen gewesen war, hatten sich ihm damals tief eingebrannt. War es etwa doch dieser Mann vor ihm? Hatte sie ihn etwa doch belogen, ihm vorgemacht, dieser Mann wäre nur ein Freund, um sein Leben zu schützen?

Vermutlich. Wer sonst hätte es gewagt, ihr nachzureisen und in einen fremden Harem einzudringen? Er selbst hätte wohl nicht anders gehandelt, sondern nichts unversucht gelassen, diese sinnesverwirrende Frau wieder zu bekommen. „Bist du derjenige, den man ihr zum Gatten bestimmt hatte?"

Leon leckte sich über die aufgesprungenen Lippen. Es war ihm klar, dass sein Leben verwirkt war und in jedem Fall der Tod auf ihn wartete. Er selbst hatte nichts mehr zu verlieren, aber Fedora war in Gefahr. Wenn er starb, dann war niemand mehr hier, der ihr helfen konnte oder auch nur über ihr Schicksal Bescheid wusste. Es waren ihm schon viele Geschichten zu Ohren gekommen, wie diese Sarazenen mit Frauen umgingen, die sie für treulos hielten und bestrafen wollten. Umgekehrt wusste er aber auch, dass sie einen starken Sinn für Ehre hatten und viele Auseinandersetzungen im Zweikampf lösten. Er musterte Ahmed prüfend. Dieser hier sah nicht aus wie ein Barbar, der nichts von Ehre hielt. Vielleicht… „Es stimmt", sagte er mühsam, weil seine Stimme ihm vor Durst kaum mehr gehorchen wollte, „sie war mir versprochen und wenn du auch nur einen Funken Ehre im Leib hättest, würdest du sie gehen lassen."

„Das kann ich nicht“, erwiderte Ahmed scharf. Seine Hand umklammerte das schwere Schwert an seiner Seite, dass seine Knöchel weiß hervortraten. Also hatte Fedora ihn doch belogen und dieser Mann war nicht ihr Ziehbruder, sondern ein Rivale. Den er nicht am Leben lassen würde. „Sie gehört mir jetzt, gleichgültig, was vorher war.“

„Ich habe ältere Rechte auf sie“, begehrte Leon auf. „Ich liebe sie und ich bin gekommen, um sie mitzunehmen und zu meiner Frau zu machen!“ Das war zum Teil ja auch die Wahrheit. Er hatte Fedora seine Hand zum Ehebund geboten, wenn auch nicht aus Leidenschaft, sondern aus brüderlicher Liebe, um sie zu schützen und ihr zu helfen. „Wenn… wenn du Mut hast“, fuhr er fort, „dann kämpfst du mit mir um sie! Wenn ich gewinne, darf ich gehen und Fedora mit mir nehmen. Wenn du gewinnst…“

„…werdet ihr beide sterben?“ ergänzte Ahmed mit rauer Stimme seinen Satz. „Ist das in deiner Heimat so üblich?“

„Nicht ganz so“, sagte Leon, der gut mit dem Schwert umgehen konnte, Fedora aber in jedem Fall in Sicherheit wissen wollte. „Wenn du gewinnst, bleibt Fedora bei dir und niemand wird sie dir mehr streitig machen.“

„Dann soll es auch einen Kampf geben, in dem du dein Leben verlieren wirst“, erwiderte Ahmed mit einem gefährlichen Aufblitzen in seinen Augen. „Es soll nicht heißen, ich hätte unrechtmäßig ein Weib gestohlen und in meinem Harem verborgen! Es wird mir eine Genugtuung sein, dich zu töten und deinen Kopf an der Brücke zur Schau stellen zu lassen, wie es bei *uns* hier die Sitte ist!“

Er winkte den Wächtern, „Bindet diesen Mann los! Gebt ihm zu essen und zu trinken und ein gutes Lager! Er soll kräftig sein, wenn er morgen gegen mich kämpft.“

„Es betrübt mein Herz, dich so niedergeschlagen zu sehen“, sagte Dananir, als sie am selben Abend neben ihren Sohn trat, der in Fedoras verlassenen Gemächern saß und auf den Brunnen starrte, als könne er dort das Gesicht seiner Geliebten erblicken. Die Sorge hatte ihr keine Ruhe gelassen und sie hatte sich in ihrer Sänfte von einigen Eunuchen über den Trigris zu Ahmeds Palast bringen lassen, um zu sehen, wie es ihrem Sohn ging.

Ahmed sah auf, „Niedergeschlagen? Nein, keineswegs. Ich bin nur müde."

Seine Mutter wollte ihm über sein Haar streichen, aber Ahmed wich aus, sprang auf und trat zum Tor, das in den Garten führte. Auf diese zärtliche, tröstliche Weise wollte er sich nur von Fedora berühren lassen und von niemandem sonst. Er konnte seiner Mutter seine Enttäuschung über seine rothaarige Byzantinerin nicht preisgeben, sondern wollte alleine sein, um über alles Nachdenken zu können. Über Fedoras Lüge mit der sie den Mann vor seinem gerechten Zorn hatte retten wollen, den gefälschten Brief und darüber, was er mit seiner unaufrichtigen Huri tun sollte. Das Gerücht über ihre Untreue hatte sich – wie ihn sein Onkel hatte wissen lassen – bereits in halb Bagdad verbreitet, und er musste einen Weg finden, seine Ehre wiederherzustellen, ohne dabei auf Fedora verzichten zu müssen.

Wie schön hätte er es jetzt mit ihr haben können – sie würden im Pavillon sitzen, sie würde ihm auf diese sinnliche, liebevolle Weise mit den Fingern durch sein Haar fahren und er würde sie küssen… Unwillkürlich schloss er die Augen und griff nach dem goldenen Medaillon, in dem Fedoras rote Haarlocke war, die sie am Tage ihrer Trennung um den für ihn so kostbaren Brief gewunden hatte. Er hatte es bisher kein einziges Mal abgelegt, sondern gehütet wie ein Kleinod.

„Hast du den Gefangenen schon verhört?"

„Ja." Mehr sagte er nicht, da ihm vor Sehnsucht nach Fedora die Stimme zu versagen drohte. Seine Mutter hatte feine Ohren und er konnte ihr Mitleid nicht ertragen.

„Was wirst du tun?"

„Ihn töten." Dies sagte er mit eiskalter Ruhe und ohne den geringsten Zweifel. Er konnte vielleicht Fedora vergeben, weil er sie so sehr liebte, dass er nicht ohne sie leben wollte, aber nicht diesem Mann, der es wagte Anspruch auf sie zu erheben, und den sie hatte vor ihm retten wollen.

Wäre der Mann nicht gefasst worden, so hätte er von ihr vermutlich niemals auch nur ein Wort über ihn gehört.

„Und sie?“

Ahmed antwortete nicht.

Dananir musterte ihn nachdenklich, dann ließ sie sich neben dem Brunnen nieder und tauchte ihre Hand in das plätschernde Wasser. „Ich denke, ich weiß, was dich peinigt“, mein Sohn“, sagte sie schließlich. „Es ist allein nicht der Gedanke an den Verrat dieser Frau, sondern die Tatsache, dass deine Ehre und dein Stolz gekränkt sind, die dich nicht zur Ruhe kommen lässt. In diesem Fall solltest du keine Gnade walten lassen. Sie hat dich hintergangen und hat Strafe verdient. Was wirst du mit ihr tun?“

Ahmed wandte sich halb nach ihr um, „Mit ihr tun?“

„Nun, du wirst sie ja hoffentlich nicht einfach dort bei den anderen Frauen lassen, damit diese sehen, wie leicht man mit Ungehorsam und Lügen davon kommt!“ sagte Dananir empört.

„Und was schlägst du vor?“ fragte Ahmed stirnrunzelnd.

„Einhundert Peitschenhiebe sind die übliche Strafe“, entgegnete Dananir lebhaft. „Und dann kannst du dich immer noch entscheiden, ob du ihr das Leben schenkst und sie einfach nur aus dem Palast wirfst. Oder ob du ihr die Nase abschneiden lässt. Du könntest sie auch blenden lassen, damit sie gar nicht mehr auf die Idee kommt, einem anderen Mann auch nur einen Blick zu schenken.“ Sie schlug vor Begeisterung die Hände zusammen, „Ja, das wäre eine gute Idee, dazu würde ich dir raten! Zuerst die einhundert Peitschenhiebe und dann blenden lassen. Oder umgekehrt! Was vielleicht noch reizvoller wäre.“ Sie gab sich ausgiebig dieser Vorstellung hin, ließ sich noch weitere Strafen für die untreue Sklavin einfallen, aber als ihr Sohn bei weitem nicht dieselbe Freude an diesem Spiel aufzubringen schien, erhob sie sich.

Sie trat zu Ahmed hin, der sie die ganze Zeit über nur stumm angeblickt hatte, sichtlich abgestoßen von ihren Vorschlägen und kaum geneigt, auch nur einen davon in die Tat umzusetzen. „Nichts anderes wäre hart genug, um sie dafür zu bestrafen, dass sie meinen Sohn so gekränkt hat." Sie strich ihm liebevoll über die Wange, drehte sich um und ging.

Ahmed sah ihr nach, ohne sich zu rühren. Die Vorstellung, seine Geliebte schlagen zu lassen oder ihr gar die Augen auszustechen, verursachte ihm körperliche Pein, die noch schlimmer war als der Schmerz über ihre Lüge.

Er schloss die Augen und atmete tief durch, den Zorn und die Eifersucht, die in ihm hochstiegen, niederkämpfend. Es wäre ihm ein Leichtes gewesen, den anderen vor seinen Augen in Stücke hauen zu lassen, ihn bei lebendigem Leib gepfählt zur Schau zu stellen, aber das war ihm zuwenig. Es gab ihm keine Befriedigung zuzusehen, wie ein Hilfloser auf seinen Befehl hin starb oder gemartert wurde, aber er brannte förmlich darauf, diesen Mann, dem er Tage der Qualen und der Eifersucht zu verdanken hatte, selbst zu töten. Sein Leben auszulöschen und über ihn zu triumphieren, wie er das mit jedem tun würde, der versuchte, ihm seine kostbare Huri wegzunehmen, oder dem auch nur ein Teil der Liebe gehörte, die er für sich alleine wollte.

Er erinnerte sich an den Brief, zog ihn hervor und las ihn, wohl schon zum hundertsten Male. Der Brief war zweifellos unecht, wenn auch nicht alles daran… Da waren die Zeichen, wie Fedora sie machte, mit dem ihr eigenen, fremdländischen Schwung. Aber dann wieder waren sie vollkommen unterschiedlich, so, als hätte eine andere Hand noch etwas eingefügt und ergänzt. Nun, sie hatte zumindest darin nicht gelogen und jemand hatte versucht, den Brief zu fälschen.

Er hatte Feinde in Bagdad. Neider, die sehr wohl in der Lage gewesen wären, eine solche Intrige zu ersinnen und sie auch durchzuführen. Ibrahim war einer davon und der Zufall, der ihm den flüchtenden Griechen in die Arme getrieben haben sollte, war unglaubwürdig. Er musste herausbekommen haben, dass dieser Mann im Palast gewesen war, und ihm bei seiner Flucht aufgelauert haben. Ahmed biss die Zähne zusammen, als er begriff, was geschehen war. Dieser Hund musste Spione im Palast haben. Diener oder Dienerinnen, die ihren Gebieter verrieten und seinem Feind noch vor dem Herrn selbst wissen ließen, dass ein Fremder eingedrungen war. Er ging in Gedanken alle seine Leute durch. Die Eunuchen, die Diener, die Frauen im Harem. Jeder oder jede von ihnen konnte bestochen worden sein und besonders unter den Frauen war wohl so manche, die es ganz gerne gesehen hätte, wenn die byzantinische Rivalin in Ungnade fiel.

Es gab wohl nur einen einzigen im Palast, der ganz gewiss nicht Teil von Ibrahims Intrige war, und mit ihm musste er sprechen. Ahmed klatschte in die Hände und eine Dienerin erschien, ihn schüchtern anblickend. „Lass Ali kommen, schnell!"

„Es ist geglückt", sagte Zaida zufrieden, als Ibrahim sie zu sich rufen ließ. „Die Tochter einer warzigen Kröte hat ihr Reich verlassen müssen und lebt nun mit uns anderen Frauen. Der Prinz hat noch keine Entscheidung über sie gefällt, ich habe jedoch gehört, dass er morgen mit dem Griechen kämpfen wird, der behauptet, ältere Rechte auf sie zu haben."

„Wo wird der Kampf stattfinden?" fragte Ibrahim rasch.

„Im Palast des Kalifen. Sein Vater will zusehen, wie Ahmed diesen Fremden tötet. Es hat sich schon herumgesprochen, dass seine Sklavin einen anderen in ihren Gemächern empfangen hat, und Ahmeds Ehre wird erst wieder hergestellt sein, wenn er diesen tötet und sie bestraft."

„Das bedeutet, dass sein Palast vermutlich fast völlig unbewacht ist und niemand darauf achten wird, was dort geschieht." Ibrahim stand auf und ging im Raum hin und her. „Eine bessere Gelegenheit wird nicht so bald kommen. Wir müssen rasch handeln."

„Ich kann nicht verstehen, was der Prinz an ihr findet", sprach Zaida weiter. „Sie ist flach wie ein Kamel, das die Wüste durchquert hat, ohne auch nur einen Tropfen Wasser gesehen zu haben. Es muss etwas anderes sein, was ihn an ihr so angezogen hat, dass er nicht einmal den Ablauf von drei Monaten wartete, bis er sie zu seinem Weib machte, um sicher zu gehen, dass nicht eine fremde Frucht in ihr heranwächst. Aber jetzt wird es nicht mehr lange dauern und sie wird den Palast verlassen müssen. Und in der Zwischenzeit werde ich dafür sorgen, dass sie keine Sekunde, die sie im Harem verbringt, genießen kann."

„Du wirst nichts dergleichen tun!" fuhr Ibrahim sie an. „Du wirst deinen Hass beherrschen, bevor jemand dahinter kommen kann, dass du die Hand im Spiel hattest! Dieser Ali hat scharfe Augen und er ist ihr treu ergeben, und auch Hayana, die Lieblingsdienerin einer der Gattinnen des Kalifen, ist gefährlich. Sie hat großen Einfluss auf Dananir, und wenn es ihr gelingt, sie von der Unschuld dieser Frau zu überzeugen, kann ich meinen Plan nicht ausführen." Er packte Zaida, die erschrocken einen Schritt zurückgetreten war, am Arm, „Hör gut zu: Einer der Eunuchen ist dir doch hörig, nicht wahr? Du wirst ihn dazu bringen, die anderen zu betäuben, wenn wir in den Palast eindringen. Hier!" Er entnahm einer Schatulle eine kleine Flasche, die er Zaida hinreichte. „Dies ist ein schnell wirkendes Gift für die Wächter. Aber", er brachte sein Gesicht dicht vor ihres, „nicht einmal der Teufel wird dir helfen, wenn du es auch dieser Byzantinerin gibst, nur um deinen Hass und deine Eifersucht zu befriedigen. Ich will dieses Weib lebend haben! Ich will sie besitzen, bevor ich sie eigenhändig zu Tode peitsche, um meine Schmach zu rächen! Hast du mich verstanden?"

Zaida nickte eingeschüchtert, nahm die Flasche und verneigte sich, „Wie Ihr wünscht, erhabener Gebieter. Es soll so geschehen."

Als Hayana am nächsten Tag kam, nahm sie die junge Frau einfach in die Arme und wiegte sie wie ein kleines Kind. „Mein armer Liebling, was hat man dir nur angetan?"

Fedora klammerte sich an sie, fast unfähig, ihre Tränen noch zurückzuhalten. „Wie geht es ihm? Wie geht es Ahmed? Wo ist er jetzt? Ist er wieder in den Kampf gezogen?"

„Nein, er ist hier."

„Er denkt, ich hätte ihn betrogen“, sagte Fedora erstickt. „Aber ich wäre doch niemals mitgegangen oder …“

„Ich weiß, mein Liebchen, ich weiß“, sagte Hayana beruhigend. „Aber das allein ist es nicht. Allein schon dass du heimlich mit einem anderen Mann – einem vollständigen Mann – gesprochen hast, war ein Bruch der Gesetze. Untreue, in Prinz Ahmeds Augen.“

„Soll ich nie wieder mit einem Mann sprechen dürfen, nur weil er mich gekauft hat?“ begehrte Fedora auf.

„Höchstens in seiner Gegenwart.“

„Aber das ist doch…!“ rief Fedora aus.

Hayana unterbrach sie, „Das ist hier der Brauch, wie ich es dir schon sagte, und du weißt es sehr wohl. Prinz Ahmed ist auch nur ein Mann. Und dazu ein sehr eifersüchtiger, der vor Liebe kaum noch denken kann. Er lebt in diesem Land, mit diesen Bräuchen, und wäre er weniger besonnen oder beherrschter, und hätte er nicht sein Herz so sehr an dich verloren, dass er dir kein Haar krümmen kann, so müsstest du jetzt damit rechnen, bestraft zu werden.“

„Bin ich das nicht schon?“ fragte Fedora mit Tränen in den Augen. „Er hat mich aus seiner Nähe gewiesen.“

„Aber du lebst noch und darüber solltest du froh sein. Sein Großvater, der berühmte Harun al-Raschid, war weitaus jähzorniger und kannte kein Verzeihen. Er hat seine eigene Schwester in eine Truhe sperren und lebendig begraben lassen, weil sie gegen seinen Willen heimlich einem Mann angehört hatte. Und dieser verlor ebenfalls sein Leben.“

„Wie unmenschlich!“ sagte Fedora entsetzt.

„Niemand hätte es ihm verbieten können. Dabei waren die beiden verheiratet, er wünschte jedoch nicht, dass die Ehe vollzogen wurde, weil der Mann nicht standesgemäß war.“ Sie tätschelte beruhigend Fedoras Hand, „Prinz Ahmed würde so etwas niemals tun. Hätte er dich allerdings mit dem anderen Mann angetroffen, so hätte er euch im Zorn vermutlich beide auf der Stelle getötet.“

Fedora senkte den Kopf, „Das wäre Unrecht gewesen.“

„Das ist hier das Recht", widersprach Hayana. „Du bist sein Eigentum und kein anderer darf ohne sein Einverständnis mit dir sprechen oder dich auch nur sehen."

„Werde ich jetzt hier bleiben?" fragte Fedora verzweifelt. „Wird er mich denn nicht rufen lassen, um mir die Gelegenheit zu geben, ihm noch einmal alles zu sagen und seine Verzeihung zu erlangen?"

„Geht es dir um seine Verzeihung?" fragte Hayana nachdenklich. „Oder geht es dir um das prächtige Leben, das du hattest? Deine Gemächer, den Garten, all die Vorteile, die diese Frauen hier nicht erhalten?"

„Um seine Verzeihung geht es mir. Vor allem für Leon, der nur aus brüderlicher Liebe gehandelt hat! Und was mich selbst betrifft", flüsterte Fedora erstickt, „was bedeutet mir all die Pracht und der Reichtum, wenn ich ihn nicht sehen und mit ihm sprechen kann. Bin ich nicht aus Byzanz geflohen? Habe ich nicht das alles und noch mehr aufgegeben, nur weil ich nicht einem ungeliebten Mann angehören wollte? Und jetzt, wo mir das Schicksal den Mann geschenkt hat, den ich mehr liebe als mich selbst, soll ich ihn wieder verlieren? Nur, weil er an meiner Treue zweifelt?"

„Du bist aus Byzanz geflohen?" fragte Hayana überrascht.

Fedora senkte den Blick. „Ja. Zwei Tage vor der Hochzeit. Aber Gott hat mich bestraft. Er hat mich in die Hände eines Sklavenhändlers geworfen, der mich verschleppte. Und anstatt in den Westen zu reisen, um dort am Hofe des neuen römischen Kaisers Schutz zu finden, gelangte ich auf einen Sklavenmarkt in Bagdad."

„Aber der dir zugedachte Ehemann hat dich verfolgt."

„Nein, doch nicht er, sondern Leon, mein Milchbruder. Von dessen Mutter ich gestillt wurde, als meine eigene bald nach meiner Geburt starb. Er wollte mich mitnehmen, aber... aber ich konnte doch nicht gehen! Wie sollte ich denn Ahmed, den ich so sehr liebe, verlassen?! Und jetzt ist nicht nur Ahmed gekränkt, sondern auch Leon in Gefahr!" Als sie sah, wie Hayana den Blick senkte, griff sie nach ihrem Gewand, „Er lebt doch noch, oder?!"

„Gewiss, gewiss und es geht ihm gut“, sagte Hayana beruhigend, unfähig, ihr zu sagen, dass am nächsten Tag ein Zweikampf stattfinden sollte, den nach den Regeln nur einer überleben durfte. Sie selbst wusste, dass Ahmed ein erfahrener Kämpfer war, aber wie der Kampf auch ausgehen würde, Fedora würde in jedem Fall einen Menschen, der ihr etwas bedeutete, verlieren. Entweder Ahmed, den Mann den sie liebte, oder diesen anderen, der mit ihr aufgezogen worden war und wie ein Bruder für sie war. „Du hast viel Schweres durchgemacht“, sagte sie und strich über Fedoras rote Locken. „Sehr viel Schweres… Aber es wird sich alles finden.“

„Komm, schnell“, winkte Dananir ungeduldig, als Hayana bei der Tür hereinhuschte. „Hast du mit ihr sprechen können?“

Die Dienerin nickte, „Ja, und ich denke, ich habe sogar noch mehr erfahren als ich zuvor glaubte.“ Sie wischte sich eine Träne aus dem Augenwinkel, „Das arme Kind ist so unglücklich, ganz blass und traurig sieht es aus. Isst kaum etwas, sitzt nur herum und starrt trübe vor sich hin. Ich brachte es nicht über mich, ihr von dem morgigen Zweikampf zu erzählen.“

„Glaubst du nicht, dass sie nur Angst hat?“ fragte Dananir gespannt. „Angst vor der Strafe?“

„Wohl mehr Angst, ihren Prinzen nicht mehr zu sehen.“ Hayana beugte sich ein wenig näher, „Sie hat mir erzählt, dass sie aus Konstantinopel geflohen ist, weil man sie verheiraten wollte, und dann einem Sklavenhändler in den Rachen fiel, der sie verkaufte.“ Sie deutete um sich, „All das hier und mehr, sagte sie, hätte sie auch daheim gehabt, aber nicht Prinz Ahmed.“ Hayana lächelte, „Ich möchte jeden Eid darauf schwören, dass sie die Wahrheit sagt. Der andere wäre nur ihr Milchbruder gewesen, der sie gesucht hätte. Und Ihr? Habt Ihr mit *ihm* gesprochen?“

Dananir nickte, „Es gelang mir zwar nicht, ihm etwas zu entlocken, aber ich bin mir jetzt vollkommen sicher, dass er es schon zutiefst bereut, sie aus seiner Nähe entfernt zu haben, und er einen Weg sucht ihr verzeihen zu können, ohne dabei seine Ehre zu verlieren." Sie lächelte leicht, „Du hättest nur sein Gesicht sehen sollen, als ich davon sprach, sie zu bestrafen. Ganz blass ist er geworden und angesehen hat er mich, als wäre ich der Teufel persönlich."

„Der Prinz ist entschlossen, seine Ehre zu verteidigen?" fragte Hayana.

„Er ist entschlossen, seinem Rivalen das Leben zu nehmen", erwiderte Dananir mit einem Seufzen. „Nicht, dass ich Mitleid mit diesem Griechen hätte, der die Wangen meines Sohnes bleich gemacht und sein Auge verdunkelt hat! Wäre er doch niemals gekommen, so müsste er jetzt nicht sterben und Ahmed könnte sich ohne jeden Zweifel in seiner Brust seiner byzantinischen Geliebten erfreuen."

Als Ahmed am nächsten Morgen den Palast seines Vaters aufsuchte, fand er schon alles für den Kampf vorbereitet. Er hatte gehofft, ohne großes Aufsehen gegen den Griechen kämpfen und ihn töten zu können, und war zornig, als er erfuhr, dass sich fast der ganze Hofstaat seines Vaters versammelt hatte, um dem Kampf beizuwohnen.

Seine Mutter winkte ihn zu sich, „Es tut mir Leid, mein Sohn, aber ich konnte es nicht verhindern. Obwohl ich alle Mittel anwandte, es deinem Vater auszureden. Er ist jedoch erzürnt über die Anmaßung dieses Fremden und darüber, dass die Ehre eines seiner Söhne gekränkt wurde, und möchte nun, dass alle Zeuge sind, wie sie durch den Tod dieses Mannes wieder reingewaschen wird. Der ganze Palast spricht von nichts anderem. Offenbar hat Ibrahim keine Zeit verloren, seine eigene Schmach zu übertünchen, indem er deine verbreitete." Sie seufzte, „Diese Byzantinerin scheint es besser als jede andere zu verstehen, die Männer zum Gespött der Leute zu machen."

Ahmed zog die Augenbrauen zusammen, „Das ist nicht ihre Schuld, sondern die Ibrahims, der dafür bezahlen wird. Aber vorerst wird dieser Grieche für seine Unverschämtheit büßen." Er betrat den Hof, wo Leon bereits wartete.

Er stand zwischen zwei Wächtern, die Hände vor dem Körper zusammen gebunden, und sah ihm ruhig entgegen.

Ahmed trat zu ihm. „Fühlst du dich in der Lage, zu kämpfen, Grieche? Es bringt mir weder Ehre noch Freude ein, einen Mann zu erschlagen, der zu schwach ist, sich zu verteidigen."

„Sei versichert, dass ich es noch leicht mit dir aufnehmen werde!" erwiderte Leon grimmig. Er deutete mit dem Kopf in die Runde, alle Fenster waren mit Schaulustigen besetzt und sogar im Hof hatten sich etliche Bewohner des Palastes eingefunden, um sich dieses Schauspiel nicht entgehen zu lassen. „Hattest du Angst, alleine gegen mich anzutreten, dass du halb Bagdad um dich versammelt hast?"

„Dein Hohn wird dir bald vergehen", erwiderte Ahmed gelassen. Er winkte zwei Männern zu, die ihn begleitet hatten, „Bringt die Schwerter und bindet den Mann los!" Ahmed achtete nicht mehr darauf, dass seine Befehle befolgt wurden, sondern hatte bereits seinen Turban abgelegt und streifte nun den Mantel und das Obergewand ab, das ihn beim Kampf nur behindert hätte.

Auch Leon, dem man die Fesseln gelöst hatte, warf sein zerrissenes Hemd zur Seite. Er rieb sich die Handgelenke, wo die Fesseln eingeschnitten hatten, streckte und dehnte seine Arme, um sie geschmeidig zu machen. Er war etwas kleiner als Ahmed, aber schwerer gebaut, mit kräftigen Muskeln auf Armen und Brust. Ein aufgeregtes Flüstern und Kichern hinter einem der Fenster ließ Ahmed einen scharfen Blick hinüberwerfen. Das Tuscheln verstummte und Ahmed wandte sich Leon zu.

„Du kannst deine Waffe auswählen. Beide gehören mir und sind von hervorragenden Meistern der Waffenkunst hergestellt worden."

Leon griff nach einem der Schwerter und wog es in der Hand, bevor er einige Schläge in die Luft machte, um es auszuprobieren. „Eine gute Waffe", sagte er anerkennend. „Ausgewogen und überraschend leicht."

„Kannst du damit umgehen?"

„Natürlich."

„Gut." Ahmed ging einige Schritte zurück in die Mitte des Hofes. „Dann können wir beginnen."

Leon folgte ihm. „Warte! Wie kann ich die Gewissheit haben, dass wir in Frieden ziehen dürfen, wenn ich gewinne?"

„Du hast mein Wort. Meine Leute werden dich und mei... die Sklavin bis an die Grenze geleiten, dafür habe ich schon gesorgt."

„Und wenn ich verliere? Was geschieht mit Fedora? Du wirst ihr doch nichts antun? Sie nicht für etwas bestrafen lassen, das sie nicht getan hat?!"

„Ich werde sie so behandeln, wie es mir richtig erscheint", erwiderte Ahmed kalt. „Und nun fang an! Oder willst du den Tag mit Schwätzen verbringen wie ein altes Weib?"

Leon warf ihm einen wütenden Blick zu und stürzte sich dann ohne ein weiteres Wort auf ihn. Ahmed wich aus und parierte die nächsten Schläge, seinen Gegner vorerst prüfend, bevor er selbst zum Angriff überging. Der Grieche war ein gewandter und entschlossener Kämpfer, hatte jedoch bei weitem nicht Ahmeds Meisterschaft und würde schnell unterliegen. Aber der Kampf reizte Ahmed, er wollte ihn auskosten, den Moment hinauszögern, in dem er seinem Rivalen den Todesstoß versetzte. Schon längst hatte er die Zuseher um sich herum vergessen, war völlig konzentriert auf Leon und dessen Angriffe. Gerade wollte er wieder zur Seite weichen, als er plötzlich hinter sich Schritte hörte. Im gleichen Moment schrie seine Mutter, die mit den anderen Frauen dem Kampf beiwohnte, laut auf.

Instinktiv fuhr er herum, warf sich zur Seite und entging so einem Schlag, der ihn zweifellos das Leben gekostet hätte. Es war ein Mann in der schwarzen Kleidung des Kalifenhofes, mit einem Turban, dessen Ende er vor das Gesicht gewickelt hatte, sodass man ihn nicht erkennen konnte. Schon war er über ihm, hob das Schwert. Ahmed rollte sich herum, trat dem Angreifer die Beine weg, dass dieser stürzte. Noch zwei weitere stürmten herbei, Ahmed sprang auf, duckte sich unter dem nächsten Schlag, aber da war auch schon Leon da und schlug einen der Männer mit einem Streich nieder, während Ahmed den zweiten tötete.

In diesem Moment stürmten die Wachen herbei, aber Ahmed hielt sie zurück, als sie mit Lanzen und Säbeln auf den dritten Angreifer losgingen. „Halt! Ich will diesen Mann lebend!"

Man warf den Mann auf die Erde und zwei Leute hielten ihn fest.

Ahmed wandte sich Leon zu, der mit dem blutigen Schwert in der Hand abwartend daneben stand. „Weshalb hast du mir geholfen?" fragte er verwundert. „Du hättest die Gelegenheit nutzen sollen, um mich zu töten."

„Und mich damit weniger ehrenhaft zeigen als du das getan hast?" fragte Leon zurück. „Du hast dich mir gegenüber als Ehrenmann erwiesen, das erkenne ich auch bei einem Feind an. Diese hier sind jedoch nichts weiter als gemeine Mörder."

Ahmed sah ihn nachdenklich an. „Wolltest du nicht mein Weib haben um es mit dir zu nehmen, würde ich dir jetzt das Leben schenken. So jedoch werden wir später weiterkämpfen." Er wandte sich dem Gefangenen zu. „Du bist einer der Eunuchen von Ibrahim", fuhr er den vor ihm am Boden liegenden Mann an, „ich habe dich oft bei ihm gesehen. Und du hast es gewagt, deine Hand an mich zu legen?!"

„Ich tat es auf Geheiß meines Herrn", erwiderte der andere.

Ahmed setzte ihm das Schwert an den Hals. „Weshalb hat er dich geschickt, um mich zu töten? Los, sprich, sonst schlage ich dir auf der Stelle den Kopf ab!"

„Ich bin ohnehin ein toter Mann, wenn Ibrahim erfährt, dass ich versagt habe. Tötet mich immerhin, sonst tut er es."

„Und wenn ich dich leben lasse?" sagte Ahmed kalt. „Lange genug, um dich bei vollem Bewusstsein Stück für Stück auseinander zu hacken? Wenn ich einen Schlachter kommen lasse, der dein Fleisch von den Knochen löst, ebenso wie mein Großvater dies einst tat mit einem Rebellenführer?"

Der andere wurde bleich.

„Los! Sprich schon, sonst wirst du flehen, in die Hölle zu kommen, nur um mir zu entgehen!"

„Aus Rache, mein Herr", sagte der Mann. „Er hat es nicht verwunden, dass Ihr ihm die rothaarige Sklavin nahmt."

„Er hat genug Gold für sie bekommen!"

„Er wollte seine Rache. Und er will sie noch. Und wenn Ihr ihm nicht mehr im Wege steht, kann er sie ungehindert auskosten…"

„Soll das heißen, dieser Sohn einer Hündin würde es wagen, Hand an meine … an meine Sklavin zu legen?" Ahmeds helle Augen waren plötzlich dunkel vor Zorn.

„Das war sein Plan. Wir sollten Euch töten, während…"

Ahmed hörte das Ende des Satzes nicht mehr, sondern hatte schon den Hof verlassen, einige Leute, die ihm im Weg standen, beiseite stoßend. Leon, auf den keiner mehr achtete, rannte hinter ihm her. Ahmed hörte die Stimme seines Vaters, der ihm etwas nachrief, lief jedoch weiter. Jetzt war ihm Ibrahims Plan klar und er verstand selbst nicht, wie einfältig er gewesen war! Natürlich hatte der Sohn des Wesirs diesen Tag genutzt, an dem sich alles auf den Zweikampf konzentrierte, um in seinen Palast einzudringen. Hatte Ahmed noch soeben darauf gebrannt, den Rivalen in der Zuneigung seiner Geliebten zu töten, so war er nun noch weitaus mehr mit Angst um sie erfüllt. Ibrahim war ein Tier, das alles tun würde, um seine Rache an ihm und Fedora zu genießen.

Er hatte den Hof erreicht, in dem sein Pferd von einem Diener gehalten wurde, schwang sich hinauf und wollte lospreschen, als Leon sich an den Zügel klammerte.

„Nimm mich mit! Ich werde nicht hier bleiben, wenn meine Schwester in Gefahr ist!"

„Deine Schwester?" Ahmed ließ den Fuß, mit dem er Leon schon hatte wegtreten wollen, sinken.

Dieser sprach drängend weiter. „Meine Milchschwester. Es ist die Wahrheit! Meine Mutter hat uns beide genährt, aber ich habe dich belogen, weil ich hoffte, dich bei einem Zweikampf besiegen zu können!“

„Du Narr!“ rief Ahmed zornig. „Mit dieser Lüge hättest du dich beinahe selbst getötet und mir den Glauben an mein Weib genommen! Aber jetzt komm!“ Er reichte ihm die Hand hinunter, um ihn hinter sich aufs Pferd zu ziehen.

Fedora war erst seit zwei Tagen bei den anderen im Harem, aber es schien ihr eine Ewigkeit zu sein. Man hatte ihr einen Platz in einer der Schlafkammern zugewiesen, die sie mit einigen anderen teilen musste. Tagsüber saß sie immer abseits der anderen Frauen, die sich von ihr fernhielten und sie bestaunten, über sie tuschelten. Manche warfen ihr mitleidige Blicke zu, andere neugierige, aber nur die eine, diese Schönheit mit nachtschwarzem Haar und Augen betrachtete sie weiterhin mit einer Mischung aus Hass und Genugtuung.

Plötzlich kam eine der anderen auf sie zu, kniete vor ihr nieder und berührte ihren Arm. „Bist du das?“ fragte sie leise auf Griechisch.

Fedora, die traurig vor sich hingestarrt hatte, hob den Kopf. Eine blonde junge Frau saß vor ihr, bildschön wie auch die anderen, in einem kostbaren Gewand. Sie trug goldene Armreifen und Perlenbänder um die Arme und durch das Haar war eine Kette schwarzer Perlen geflochten.

„Helena?“ fragte Fedora nach einigen Momenten der Überraschung.

„Dann bist du also diese rothaarige Gazelle von der man tuschelte“, flüsterte Helena weiter, „die den Herrn dieses Palastes so in ihren Bann gezogen hat, dass er sich niemals hier sehen lässt? Und seine anderen Frauen so sehr vernachlässigt, dass sie schon Angst haben, seine Gunst nie wieder gewinnen zu können?“

Fedora senkte nur den Kopf. Fast ständig hatte sie der Gedanke gequält, Ahmed könnte seine anderen Frauen aufsuchen, sich mit ihnen vergnügen, während sie in ihrem

Garten saß und an nichts anderes mehr denken konnte als an ihn. Jetzt hörte sie zum ersten Mal, dass dem nicht so war. Jetzt, wo es zu spät war und er sie verstoßen hatte.

„Und du?" fragte sie schließlich. „Wie bist du hierher gekommen?"

„Ich bin ein Geschenk seiner Mutter", schmunzelte Helena. „Sie hat mich und vier andere Frauen gekauft, um ihm eine Freude zu bereiten. Aber er hat uns nicht einmal richtig angesehen. Er ist zwar freundlich, wenn er kommt, bringt uns Geschenke, fragt uns nach unseren Wünschen, lässt sich etwas vortanzen, vorspielen oder Verse rezitieren. Dann streichelt er uns über die Wange oder übers Haar, wie Kindern, und geht wieder. Bisher hat er noch keine von uns rufen lassen, und wenn es stimmt, was mir die anderen erzählen, dann schon nicht mehr seit vielen Wochen." Sie warf einen spöttischen Blick nach hinten, „Nun wetteifern sie darin, wer die nächste Frau wird. Wenn es einer von ihnen gelingt, den Prinzen auf ihr Lager zu ziehen und einem Kind das Leben zu schenken, kann sie vielleicht die Glückliche sein." Sie beugte sich etwas näher, „Wusstest du, dass diese Gottlosen vier rechtmäßige Ehefrauen haben können?"

Fedora zuckte mit den Schultern. Sie durfte sich wohl schon glücklich schätzen, wenn er sie auch nur mit einem Blick belohnte. „Du siehst sehr zufrieden aus", sagte sie, „stört es dich denn gar nicht, als Sklavin in einem Harem zu leben?"

„Aber ich bin keine Sklavin! Niemand von uns hier ist eine. Der Prinz schenkt jeder, die neu in seinen Harem kommt, spätestens nach einigen Wochen die Freiheit. Wir könnten gehen, wohin wir wollten, aber wohin sollen wir? Es geht uns gut. Mir jedenfalls weitaus besser als früher, als ich noch mit meiner Familie Hunger leiden und Angst haben musste, dass mein Vater mich des Geldes wegen verkauft."

„Ihr seid frei?" Fedora konnte nicht fassen, was sie hörte.

„Du denn nicht?"

Fedora gab keine Antwort. Keine dieser Frauen war eine Sklavin, alle waren frei und lebten hier als seine Konkubinen! Nur ihr hatte er nie ihre Freiheit schenken wollen. Warum hatte er gerade ihr niemals gegeben, wonach sie so sehr verlangt hatte? *Weil er Angst hatte, ich würde ihn dann verlassen'*, beantwortete sie ihre Frage selbst. Tränen traten in ihre Augen. Ahmed hatte ihr aus Liebe nicht die Freiheit geschenkt. Um sie nicht zu verlieren. Es war ein Widerspruch, aber er passte zu ihm, zu seiner Denkweise. Er hatte sie völlig besitzen wollen.

„Warum weinst du denn?" fragte Helena bestürzt. „Bist du deshalb traurig?"

„Nein", erwiderte Fedora erstickt. Sie war nicht traurig, denn sie wusste nun, dass sie in jeder Hinsicht etwas ganz Besonderes für ihn gewesen war, und ihre angebliche Untreue ihn weitaus tiefer geschmerzt als seine Ehre verletzt hatte. Mehr denn je war ihr nun bewusst, dass sie einen Weg finden musste, Ahmeds Verzeihung zu erlangen und ihn von ihrer Unschuld zu überzeugen.

Außerdem hatte nicht nur jemand verraten, dass Leon in den Palast eingedrungen war, sondern auch den von ihr geschriebenen Brief verfälscht an Ahmed weiter gegeben. Da nur die Dienerinnen Zugang zu ihren Gemächern gehabt hatten, musste die Verräterin wohl unter ihnen zu suchen sein. Zweifellos die Vertraute einer dieser Frauen im Harem, die die Rivalin hatte beiseite schaffen wollen. Fedora hob den Kopf und ließ ihre Blicke heimlich über die anderen gleiten. Keine sah her, jede war mit sich selbst oder anderen Dingen beschäftigt und nur jene mit dem Leberfleck auf der Wange saß drüben auf einem Kissen, streichelte einen kleinen Affen und starrte unentwegt herüber. Der Hass in ihren Augen war ebenso eindeutig wie die höhnische Genugtuung. Vielleicht war sie diejenige, die Ahmed und sie betrogen und den Brief so ergänzt hatte, dass Ahmed einfach an ihre Schuld glauben musste.

Aber um das herauszufinden, musste sie vorerst mit Ahmed reden, und das geschah am Besten an einem der Audienz-Tage, die er zweimal in der Woche abhielt, und wo jeder, der ein Anliegen hatte, vorsprechen konnte. Der Beherrscher der Gläubigen selbst stand zu hoch über dem Volk, um sich für seine Nöte Zeit zu nehmen, Ahmed jedoch hörte sich zahllose Bittsteller an, prüfte deren Glaubwürdigkeit und trug ihre Wünsche dann seinerseits dem Kalifen vor, der immer geneigt war, den Worten seines Lieblingssohnes Gehör zu schenken. Zu diesen Audienzen konnte jeder kommen, ungeachtet des Ranges oder Namens, und da er diesen Brauch selbst so eingeführt hatte, konnte er auch sie nicht abweisen - eine seiner Frauen, die bei ihm in Ungnade gefallen war.

Sie verlangte von einer Dienerin Papier, Tinte und Feder. Ahmed liebte die Poesie, und obwohl sie keine Dichterin war, mussten ihre Verse eindringlich genug sein, um wenigstens zu erreichen, dass sie ihn sehen und sprechen konnte. Sie überlegte, dann tauchte sie die Feder in die Tinte und schrieb.

Sie war ganz vertieft in ihre Tätigkeit, als Unruhe vor dem Saal entstand. Ein Mann schrie auf, ein grauenvolles Stöhnen und dann plötzlich drangen einige Männer ein, mit schwarzen Turbanen, deren Enden ihre Gesichter verdeckten. Nur einer davon war nicht verhüllt und ihn kannte sie. Es war Ibrahim, der Sohn des Wesirs.

Er trat mit gezogenem Schwert mitten in den Raum und sah sich um. „Hört auf mit dem Gekreische!" fuhr er die Frauen an, die sich aufschreiend in die hintersten Ecken geflüchtet hatten. „Von Euch will ich nichts, ich will nur die eine haben… diese rothaarige Hündin!" In diesem Moment fiel sein Blick auf sie. „Da bist du ja! Los! Packt sie!"

Fedora sprang auf und warf dem ersten, der auf sie zukam, das Tintenfass ins Gesicht, der aber wischte sich die Farbe nur ab und griff nach ihr, und schon war ein zweiter da, der sie so fest am Arm fasste, dass sie aufschrie.

„Du wirst noch mehr schreien, wenn *ich* mit dir beginne!" sagte Ibrahim bösartig. „Und später wirst du wimmern, weil du nicht mehr schreien kannst. Bringt sie hinaus!"

„Ahmed wird Euch dafür töten!“ fauchte Fedora.

„Dein Ahmed ist schon längst tot“, lachte Ibrahim böse. „In diesem Moment röchelt er vermutlich sein elendes Leben aus.“

„Was habt Ihr ihm angetan?!“ schrie Fedora, außer sich vor Zorn und Angst, auf.

„Ihm das gegeben, was er verdient hat.“ Er wandte sich dem Ausgang zu. „Jetzt schnell, bevor noch weitere Wachen kommen!“

Obwohl Fedora sich mit allen Kräften wehrte, wurde sie mitgeschleppt. Vor dem Eingang zu den Haremsgemächern lagen mehrere Tote. Fedora blickte auf die verkrümmten Gestalten ohne sie wirklich wahr zu nehmen. Ein unbändiger Hass stieg in ihr auf und füllte ihr ganzes Denken aus, sodass es ihr vollkommen gleichgültig war, was mit ihr geschah. Aber wenn Ahmed tot sein sollte, dann durfte Ibrahim, dieser Mörder, nicht davon kommen.

Ein großer Schatten versperrte den Weg. Ali. Er hatte in jeder Hand einen großen Krummsäbel und sein Gesicht war kalt und entschlossen. „Ihr werdet es nicht wagen, meine Gebieterin zu verschleppen“, sagte er mit einer Härte, die Fedora niemals zuvor bei ihm gehört hatte.

„Willst du alleine mich etwa daran hindern?“ fragte Ibrahim höhnisch zurück. Fedora sah jetzt erst, dass er noch mehr Männer dabei hatte, die sich nun näherten, die blanken Schwerter in der Hand. Es war eine Übermacht, mit der selbst der riesige Ali nicht fertig werden konnte.

„Er sagt, er hätte Prinz Ahmed ermorden lassen“, rief sie wild. Sie selbst würde Ibrahim nicht töten können, um ihn für den Mord an Ahmed büßen zu lassen, aber Ali war dazu in der Lage. „Du darfst ihn nicht entkommen lassen, Ali! Achte nicht auf mich, sondern töte ihn und wenn es das Letzte ist, was du tust!“

Ali zögerte nicht lange und stürzte sich, mit beiden Säbeln rechts und links tödliche Schläge austeilend, auf die Angreifer, immer darauf bedacht, in Ibrahims Nähe zu kommen. Der stieß seine Männer vorwärts, während er sich Fedoras bemächtigte und sie in die andere Richtung zerrte.

Ali brüllte vor Zorn laut auf und Fedora, die sich gegen den harten Griff Ibrahims wehrte, sah, wie zwei Männer tödlich getroffen zu Boden sanken. Dennoch waren noch fünf übrig, die sich nun alle gleichzeitig auf ihren tapferen Beschützer warfen.

Im selben Moment hörte sie mitten durch die Kampfschreie und das Klirren der Säbel Hufschlag und da preschte auch schon in dem mit kostbaren Teppichen ausgelegten Gang ein Schimmel heran. Der Reiter sprang ab, bevor das Tier zum Stehen kam, und schlug einen Mann, der Ali besonders zu schaffen gemacht hatte, nieder. Der Eunuch blutete schon aus mehreren Wunden, aber immer noch kämpfte er wie ein Besessener und nun erhielt er auch noch Hilfe von einem weiteren Mann, der einem der erschlagenen Gegner ein Schwert entriss und damit auf die anderen einhieb: Leon, ihr Freund, lebte und war hier.

Aber noch weitaus wichtiger war der andere für sie. „Ahmed…“, Fedoras Stimme versagte, vor Erleichterung, ihren Geliebten lebend zu sehen.

Als Ibrahim sah, wer ihn verfolgte, zerrte er Fedora eng an sich und hielt sie schützend vor seinen Körper. Sie fühlte ein Messer an ihrer Brust. „Einen Schritt noch und auf der Brust deiner kostbaren Sklavin wird die rote Blume des Todes blühen!“

Ahmed war stehen geblieben und bedachte Ibrahim mit einem Blick, in dem blanker Hass lag. „Wenn du sie tötest, ist dein Leben ebenfalls verwirkt“, presste er zwischen den Zähnen hervor. „Lass sie los und kämpfe wie ein Mann gegen mich!“

Ibrahim lachte höhnisch auf, aber da wandte sich Fedora wie eine Katze in seinen Armen um und kratzte ihm quer über das Gesicht. Er ließ sie los und sie taumelte mehr als sie sprang zur Seite, direkt in Ahmeds Arme, der sie auffing und, nachdem er sich überzeugt hatte, dass sie unverletzt war, zur Seite schob, um Ibrahim zu verfolgen, der abermals die Flucht ergriffen hatte.

Fedora, die mehr Angst um ihren Geliebten hatte als um sich selbst, lief den beiden nach und kam gerade dazu, wie Ibrahim sein Schwert zog und damit auf Ahmed einschlug.

„Dies ist das zweite Mal, dass du diese Frau mit dem Tod bedroht hast“, keuchte Ahmed, heiser vor Zorn.

„Ich werde sie nicht nur bedrohen, sondern sie auch töten, wenn ich dich erst in die Hölle geschickt habe!“ brüllte Ibrahim. Fedora, die dem feisten Mann nicht zugetraut hatte, sich derart gekonnt zur Wehr zu setzen, schrie entsetzt auf, als Ahmed strauchelte und zu Boden ging. Im nächsten Moment war er jedoch schon wieder auf den Beinen und schlug so rasend auf Ibrahim ein, dass dieser zurückweichen musste.

Schlag auf Schlag ging es, keiner der Gegner gönnte dem anderen nur auch den geringsten Vorteil. Beide waren schon verletzt, bluteten aus mehreren, wenn auch unbedeutenden Wunden, als Fedora hinter sich rasche Schritte hörte. Es war Ali.

„Rasch! Hilf unserem Gebieter!“ rief sie.

„Wage es nicht, mir die Genugtuung zu nehmen, diesen Hund selbst zu töten“, grollte Ahmed. Fedora erkannte ihn kaum wieder. Aus dem meist lächelnden, gelassenen Prinzen, den sie selbst mit ihren heftigsten Worten nicht hatte ernsthaft erzürnen können, war ein unversöhnlicher Mann geworden, dessen Augen von Mordlust erfüllt waren. „Sieh lieber zu, dass du sie in Sicherheit bringst!“

Ali nickte nur und griff nach Fedora, die sich gegen ihn wehrte. „Ich werde keinen Schritt von hier weichen, solange mein Geliebter in Gefahr ist!“ fuhr sie den Eunuchen an.

„Gewiss, meine Gebieterin, aber habt keine Sorge. Prinz Ahmed ist Ibrahim weit überlegen, auch wenn die beiden den gleichen Meister zum Lehrer hatten.“

Er hatte kaum ausgesprochen, als Ahmed einen triumphierenden Schrei ausstieß. Sein Schwert schnitt durch die Luft und im nächsten Moment rollte Ibrahim al-Fadals Kopf über den Boden und Fedora direkt vor die Füße.

Sie starrte entsetzt darauf, sah das letzte, krampfhafte Zucken in dem vom restlichen Körper getrennten Gesicht und blickte dann auf Ahmed, in dessen Augen sich wilder Triumph über seinen Feind spiegelte.

Und dann wurde es schwarz um sie.

Als sie wieder erwachte, lag sie auf einem weichen Lager, um sie herum waren besorgte Gesichter und jemand fächerte ihr Luft zu.

„Bleib noch liegen, mein Kindchen", hörte sie Hayanas beruhigende Stimme. Die Dienerin beugte sich über sie, strich ihr mit einem feuchten Tuch über die Stirn und lächelte sie aufmunternd an. „Es ist alles in Ordnung. Ibrahim ist tot."

„Ahmed", flüsterte Fedora. „Er war verletzt… was…"

„Es geht ihm gut. Die Wunden sind kaum der Rede wert, nichts, was einen Mann wie ihn lange belästigen würde."

„Und Ali?"

„Der liegt in seinen Gemächern und lässt sich von einigen der anderen Eunuchen pflegen. Und dein Freund Leon ist ebenfalls in Sicherheit. Prinz Ahmed hat ihm das Leben geschenkt, auch wenn er ihm streng verboten hat, dich noch einmal zu sehen. Er ist jetzt in einem anderen Teil des Palastes und lässt sich von hübschen Dienerinnen trösten."

Einige der Frauen kicherten und Fedora verzog den Mund. Man hatte sie wieder in den allgemeinen Harem zurückgebracht, sie lag in der ihr zugeteilten Schlafecke und die meisten der anderen Frauen umstanden sie, lächelten und nickten ihr zu.

„Wie konnte Ibrahim nur in den Palast?" fragte sie müde, während sie versuchte, sich aufzusetzen. Sie fühlte sich so erschöpft wie nie zuvor in ihrem Leben.

„Er hatte eine Freundin hier", sagte Hayana grimmig. „Erinnerst du dich noch an die Dunkelhaarige mit dem Muttermal auf der Wange? Sie war ein Geschenk des Kalifen, der sie jedoch von Ibrahim empfohlen bekommen hatte. Sie spielte ein falsches Spiel, verriet ihren neuen Gebieter und ermordete einige der Wachen mit Gift. Nun sitzt sie

in einer dunklen Kammer und wartet darauf, welches Urteil
der Prinz über sie verhängen wird."

„Wird er sie töten lassen?" fragte Fedora schaudernd.

„Das denke ich nicht, der Prinz würde niemals eine Frau
zum Tode verurteilen oder zulassen, dass man sie tötet. Sie
wird wohl bestraft und dann aus dem Palast gewiesen."

„War… war sie es, die den Brief fälschte, der Ahmed
meine Untreue beweisen sollte?"

„Dieser Brief? Sehr wahrscheinlich", erwiderte Hayana,
die stets über alles Bescheid wusste. „Sie hat es noch nicht
zugegeben, aber man wird es schon aus ihr herausbekommen. Welch ein Glück aber, mein Liebchen, dass Ali ganz
in der Nähe war, als dieser Sohn eines stinkenden Schweins
dich rauben wollte." Sie beugte sich näher zu Fedoras Ohr
und flüsterte, damit die anderen sie nicht verstehen konnten. „Es war Prinz Ahmed selbst, der ihm den Befehl gab,
sich nicht von dir zu entfernen und dich zu beschützen."
Sie lächelte, als sie Fedoras aufleuchtende Augen sah, „Er
hat sich wohl selbst schon gesagt, dass hier einiges nicht so
sein konnte, wie es den Anschein hatte…" Sie winkte eine
Dienerin herbei, die ein Tablett mit allerlei Leckerbissen
vor Fedora auf den Boden stellte.

„Ich kann jetzt nichts essen", wehrte Fedora ab.

„Oh doch, du musst etwas essen. Ganz dünn bist du
geworden!" Hayana nahm ein Stück gebratenen Hähnchens
und hielt es ihrem Schützling hin. „Du hättest nur sehen
sollen, wie er davon gestürmt ist, als er hörte, dass du in
Gefahr bist", sprach sie weiter. „Ich war ja dabei und bin
Ahmed nachgelaufen als er aus dem Palast hinausritt. Er
hat nicht sein Boot genommen, das am Ufer auf ihn wartete, sondern ist mit seinem Hengst einfach über die Brücke
aus Booten galoppiert, die beide Ufer des Tigris verbindet.
Die Leute haben geschrieen, ein Händler ist samt zwei Bal-
len Seide ins Wasser gefallen und eine Alte hat ihm sämtliche Teufel der Hölle an den Hals gewünscht!" Sie lachte bei
der Erinnerung, „Und dein Freund Leon hing hinter ihm
am Pferd und fluchte wohl nicht weniger!"

Fedora musste ebenfalls lachen als sie dies hörte und ließ sich willig noch ein Stückchen Fleisch in den Mund schieben.

„Iss nur schön, mein Täubchen. Du willst doch nicht so blass und mit dunklen Ringen unter den Augen vor den Prinzen treten, wenn er dich rufen lässt. Und das tut er ganz gewiss, da bin ich mir vollkommen sicher.“

„Und bist du jetzt klüger?“ fragte Dananir ihren Sohn, als dieser sie auf ihren Wunsch hin aufsuchte. Sie versuchte in seinen Augen zu lesen, aber diese waren dunkler als sonst.

„Nein. Aber ich hatte immerhin die Befriedigung, Ibrahim in die Hölle zu schicken“, erwiderte er mit kalter Genugtuung. „Schon lange habe ich auf diesen Tag gewartet, um ihn dafür büßen zu lassen, dass er meine…“ Er unterbrach sich und setzte fort: „Aber was macht das jetzt noch aus?“ Er trat unter den Torbogen, der zu Dananirs Garten führte, und blickte hinaus. Er hatte ein langes Gespräch mit diesem Griechen gehabt, der nun endlich die volle Wahrheit gestanden hatte. Fedora hatte ihn nur darin hintergangen, dass ihren Freund heimlich aus dem Palast geschmuggelt hatte. Ein Fehler, der in Ahmeds Augen mit jedem Moment verzeihlicher wurde. „Ich werde sie doch verlieren. Sie wird heimkehren, um dort die Gemahlin des zukünftigen byzantinischen Kaisers zu werden.“

„Hast du Angst vor einem Krieg, wenn du sie hier behältst?“

„Ich?“ Ahmed schüttelte den Kopf. „Wenn ich annehmen könnte, dass sie sich für mich entscheidet, würde ich diesen Alexios zum Zweikampf herausfordern, um ihn zu besiegen und sie als meinen rechtmäßigen Besitz heimzuführen und zu meiner Ehefrau zu machen. Aber sie wollte immer schon von mir fort. Und jetzt, da ich weiß, was sie in die Heimat trieb, werde ich sie gehen lassen.“

„Und wenn sie aus Liebe bei dir bliebe?“

„Sie liebt mich – oder liebte mich - dessen bin ich mir gewiss“, erwiderte Ahmed. „Und bevor ich wusste, wer sie ist, dachte ich, meine Liebe könnte ihr genügen, um hier glücklich zu werden. Aber … ich habe noch vier Brüder, die vor mir Anspruch auf den Rang des Kalifen haben – glaubst du, ich könnte ihr das bieten, was sie daheim hat? Die Kaiserin eines Reiches zu werden? Eine Frau wie sie gäbe sich nicht mit weniger zufrieden und ich bin umgekehrt zu stolz eine Frau in meinem Harem zu haben, die mich immer mit dem Gatten vergleicht, den sie hätte haben können.“

„Du solltest noch einmal mit ihr sprechen.“

„Wozu?“ Ahmed zögerte, dann senkte er den Kopf und sprach leise weiter. „Ich habe nicht die Kraft, sie noch einmal zu sehen, um sie dann ziehen zu lassen. Und sie wird gehen, nachdem sie so von mir behandelt wurde.“ Er sprach jetzt das aus, was ihn wirklich peinigte. Fedora war eine stolze Frau, deren Liebe er so schwer errungen und wegen seiner ungerechtfertigten Eifersucht so leichtfertig aufs Spiel gesetzt hatte… Seine wunderbare Byzantinerin, die ihn bereits auf dem Sklavenmarkt mit ihrer Schönheit und ihrem ungebrochenen Stolz beeindruckt hatte und noch viel mehr einige Tage später, als Ibrahims Henker sie mit der Peitsche schlug und nicht ein einziger Laut des Schmerzes über ihre Lippen gekommen war.

Gewiss konnte er sie einfach hier behalten, aber wie er sie kannte, würde sie es ihm schwer machen, sich ihr wieder zu nähern, und er wollte sich nicht vor ihr demütigen, indem er sie um Verzeihung bat und sie anflehte, bei ihm zu bleiben.

„Dann lies dies hier.“ Dananir hielt ihrem Sohn ein Stück Pergament hin. Es war dasselbe, an dem Fedora geschrieben hatte, als Ibrahim mit seinen Männern eingedrungen war, um sie zu rauben.

Ahmed nahm es stirnrunzelnd entgegen, überflog die Worte, las es noch einmal und dann ein weiteres Mal.

„Nun?“ fragte Dananir, als er es endlich sinken ließ. „Schreibt so eine Frau, die ihren Prinzen nicht liebt?“

„Ich muss Gewissheit haben, das alleine genügt nicht“, sagte Ahmed gequält.

Dananir schlug die Hände zusammen, „Welch ein ei-
gensinniger Mann, den ich geboren und großgezogen habe!
Schlimmer als alle Ungläubigen zusammen ist er! So stell sie
eben auf die Probe! Höre es aus ihrem eigenen Mund! Und
wenn du dann noch nicht von ihrer Liebe überzeugt bist,
dann lass sie gehen und nimm dir einige neue Sklavinnen,
die dein Herz erfreuen und deine Sinne erregen.“

„Wie soll ich sie auf die Probe stellen?“

„Mein kluger Sohn“, lachte Dananir, „der niemals um
eine Antwort verlegen ist, braucht seine Mutter, damit sie
ihm sagt, wie er herausfinden kann, ob seine Geliebte ihn
noch will oder nicht! Und wie er sie behalten kann, ohne
sich ihr zu Füßen zu werfen und ihre Vergebung für seine
wilde Eifersucht erflehen zu müssen! Du musst es eben so
anstellen, dass sie sich im Unrecht fühlt und im Gegenteil
deine Verzeihung erbittet! Und nun setze dich zu mir und
höre mir gut zu…“

Als Fedora den Pavillon betrat, saß Ahmed auf einigen Kissen, hatte ein Pergament in der Hand und las. Er war barhäuptig und trug nur einen einfachen Mantel über seiner Hose, ganz so, als würde er seine Lieblingsfrau empfangen und nicht eine Sklavin, die er verstoßen wollte. Sie machte einige schnelle Schritte auf ihn zu, aber als er aufsah und sein kalter Blick sie traf, blieb sie unwillkürlich stehen.

„*Da wo du weilst, da hält mich Liebe fest*", las er spöttisch vor. „Hast du diese Worte ersonnen, in der Hoffnung, mit ihnen mein Herz und meinen Sinn zu ändern?"

„Ich möchte dort sein, wo auch du bist", erwiderte Fedora mit einem schüchternen Lächeln. Nach allem, was Hayana ihr von Ahmed erzählt hatte, war sie in dem Glauben gekommen, er würde sie sofort in die Arme schließen, und fühlte sich nun zutiefst verunsichert durch sein kaltes Benehmen.

„Du hast das Gesetz gebrochen, indem du nicht nur einem Mann erlaubt hast, dich alleine zu sprechen, sondern ihn auch noch verborgen und ihm dann zur Flucht verholfen hast. Du denkst doch nicht, dass ich dir das so einfach vergeben kann?"

„Ich tat es nicht in böser Absicht! Ich…"

„Fasse dich kurz, ich habe nicht viel Zeit. Du wolltest mich unbedingt sprechen und hast dich dabei auf das von mir gewährte Recht der Audienz berufen. Also sag, was du von mir willst."

„Deine Verzeihung", sagte Fedora leise. „Vor allem für Leon. Lass ihn gehen, ich bitte dich."

Ahmed senkte den Kopf, tat als würde er überlegen, dabei gedankenvoll das Pergament, das vor ihm lag, glattstreifend. „Ihm ist bereits verziehen. Er hat aus Zuneigung und Liebe gehandelt und tapfer gekämpft, als Ibrahim in den Frieden meines Hauses eindrang. Dafür werde ich ihm die Strafe für seine Anmaßung erlassen und ihm die Freiheit geben. Aber du wirst mit ihm den Palast verlassen." Er dachte nicht im Geringsten daran, Fedora gehen zu lassen, aber er folgte dem Ratschlag seiner Mutter, um sicher sein zu können, dass die Frau, die er zu seiner Gattin machen wollte, voll und ganz ihm gehörte und nicht einmal im geheimsten Winkel ihres Herzens an ihre ehemalige Heimat dachte und sich danach sehnte.

„Das will ich nicht!" rief Fedora zu seiner Erleichterung entsetzt aus.

„Dein Freund hat mir gesagt, was du mir bisher verschwiegen hast: dass du dem Sohn des byzantinischen Kaisers zur Frau bestimmt warst."

„Ich will aber bei dir bleiben!" Sie lief auf ihn zu, und kniete vor ihm nieder, nach seinen Händen fassend.

„Du hast jetzt die Möglichkeit, in deine Heimat zurückzukehren und willst nicht?" fragte Ahmed ruhig, während er kaum seinen Blick von ihren wunderbaren smaragdgrünen Augen lassen konnte, in deren Tiefe er am liebsten versunken wäre. „Überwältigt dich nicht die Sehnsucht nach deinem Vater, von dem du mir erzählt hast?"

Fedora senkte den Kopf, „Es betrübt mich, an ihn zu denken, aber wenn du Leon gehen lässt, wird er ihm Nachricht von mir bringen, das wird seinen Schmerz um mich lindern."

Ahmed strich sich nachdenklich über den Bart. „So", sagte er schließlich. „Und dein zukünftiger Gemahl?"

„Ich wollte ihn nie zum Gatten", flüsterte Fedora. „Kurz vor der Hochzeit habe ich mich davon gestohlen wie eine Diebin, bin geflohen. Ich wollte weg, so weit wie möglich, nach Jerusalem, wo Christen wohnen, die mich gewiss aufgenommen hätten, und dann weiter über das Meer in den Westen."

„Und statt dessen bist du einem Sklavenhändler in die Hände gefallen." Ahmed betrachtete mit steigender Liebe ihr Gesicht, fast schon unfähig, sie nicht in seine Arme zu reißen. Aber er musste jetzt und hier die völlige Gewissheit haben. Er war ihr schon zu sehr verfallen, um in Zukunft auch nur den leisesten Zweifel ertragen zu können, sie würde ihn nicht ebenso bedingungslos lieben wie er sie. „Du hast also guten Grund, nicht zurückzukehren. Willst du, dass ich dir helfe, deine Reise fortzusetzen? Ich könnte dir Männer geben, die dich begleiten bis du in Sicherheit bist."

„Was soll ich in einem anderen Land?!" rief Fedora ungeduldig, weil er einfach nicht begreifen wollte.

„Was willst du hier? Bei einem Barbaren? Einem Feind deines Landes? Einem Gottlosen? Ich hätte gedacht, dass du es kaum erwarten kannst, mich zu verlassen. Umso mehr, als nicht einmal ein Schneider auf dich wartet, mit dem du in Armut lebst, sondern der künftige Kaiser von Byzanz selbst." Er schüttelte den Kopf, „Wie lächerlich muss ich dir erschienen sein, als ich deiner deshalb spottete. Und wie nahe war ich der Wahrheit! Nein, du musst fort, ich kann dich nicht behalten."

„Du kannst mich nicht so einfach wegschicken!"

„Aber wenn du bleibst, muss ich dich bestrafen, das verlangt meine Ehre. Du hast die Wahl: entweder du gehst fort oder du bleibst hier und erträgst die Strafe, die ich dir auferlege." Es war ihm fast unmöglich, diese harten Worte auszusprechen, aber er musste jetzt festbleiben, sie prüfen...

„Strafe? Ich habe aber nichts getan!" begehrte Fedora auf.

„Du hast mich betrogen", erwiderte Ahmed ungerührt. „Warst mir untreu."

„Niemals! Wie oft soll ich dir das noch sagen!" Langsam fühlte Fedora, wie die Ungeduld mit seiner Begriffsstutzigkeit einem steigenden Ärger wich.

Er zuckte mit den Achseln, „Nun, wie ich dir schon sagte. Du kannst in Frieden ziehen und niemand wird dir auch nur ein Haar krümmen. Wenn du aber bleibst, dann nur, um die Strafe zu akzeptieren."

„Wenn ich dich also nicht verlassen und bei dir bleiben will", sagte Fedora wütend, „dann nur, wenn ich mich von dir für etwas bestrafen lasse, das ich nicht getan habe?!"

„Ich würde das Gesicht verlieren, wenn ich es zuließe, dass eine meiner Sklavinnen mich vor aller Welt betrügt und ich sie dann straflos davon kommen lasse." Er senkte den Blick wieder auf das Pergament, äußerlich kalt, innerlich vor ihrer Antwort zitternd. Wenn sie jetzt nachgab, hatte er gewonnen. Dann hatte er sie so weit, dass sie ihn wirklich als ihren Gebieter anerkannte, wie sich das für eine Frau gehörte. Er liebte sie mehr als alles andere, weitaus mehr sogar als seine schöne, sanfte Salimana, an die er mit ruhiger Zärtlichkeit dachte. Diese eigenwillige Byzantinerin jedoch hatte nicht nur sein Herz im Sturm erobert, sondern fesselte auch seine Gedanken, seinen Geist und seinen Körper. Wenn er jetzt nachgab, würde sie das sehr schnell merken und seine Schwäche ihr gegenüber ausnutzen. Und dann würde der Herr dieses Palastes vermutlich nicht mehr Ahmed heißen, sondern *Fedora*.

Fedora dagegen konnte kaum fassen, was sie da hörte. War das wirklich noch ihr Ahmed, ihr Geliebter, der so zärtlich sein konnte, der sie über Wochen hinweg umworben hatte, nur um ihr Herz zu gewinnen? Sie ließ langsam seine Hände los, die sie flehentlich umklammert gehabt hatte. „Du hast dich sehr verändert", sagte sie bitter.

„Nicht im Geringsten, meine Byzantinerin. Du hast lediglich noch nicht mein anderes Gesicht gesehen, das meines Volkes und seiner Sitten und Gesetze, denen auch ich selbst gehorche."

„Nun denn", sagte Fedora zornig, „dann bestrafe mich eben, wenn dir der Sinn danach steht und eure Gesetze dir dies gebieten!"

Ahmed blickte schnell auf. „Du würdest tatsächlich die Strafe auf dich nehmen und hier bleiben?"

„Ich habe dir mein Herz gegeben", erwiderte Fedora finster, „wo soll ich hin, wenn es zurückbleibt?"

Er stand auf, weil er ihre Nähe nicht mehr ertrug. „Du wirst dir das noch einmal überlegen, wenn du die Bestrafung hörst, die untreuen Sklavinnen droht."

„Willst du mir das Haar abscheren, um dessentwillen du mich überhaupt erst erworben hast?" fragte Fedora spitz, sich dabei aus ihrer knienden Position erhebend. „Oder willst du mir die Nase abschneiden und mich damit für deinen Harem unbrauchbar machen? Willst du mich schlagen?"

Ahmed hatte sich bei ihren ersten Worten umgewandt und aus dem Fenster gesehen, weil ihr Tonfall und ihre Worte ihm ein Lächeln entlockt hatten, jetzt drehte er sich wieder zu ihr herum. „Einhundert Schläge auf den Rücken", sagte er ausdruckslos. „Das ist die Strafe für treulose Sklavinnen."

„Einhundert Schläge!" wiederholte Fedora fassungslos. „Und dann? Wenn ich diese einhundert Schläge überlebe, was geschieht dann?"

„Dann kannst du in meinem Harem bleiben."

„Bei den anderen Frauen?"

Er nickte.

„Werde ich dich sehen können?" Ihre Stimme bebte, aber er wusste nicht, ob es aus Zorn war oder Zweifel. So wie er sie kannte, war es wohl eher ersteres.

„Gewiss, sogar mit mir sprechen, wenn du den Wunsch hegst."

„Und sonst…?"

„Und sonst?" Er räusperte sich. „Nun, ich habe dreißig Frauen in meinem Harem. Schon möglich, dass du mich von Zeit zu Zeit erfreuen darfst."

„Du bist abscheulich!" fuhr Fedora wutentbrannt auf. „Grausam und abscheulich! Und ich hasse mich dafür, dass ich dich so sehr liebe!" Sie lief zur Wand, griff nach der Peitsche mit dem edelsteinbesetzten Griff, und schleuderte sie Ahmed vor die Füße. „Da! Fang an! Lass es mich hinter mich bringen!"

Sie drehte sich um und streifte ihr Gewand von ihren Schultern. „Schlag mich, wenn es dir dein dummer Stolz und dein Eigensinn gebieten, mit denen du eher Lügnern glaubst als mir!"

Sie hörte, wie Ahmed die Peitsche vom Boden aufhob und langsam näher kam. ‚Ich nehme mein Wort nicht zurück', hatte er einmal gesagt. Und obwohl sie es im Grunde nicht glauben konnte - er hatte ihr die Strafe angedroht und sie musste sich darauf gefasst machen, dass er sie auch ausführte. *,Ein Schlag nur'*, dachte sie jedoch, vor Zorn zitternd, *,und er wird noch mehr Barthaare lassen müssen als Ibrahim al-Fadal! Soll er mich dann meinetwegen auch lebendig begraben lassen, das ist mir gleichgültig!'*

Ein Aufprall, ein Klirren. Sie wandte den Kopf und sah, dass eine der kostbaren Vasen zerbrochen war. Daneben lag die Peitsche.

Ahmed stand dicht hinter ihr und blickte auf sie herab. „Allein schon der Gedanke, sie könnte deine Haut verletzen, schmerzt mich", sagte er ruhig, aber in seinen Augen lag ein Glitzern.

Ein triumphierendes Glitzern, fand Fedora. Weil sie ihn gebeten hatte, hier bleiben zu dürfen, weil sie sich aus Angst, ihn zu verlieren, so sehr erniedrigt hatte. „Deshalb zögerst du noch?" fragte sie zornig. „Willst du diese schmutzige Arbeit deinen Eunuchen überlassen? Soll ich Ali für dich rufen, damit er es tut?"

„Der würde eher sich selbst schlagen als dich. Oder sogar mich." Er drehte sie zu sich herum, fasste nach ihrer Hand und zog sie an seine Lippen. „Jeder der es wagen würde, dich zu schlagen oder zu verletzen, wäre des Todes, meine wilde Stute. Verzeih mir, meine Geliebte. Verzeih mir dieses Spiel. Ich tat es nur, weil ich mir deiner Liebe und Treue sicher sein wollte."

„Und meinem Wort allein hast du nicht geglaubt?" Sie entzog ihm ihre Hand und trat einen Schritt zurück, ihr Gewand wieder über ihre Schulter streifend, um ihre Brüste zu bedecken. Es war ihm nicht genug gewesen, ihre vollkommene Liebe und Hingabe zu besitzen, nein, er hatte sie völlig in der Hand haben wollen. Ihre Zähmung vollständig machen! Und sie hatte tatsächlich nachgegeben! Er hatte keine Stute aus ihr gemacht, die ihm treu folgte, sondern einen Hund, der beinahe die Hand geleckt hätte, die ihn schlug! Kein Mann würde so mit einer Frau umgehen, die er wahrhaft liebte. Sie musste vor Zuneigung den Verstand verloren gehabt haben! Wie hatte sie sich nur so hinreißen lassen können!

‚Du hast lediglich noch nicht mein anderes Gesicht gesehen’, hatte er gesagt. Das Gesicht eines Mannes, der sich einen ganzen Harem hielt und sich einen Spaß daraus machte, sich seine Frauen zu unterwerfen, indem er sie glauben machte, seine Liebe gehörte ihnen. Ein Spiel! Auf die Probe hatte er sie stellen wollen! Ein Zorn stieg in Fedora hoch, wie sie ihn in dieser Heftigkeit noch nie zuvor auf Ahmed gefühlt hatte.

„Ich war so gekränkt und verblendet“, erwiderte er sanft, während sein Blick wie ein Streicheln über sie glitt.

„So?“ Fedoras Stimme klang kalt. Als er nach ihr greifen wollte, trat sie einen Schritt zurück, „Einen Moment, Prinz Ahmed“, sagte sie kühl.

„Prinz Ahmed?“ Er lächelte, sichtlich im Glauben seines Sieges über sie. „Nicht mehr dein *Gebieter?* Dein *Geliebter?*“

„Ich habe es mir anders überlegt.“ Noch hatte er nicht völlig über sie gesiegt. Der Zorn hatte sie wieder ernüchtert und sie konnte denken, ohne aus Liebe zu ihm verwirrt zu sein.

Ahmed hatte die Hände erhoben um sie an sich zu ziehen und erstarrte in der Bewegung. „Anders überlegt?“

Sie nickte, „Allerdings. Ich werde Euer großzügiges Angebot annehmen und mit meinem Ziehbruder heimkehren.“

Ahmeds Augen verdunkelten sich. „Um diesen Alexios… diesen Barbaren zu heiraten, vor dem du geflohen bist?“

Sie zuckte mit den Schultern. „Vielleicht. Aber vor allem, um bei meinem Vater zu leben. Leon hat mir angeboten, auf dem Landgut seines Vaters Zuflucht zu finden. Dort bin ich ein freier Mensch und keine Sklavin.“

„Der Sinn eines Weibes ist wie ein Blatt im Winde“, sagte Ahmed zornig. „Soeben wolltest du noch bei mir bleiben, hast mich angefleht, dir zu verzeihen, wolltest sogar die Strafe auf dich nehmen, und nun sagst du mir genau das Gegenteil!“

„Weil ich zuvor noch glaubte, es wäre so etwas wie Liebe für mich in Euch. Aber das stimmt nicht, das habe ich jetzt erkannt! Und ich danke meinem Schöpfer, dass er mir noch rechtzeitig die Augen geöffnet hat!" Sie wandte sich um, wollte den Pavillon verlassen. „Nehmt Euch eine andere Sklavin, die Ihr nach Belieben verstoßen und dann wieder mit schönen Worten verführen könnt. Ich eigne mich nicht dazu!"

„Warte!"

Sie ging weiter.

„Fedora!"

Fedora blieb stehen und sah ihm kühl entgegen, als er rasch auf sie zutrat. Der triumphierende, selbstsichere Ausdruck in seinen Augen war verschwunden.

„Mir gefällt Euer ‚anderes' Gesicht nicht, Prinz Ahmed", sagte sie abweisend. „Vermutlich verbindet uns doch weniger als uns trennt. Ihr mögt auf uns Byzantiner herabsehen, aber ein Mann meines Volkes, der behauptet, dass er mich liebt, hätte mich angehört, hätte mich nicht verstoßen und am Ende auch noch dieses unwürdige Spiel ersonnen, um mich auf die Probe zu stellen! Bleibt bei Euren Sklavinnen und Konkubinen und ich suche mir daheim einen Mann, dessen Lebensart ich besser verstehe als die Eure."

„Du hast mein Angebot zuvor ausgeschlagen. Du kannst nicht mehr zurück", sagte er heftig.

„Der Sinn eines Mannes ist wie ein Blatt im Winde", hielt Fedora ihm entgegen. „Ich wusste nicht, dass Euer Angebot einer zeitlichen Beschränkung unterworfen war. Ihr wolltet mich gehen lassen und ich nehme Euch nun beim Wort, das Euch so heilig ist. Lebt wohl." Sie wandte sich wieder um.

„Du hast sehr wohl die ungeschriebenen und geschriebenen Gesetze meines Landes gebrochen und solltest froh sein, wenn ich Dir so entgegenkomme!"

„Das nächste Mal werde ich mit Freuden ein Schwert nehmen und es meinem Ziehbruder in die Brust rammen, nur um Euch damit Gelegenheit zu geben, mich gehorsam zu finden!" erwiderte Fedora mit heißem Spott. Sie machte sich wieder auf den Weg zum Tor, hoffte jedoch innigst, dass Ahmed die richtigen Worte finden würde, um sie zurückzuhalten. Um nichts in der Welt wollte sie ihn verlassen, aber wenn sie tatsächlich bei ihm blieb, dann nicht als seine ergebene Sklavin, sondern als eine Frau, die er liebte und achtete und auch so behandelte.

„Was muss ich tun, um dich zum Bleiben zu bewegen?“ Ahmeds Stimme klang gepresst. Er war erschrocken über die Wendung, die seine Prüfung genommen hatte. Natürlich war es ein Leichtes, sie einfach hier festzuhalten, aber was hätte er schon davon? Eine Frau, die vermutlich noch weitaus widerspenstiger sein würde als jemals zuvor; deren Körper er nur mit Gewalt würde besitzen können, deren Seele ihm jedoch verschlossen war.

„Mich um Verzeihung bitten“, sagte Fedora. „Das wäre das Mindeste gewesen.“ Sie sah ihn flammend an. „Ihr wolltet mich prüfen? Nein, ich habe *Euch* geprüft und für zu… für zu leicht befunden!“ schleuderte sie ihm ein Zitat ihrer christlichen Bibel entgegen.

„Du musst bei mir bleiben. Ich… Verzeih mir, Fedora.“

„Von den anderen Frauen hörte ich, dass ich die einzige Sklavin in diesem Palast bin. Alle anderen hattet Ihr schon längst freigegeben. Weshalb nicht mich?“

„Wie konnte ich einer Frau die Freiheit schenken, von der ich annehmen musste, dass sie mich dann sofort verlassen würde?“ In Ahmeds Stimme klang nun wieder jene Sanftheit, die Fedoras Knie zittern ließ. „Die anderen mögen immerhin gehen, aber ohne dich wäre mein Leben leer und freudlos.“

Er trat knapp zu ihr hin, fasste sie an den Schultern. „Tausend Frauen in meinem Besitz könnten mir nicht das geben, was ich in dir gefunden habe, meine geliebte Byzantinerin. Bleib bei mir und ich schwöre dir, du wirst keinen Grund finden, es zu bereuen.“

Fedora drehte den Kopf weg, aber er hob die Hand, legte sie an ihre Wange und zwang sie sanft, ihn anzusehen. „Lass mich gleich damit beginnen, meine wilde Stute, dich von meiner Aufrichtigkeit und Liebe zu überzeugen.“

Fedora wehrte sich scheinhalber, war jedoch viel zu sehr von dem Wunsch durchdrungen, sich von ihm überzeugen zu lassen, um ihm allzu großen Widerstand entgegenzusetzen. Und in dem Moment, als seine Lippen auf den ihren lagen, wusste sie, dass es nicht mehr lange dauern würde, bis sie in seinen Armen dahinschmolz und ihm jedes Zugeständnis machte.

Selbst etwas atemlos löste er sich nach einer Ewigkeit von ihr. „Wie sehr habe ich mir in den vergangenen Wochen gewünscht, das tun zu können“, murmelte er. „Von dem Tag an dem ich dich verließ, um mit dem Heer meines Vaters zu reiten, habe ich jede Nacht von dir geträumt und wenn ich wachte, so sah ich immer nur dich vor mir, hörte deine Stimme. Ich konnte oft an nichts anderes denken als an dich und verbrannte fast an dem Wunsch, dich in meinen Armen zu halten und zu streicheln und dir Liebesworte ins Ohr zu flüstern.“

„Es waren aber keine Liebesworte, die Ihr mir dann sagtet...“

„Noch nie hat mich etwas mehr gekränkt und verletzt als deine vermeintliche Untreue.“ Er machte sich an ihren Kleidern zu schaffen, aber Fedora schob seine Hände weg.

„Meine geliebte Huri, wenn du mir nun eine Gnade tun willst, dann verbirg nicht diesen wunderbaren Körper vor meinen Blicken. Lass mich dich ansehen, ich habe mich so sehr danach gesehnt.“ Sie gab zögernd nach und er streifte ihr ungeduldig den leichten Stoff von ihren Schultern, wobei sie bemerkte, dass seine Hände zitterten, dann kniete er vor ihr nieder, um auch die seidige Hose von ihren Hüften zu ziehen. Als sie nackt vor ihm stand, immer noch schwankend zwischen Liebe, Erleichterung und Zorn, umschlang er sie mit den Armen und presste sein Gesicht an ihren Körper.

Fedora atmete zitternd ein als er begann, ihren Leib zu küssen, während seine Hände über ihren Rücken und ihre Beine streichelten. Nicht so bedächtig und bewusst ihre Leidenschaft erregend wie früher, sondern unbeherrscht und voller Begehren.

„Verzeihst du mir, meine Geliebte?“

„Wie könnte ich das nicht“, erwiderte sie unwillig. „Aber ich habe Angst. Angst vor der nächsten Lüge, der du mehr vertraust als mir!“

„Das wird nicht mehr geschehen, das schwöre ich dir, Fedora.“ Er presste sie fest an sich. „Sag es mir wieder!“ bat er leidenschaftlich.

„Was?“

„Wie du mich genannt hast, bevor ich abreiste. Sag es mir.“

„Du hast mir verboten, dich so zu nennen“, erwiderte Fedora beleidigt.

„Sag es mir, bitte“, seine Küsse wanderten über ihren Bauch, tiefer hinab. Fedora erzitterte als er seinen Mund auf die weichen Lippen ihrer Scham presste und seine Zunge ungeduldig den Weg noch tiefer hinein fand. Ihre Knie gaben unter seinen heftigen Zärtlichkeiten nach, sie sank, von seinen Armen aufgefangen, zu Boden, schmiegte sich an ihn, all jene Teile seines Halses und seiner Schulter küssend, die nicht durch seinen Mantel verdeckt waren. Es war unfassbar schön, ihn wieder zu fühlen, seine Stimme zu hören, und zu wissen, dass alles wieder gut war.

„Sag es mir, mein widerspenstiges Weib“, wiederholte er drängend.

„Gebieter meines Herzens“, hauchte Fedora in sein Ohr.

Ahmed lachte glücklich auf, nahm sich jedoch nicht mehr die Zeit, sie auf die weichen Kissen zu tragen, sondern bettete sie gleich auf der Stelle auf den Boden und glitt über sie, ihren Körper mit Küssen bedeckend. Als er sich abermals ihrer Scham zuwandte, ließ er nicht eher von ihr ab, bis sie sich hilflos vor Wonne unter seinen Liebkosungen, dem Druck seiner Zunge, dem Saugen seiner Lippen wand. Seine Zärtlichkeiten waren anders als früher, unbeherrschter. Gerade so, als ginge es ihm nicht mehr darum, sie mit seiner Kunst zu verführen, sondern als könne er nicht genug von ihr bekommen. Als stände im Mittelpunkt seiner heftigen Liebkosungen nicht ihre Unterwerfung, sondern sein eigenes Begehren, das ihn mitriss.

„Meine Geliebte…" Er hielt sie fest, als sie vom Gipfel der Leidenschaft erfasst zuckte, sich aufbäumte, glitt dann, kaum, dass sie zu Atem gekommen war über sie, presste verlangend seine Lippen auf ihre, sich förmlich festsaugend und ihren Atem trinkend, während er mit seinem Glied ungestüm in ihre für ihn feuchte Enge eindrang. Kein Gedanke mehr an hinausgezögerte Lust, gezügelte Leidenschaft, als er sich heftig in ihr bewegte, sie dabei küsste, streichelte, wieder küsste und dann endlich mit einem wilden Aufstöhnen in ihr die Befriedigung seiner Begierde fand, während Fedora, mitgerissen mit seiner Erregung, ihre Finger in seine Schultern krallte und einen kleinen Schrei ausstieß, als sie zum zweiten Mal ins Paradies einging.

Als er endlich zufrieden auf sie sank, legte sie ihre Arme um ihn und hielt ihn fest.

„Ich hätte es nicht mehr lange ohne dich ertragen", flüsterte er leidenschaftlich an ihrem Mund. „Ich war fast krank vor Sehnsucht nach dir und deinem Körper. Nach diesen Lippen, diesen Augen, diesen Wangen", er küsste sie, schob seine Hand unter ihren Kopf, um sie festzuhalten, während sein Verlangen wieder zu steigen schien. Fedora erwiderte seine Küsse, bewegte sich leicht unter ihm, als sie fühlte, dass sein Glied in ihrem Inneren wieder härter wurde.

Plötzlich hielt er inne, schien sich seiner selbst bewusst zu werden. „Verzeih mir, meine Geliebte", murmelte er, als er bemerkte, wie unbequem sie auf dem harten Boden, der nur von einem Teppich bedeckt war, liegen musste. „Es… ich konnte mich nicht mehr zurückhalten."

„Es war wunderbar", hauchte Fedora. Sie gab ihn nur unwillig frei, als er sich von ihr löste, sein hartes Glied sanft aus ihrem Körper zog. Er erhob sich, trug sie auf seinen Armen zu den weichen Kissen und legte sie unendlich vorsichtig darauf nieder, bevor er sich ihr wieder näherte.

Dieses Mal ließ er sich Zeit. Er legte ihr Bein über seine Schulter, öffnete ihre Schenkel etwas weiter, um mit seinen Fingern den empfindlichsten Punkt ihrer Weiblichkeit zu erfreuen, während er sich kreisend in ihr bewegte, bis sie gemeinsam wieder fortgetragen wurden in ihr irdisches Paradies, das sie beide in der vergangenen Wochen so sehr vermisst hatten.

Fedora erwachte erst wieder, als Ahmed zu ihr zurückkehrte. Sie hatten sich stundenlang geliebt, er hatte sie mit immer neuen Zärtlichkeiten verführt, sie von einer Sehnsucht und Begierde in die andere getragen, bis sie völlig erschöpft eingeschlafen war. Sie roch nach seiner Haut, nach ihrer beider Leidenschaft, schmeckte immer noch seine Küsse. Als sie nun die Arme nach ihm ausstreckte, wehrte er ab. „Noch nicht, meine Geliebte, lass mich dich zuerst anders verwöhnen." Er hatte eine Schatulle mitgebracht, ähnlich jener, die er bei dem Schachspiel verwendet hatte, und öffnete sie. Auch dieses Mal war sie mit Geschmeide gefüllt, wenn die Steine und Schmuckstücke auch noch weitaus kostbarer zu sein schienen.

Ahmed drückte sie wieder zurück auf ihr Lager, als sie sich neugierig aufsetzte, beugte sich über sie und Fedora lächelte überrascht, als er zwei riesige Smaragdringe nahm und sie ihr über die Finger streifte. „So kostbaren Schmuck schenkst du mir?"

„Der Schmuck ganz Arabiens wäre weitaus weniger kostbar als meine stolze Byzantinerin und ist wertloser Plunder verglichen mit den Smaragden deiner Augen, den Perlen deiner Zähne und dem Rubinrot deines Mundes." Ahmed beugte sich über sie, Fedora legte die Arme um ihn, zog ihn an sich und für unendliche Augenblicke streichelten sie einander mit ihren Lippen, kosteten den Geschmack des anderen aus, bis nicht nur ihre Zungen vereint waren, sondern auch ihre Herzen im gleichen Takt schlugen.

Fedora schloss die Augen, seufzte wohlig und rekelte sich unter seinen Händen und Lippen, während er sie liebkoste, ihre Brüste küsste und an den Spitzen sog, bis sie hart wurden und das vertraute Pochen zwischen ihren Beinen ihr sagte, dass sie schon wieder auf dem Weg der Leidenschaft war, von dem es keine Rückkehr gab, sondern nur ein ständiges Vorwärtsschreiten, bis zur Erfüllung durch ihren Geliebten.

Er löste sich jedoch wieder von ihr, nahm weitere Schmuckstücke, Ringe, Ketten heraus, schmückte sie, wand Perlenketten in ihr Haar und um ihre Arme, dazwischen immer wieder Liebkosungen und Küsse auf ihrem ganzen Körper verteilend.

„Weshalb tust du das, mein Gebieter?" Fedora lag weitaus weniger an diesen Edelsteinen als an seinen Berührungen und Küssen und sie wurde langsam ungeduldig, weil er sich so lange damit aufhielt, eine Goldkette um ihrem zarten Fußknöchel zu legen.

Ahmed hielt inne und beugte sich über sie, ihr Gesicht mit einem liebevollen Blick umfassend. „Das ist meine Brautgabe an dich, meine süße Huri."

Sie riss die Augen auf. „Brautgabe?"

„Nun, gewiss", antwortete er, während seine Lippen an ihrem Ohr spielten. „Ich denke nämlich gar nicht daran, dich freizugeben und dir damit die Gelegenheit zu bieten, mich jederzeit, wenn es dir in den Sinn kommt, zu verlassen. Ganz im Gegenteil…" seine Lippen waren jetzt auf ihrer Wange, dann auf ihrem Mund, „du wirst meine rechtmäßige Gattin. Auf diese Weise bist du frei und doch in meinem Besitz."

„Sagtest du Gattin?!"

„Meine einzige", antwortete er zärtlich.

„Aber… willst du etwa damit sagen, dass du mich zu deiner Frau machen willst? Zu einer richtigen Ehefrau?"

„Das war meine Absicht. Es war dir doch so sehr darum zu tun, dein himmlisches Paradies zu verlieren, wenn du mir angehörst. Und so … vielleicht gibt es irgendwo im Siebten Himmel einen Punkt, in dem sich unsere Paradiese berühren und ich dich in der Ewigkeit wiedertreffen kann." Er hob den Kopf, um sie besser ansehen zu können, als sie schwieg. „Es sei denn, du hättest Einwände."

„Ja… nein…", Fedora stammelte vor Freude und Überraschung zugleich. „…natürlich nicht… das heißt: und die anderen Frauen?"

„Bleiben im Harem.“

„Ja, aber…?“

„Was noch, meine Geliebte?“

„Willst du ihnen nicht die Möglichkeit geben, sich einen Mann zu nehmen?“ fragte Fedora vorsichtig.

„Wozu?“

„Nun… es ist doch… sollen sie nur im Harem leben…? Ich meine, es wird ihnen doch… Du willst sie doch nicht etwa aufsuchen, um das mit ihnen zu teilen, was ich alleine haben will?!“ fragte sie entsetzt.

„Meine unschuldige Geliebte“, sagte Ahmed erheitert, „wie gut, dass ich dich nicht länger als einige Tage bei den anderen ließ. Wie schnell hättest du sonst herausgefunden, dass diese Frauen es gewöhnt sind, sich untereinander mit Liebesspielen zu verwöhnen.“ Er lachte, als er Fedoras verblüfftes Gesicht sah, „Meine süße Huri, ich habe nur dreißig Frauen. Was meinst du wohl, wenn es zweihundert wären? Selbst der stärkste Mann könnte auf Dauer nicht alle zufrieden stellen! Und jetzt sei bitte still, ich möchte dieses Zusammensein mit dir auskosten.“

Fedora schwieg, schloss die Augen und ließ sich seine Zärtlichkeiten gefallen, die bald heftiger und drängender wurden. Bis ihr etwas einfiel. „Stimmt es, was man mir gesagt hat? Hat eine Ehefrau das Recht, sich von ihrem Mann zu trennen, wenn er neben ihr noch eine andere zu seiner Ehefrau macht?“

„Wer erzählt dir so etwas?“ fragte Ahmed stirnrunzelnd.

„Stimmt es?“ bohrte Fedora nach, in der der heftige Wunsch erwacht war, die einzige Gattin ihres Liebsten zu sein und ihn mit keiner anderen Frau teilen zu müssen. Und schon gar nicht mit einer Ehefrau, die ihr gleichgestellt war. Die anderen sollten sich vergnügen, wie es ihnen gefiel, ihr war es nur wichtig, ihren Prinzen für sich alleine zu haben.

„Schweig endlich, Fedora, bevor du mir mit diesen Fragen die Stimmung verdirbst“, erwiderte Ahmed ausweichend, der genau wusste, wohin diese Neugierde führen würde.

„Aber…“

„Nicht jetzt." Er wandte sich wieder ihren Brüsten zu, deren hellrote Spitzen so verlockend nahe vor seinem Gesicht waren.

„Ahmed?"

„Ja, meine süße Huri?" Wenn Fedora sich etwas in den Kopf gesetzt hatte, war es nicht so leicht, sie wieder davon abzubringen.

„Das Gedicht, das ich damals las..."

„Das über meine Tochter?"

„Ja, auch jenes, aber ich dachte jetzt vielmehr an das andere." Die Worte hatten sich in ihr Gedächtnis eingeprägt und sie hatte sich seitdem wohl an die hundert Mal gefragt, an wen er dabei gedacht hatte. *Mein Leib schmilzt von der Glut des Herzens, Mein Herz kann selbst nicht mehr bestehen...* " Sie stockte, bevor sie die Frage stellte, voller Angst vor seiner Antwort. „War... war es Deiner Gattin, Salimana, gewidmet?"

Ahmed rieb leicht seine Wange an ihrer, zögerte jedoch mit der Antwort. „Nein", sagte er schließlich, „meine Gefühle für Salimana waren ganz anderer Art. Zärtlich, aber wesentlich ruhiger... Nein, meine verführerische Huri, als ich diese Wort schrieb habe ich an Dich gedacht. An meine Liebe, die ich kaum noch ertragen konnte und meine Sehnsucht nach dir, immer voller Zweifel, ob ich jemals dieselben Gefühle in dir für mich würde erwecken können."

Fedora legte zufrieden die Arme um ihn und zog ihn eng an sich. „Das hast du, Gebieter meines Herzens. Damals schon und daran wird sich niemals etwas ändern..."

„Sie soll kommen, bevor er die Gesandten von Konstantinopel empfängt. Er will sie zuerst alleine sehen. Und um ihr seine Gunst zu beweisen und dem ganzen Hofstaat zu zeigen, dass er sie trotz der vergangenen Geschehnisse als deine Gattin anerkennt, darf sie danach mit den anderen Frauen hinter dem Vorhang der Zeremonie bewohnen."

Fedora war bereits seit zwei Monden Ahmeds rechtmäßige Ehefrau, aber der Kalif hatte damals verboten, dass wie sonst zu diesen Anlässen üblich ein großes Fest gefeiert wurde. Die Ehre seiner Familie war gekränkt geworden und nur die Tatsache, dass Ibrahims Intrige ans Tageslicht gekommen und in der Stadt verbreitet worden war sowie Fedoras edle Abstammung hatten ihn besänftigten können.

„Das ist nicht möglich", sagte Ahmed zögernd, als seine Mutter ihm den Befehl des Kalifen überbrachte. Er sah sehr nachdenklich aus, als er sich mit der Hand über den Bart strich.

„Und weshalb nicht?" fragte Dananir erstaunt. „Fürchtest du, Fedora könnte diese Gelegenheit zur Flucht nutzen? Den Gesandten bitten, sie von hier fortzubringen? Diese Angst musst du nicht haben, mein Sohn", fuhr sie beruhigend fort, „du hast ihr diese Gelegenheit angeboten und sie ist..."

„Weil… die Zeremonie vorschreibt, dass man sich dem Kalifen auf seinen Knien nähert und seine Hände und Füße küsst", erwiderte Ahmed mit einem kaum unterdrückten Seufzen.

„Und du meinst, dass Fedora dazu nicht bereit sei?!" Um Dananirs Lippen spielte ein amüsiertes Lächeln.

„Ich glaube nicht, dass ich sie dazu überreden kann."

„Du solltest wirklich etwas Ordnung in deinen Harem bringen, mein lieber Sohn", schalt seine Mutter. „Als deine Ehefrau muss sie sich den Sitten beugen und sie muss dem Kalifen, deinem Vater, vorgestellt werden!"

„Sie wird sagen, ‚Eine Byzantinerin kniet nur vor Gott!‘“, dachte Ahmed zweifelnd.

„Ich soll was?!!“ fragte Fedora empört. „Eine Byzantinerin kniet nur vor Gott! Und ich küsse bestenfalls dem byzantinischen Patriarchen die Hand! Und schon gar nicht die Füße!“

„Nun, das mag schon so sein“, erwiderte Hayana trocken, der man die heikle Aufgabe übertragen hatte, Fedora über das Zeremoniell in Kenntnis zu setzen. Sie kannte jedoch ihren Schützling schon gut genug, um zu wissen, wie man sie dazu brachte, Vernunft anzunehmen. „Aber sieh es doch so: du tust es nicht für den Kalifen, sondern für Ahmed, der sein Gesicht verlieren würde, wenn seine rechtmäßige Gattin sich in aller Öffentlichkeit so unbotmäßig verhält und die Sitten mit Füßen tritt. Und du würdest vielleicht sogar den Zorn des Kalifen auf Ahmeds Haupt laden, der nicht verstehen würde, dass ein Mann, und noch dazu einer seiner Söhne, nicht in der Lage ist, seiner Frau die Grundregeln des Anstands beizubringen!“

Hayana hatte sich heute wieder besonders viel Mühe mit Fedoras Kleidung und Putz gegeben und war nun dabei, ein Netz aus glänzenden Perlen um ihren Kopf zu schlingen, während sie ihr Haar, das sie wieder über Nacht geflochten gehabt hatte, damit es lockig wurde, offen über die Schultern fallen ließ.

Fedora strich nachdenklich mit der Hand über das Kollier aus Smaragden, das Ahmed ihr geschenkt hatte. „Meinst du wirklich, dass er Ahmed die Schuld geben würde?“

„Ganz bestimmt sogar“, sagte Hayana mit Überzeugung, trat einen Schritt zurück und betrachtete ihr Werk voller Stolz.

Sie hatte ihr ein grünseidenes Hemd angelegt, dessen lange Ärmel dicht mit Goldfäden und Perlen bestickt war, eine ebensolche Hose, dann ein enganliegendes ärmelloses Kleid aus kostbarem goldurchwirkten Brokat, das in der Taille mit einem breiten, aber feingewebten und edelsteinbesetzten Gürtel zusammengehalten wurde, sodass ihre Hüften hervortraten und ihre Brüste sich deutlich abzeichneten. „Wie Granatäpfel", hatte Ahmed bewundernd gesagt, als er zuvor hereingekommen war, um die Smaragdkette um ihren Hals zu legen.

Über ihre Arme hatte Hayana wieder Goldreifen geschoben und ihre Füße steckten in edelsteinverzierten Schuhen, passend zum Gürtel. Sie hatte ihr auch noch einen Schleier aus derselben Seide wie das Unterhemd umgelegt, mit goldenen Borten, und einen kleinen Gesichtsschleier, den sie tragen musste, wenn sie ihre Gemächer verließ. Fedora war daran gewöhnt, nicht unverschleiert auf die Straße zu gehen. In Byzanz war dies den Frauen zwar im Gegensatz zu hier erlaubt, aber Fedora war niemals ohne Schleier gewesen, sie hatte ihn als Wahrung ihrer Persönlichkeit empfunden, als Schutz vor neugierigen und aufdringlichen Blicken.

Sie stieg kurz darauf in eine Sänfte, die von zwei kräftigen Eunuchen getragen wurde, und wurde durch einen Nebengang zum Fluss hinuntergebracht, auf dem bereits Ahmeds kostbar ausgestattetes Boot wartete, um sie auf die andere Seite des Tigris überzusetzen. Ali schritt stolz mit einem Säbel in der Hand daneben her und Ahmed, der ganz in Schwarz, die Farbe des Kalifen und seines Hofes gehüllt war, ritt auf einem weißen Pferd, das so schön aufgezäumt war, dass Fedora kaum den Blick von den beiden lösen konnte. Das Tier tänzelte ein wenig, als er es auf das Boot führte, gehorchte dann jedoch seiner ruhigen Stimme und blieb geduldig stehen, als die Männer sich daran machten, das Boot ans andere Ufer zu rudern. Es war wohl derselbe Weg, auf dem sie damals halb bewusstlos in Ahmeds Palast gebracht worden war. Wie anders war jetzt alles im Vergleich zu dem Tag, an dem sie als Ibrahims Sklavin dessen Diener in den Palast gefolgt war! Wie eine Prinzessin war sie unterwegs, um nichts weniger glanzvoll wie in den Tagen in Konstantinopel, als sie noch die zukünftige Gattin des ältesten Kaisersohnes gewesen war.

Fedora zog immer wieder neugierig den Vorhang der Sänfte zur Seite, um einen Blick auf ihre Umgebung werfen zu können. Bagdad war von Kanälen durchzogen, über die sich viele kleine Holzbrücken spannten, und über den breiten, von Palmen gesäumten Tigris selbst führten mehrere Schiffsbrücken, die den Einwohnern es ermöglichten, den Fluss bequem zu überqueren. Hayana hatte ihr erzählt, dass fast jeder in Bagdad ein eigenes Boot hatte, wie auch ein Esel zu jedem Haus gehörte, und ein großer Teil der Waren und Menschen über das Wasser transportiert wurde. Sie freute sich plötzlich darauf, in Zukunft hier zu leben. Diese Stadt war faszinierend, bunt, lebendig, ebenso das Zentrum des sarazenischen Reiches wie Konstantinopel es für das oströmische Reich war. Und vor allem: Ahmed lebte hier. Nun, da er nicht mehr befürchten musste, dass sie die Gelegenheit zur Flucht nutzte, hatte er ihr jede Freiheit gegeben, die sie nur wünschen konnte. Sie durfte – allerdings nur in der Begleitung Alis, der streng darüber wachte, dass ihr nichts geschah - gehen, wohin sie wollte. Ahmed selbst hatte sie schon einige Male begleitet, war mit seiner tiefverschleierten Frau durch die Basare gegangen, hatte ihr durch die Diener jeden Unfug kaufen lassen, den sie dort sah, sie mit Leckereien und Süßigkeiten verwöhnt und hatte mit ihr sogar die Mauern der Stadt verlassen, um ihr das Land zu zeigen, in dem sie nun lebte.

Fedora, die sich kaum satt sehen konnte an dem bunten Treiben, das am Fluss herrschte, folgte ihrem Gatten nur wenig später aufgeregt in die Privatgemächer des Kalifen. Sie betrat hinter ihm den Saal und blieb dort auf Ahmeds Wink hin stehen, sich unter halb gesenkten Wimpern neugierig umsehend. Ahmed ging vor, verneigte sich vor seinem Vater, kniete zu Fedoras Überraschung sogar vor ihm nieder, um mit der Stirn den Boden zu berühren und seine Hand zu küssen, und nahm dann neben ihm auf einem Kissen Platz. Auf der anderen Seite des Kalifen saß eine außergewöhnlich schöne Frau mit hellen Augen, die ihr einen lächelnden Blick zuwarf.

Fedora näherte sich erst, als sie von Ahmed das Zeichen dazu erhielt, und sie zögerte keinen Moment, Hayanas gute Ratschläge anzunehmen. Sie fiel dreimal vor dem Beherrscher der Gläubigen in die Knie, dieser nickte ihr gnädig zu, und winkte ihr, näher zu kommen. Gehorsam erhob sie sich wieder, kniete nochmals vor ihm nieder, küsste seine Hände - und ohne lange nachzudenken - seine Füße.

Auf einen Wink des Kalifen nahm sie den kleinen Schleier ab, der ihr Gesicht verdeckte, und dann auch den größeren, unter dem ihr rotes Haar verborgen war. Es war den Frauen der Sarazenen offenbar erlaubt, ohne Schleier vor die Väter ihrer Männer zu treten.

Der Kalif sah sie lange an und nickte dann Ahmed zu. „Du hast gut gewählt, mein Sohn. Die edle Schönheit dieser Frau ist das Übel wert, mit dem eure Beziehung begann. Meine Gattin hat mir gesagt, dass du aus der Familie des ehemaligen Kaisers von Byzanz stammst", sagte er zu Fedora gewandt.

Fedora senkte zustimmend den Kopf. „Ja, erhabener Gebieter." Hayana hatte ihr eingeschärft, den Kalifen nicht durch unnötige Reden zu langweilen oder gar zu erzürnen. „Der Kalif ist nicht wie Ahmed", hatte sie eindringlich gesagt. „Er weiß zwar die Klugheit einer Frau zu schätzen, aber nicht ihr lockeres Geschwätz und schon gar nicht, wenn sie ihm widerspricht."

„Und mein Sohn hat mir erzählt, dass du eine Meisterin des Schachspiels bist. Ich selbst liebe dieses Spiel ebenfalls und würde mich freuen, mein Können einmal an deinem zu messen."

Fedora wurde tiefrot bei diesen Worten. Zu gut erinnerte sie sich an die Niederlage, die Ahmed ihr damals beim Spiel zugefügt hatte. An diesem Tag hatte das begonnen, was er *Zähmung* genannt hatte. Das Spiel der Liebe und Leidenschaft, das ihre Sinne so sehr gefesselt hatte, dass ihr kaum bewusst geworden war, wie schnell und vollständig sie dabei ihr Herz an den Prinzen verlor.

Der Kalif hielt ihr verschämtes Schweigen und ihre roten Wangen für scheue Ehrfurcht und lächelte ihr wohlwollend zu. „Du magst jetzt gehen, mein Kind. Meine Gattin wird dich zu den anderen Frauen geleiten, von wo aus du dem Empfang der fremden Gäste beiwohnen darfst.“

Dananir erhob sich anmutig, fasste Fedora bei der Hand und führte sie weg, dabei einen Blick ihres Sohnes auffangend, der auf seiner neuvermählten Ehefrau ruhte und reinste Dankbarkeit und Anbetung ausdrückte.

Fedora wäre zwar lieber bei Ahmed geblieben, folgte Dananir, die ihr bedeutet hatte, wieder den Schleier umzulegen, jedoch gehorsam in ein Gemach, wo ihr reichgeschmückte Frauen neugierig entgegen sahen. Die andere Seite Raumes war von einem geschnitzten Ebenholzgitter begrenzt. Ahmeds Mutter führte sie hin und ließ sie hindurchblicken.

„Dahinter ist der Saal, in dem der Beherrscher der Gläubigen seine Gäste empfängt“, erklärte sie ihr. „Du kannst von hier aus alles beobachten, was darin vorgeht, ohne selbst gesehen zu werden. Aber vorerst lass dich von mir umarmen, mein Kind, und dich als meine Tochter willkommen heißen.“

„So seid ihr Ahmeds Mutter?“ fragte Fedora, die von Hayana schon viel über Dananir gehört, diese bisher jedoch noch nie zu Gesicht bekommen hatte.

„Und jetzt auch die Deine“, erwiderte Dananir warm, Fedora herzlich an sich drückend. „Du hast uns viele Sorgen bereitet“, fuhr sie dann fort, zart über die samtene Wange ihrer Schwiegertochter streichelnd, „aber nun hat sich ja alles zum Guten gewendet.“ Sie zog sie an ihre Seite, ließ die Dienerinnen Leckerbissen und eisgekühltes, mit Moschus und Rosenwasser parfümiertes Zuckerwasser auftragen und unterhielt sich mit ihr, lachte und plauderte, bis sie bemerkte, dass sich der Nebenraum füllte.

Fedora eilte zum Gitter, in der Hoffnung, einen Blick auf Ahmed werfen zu können. Und da war er auch schon. Größer und schlanker als sein Vater und die meisten anderen Männer und weitaus hoheitsvoller anzusehen als alle Würdenträger des Kalifen zusammen. Sie beobachtete ihn voller Stolz. Wie anders war er doch hier, viel ernster, würdevoller, und mit welcher Ehrfurcht und Höflichkeit er doch behandelt wurde!

„Er ist der schönste der Söhne des Kalifen“, flüsterte Dananir ihr ins Ohr, um die anderen Frauen nicht zu kränken, die nahe daneben standen. „Und der edelste. Wahrlich schade, dass er niemals Kalif werden wird, da er noch vier Brüder hat, die vor ihm diese Würde tragen werden.“

„Er soll auch gar nicht Kalif werden“, flüsterte Fedora zurück. „Dann hätte er keine Zeit mehr für mich, wäre ständig von seinen Würdenträgern und Beratern umgeben und hätte nicht dreißig, sondern zweihundert Frauen in seinem Harem, die um seine Gunst wetteifern.“

„Zweihundertundvierundsechzig“, erwiderte Dananir seufzend. „Und die meisten davon jünger und schöner als ich.“

Fedora musterte ihre Schwiegermutter, dann rief sie in ehrlicher Bewunderung aus, „Gewiss nicht schöner!“

Dananir lachte und drückte ihren Arm. „Hab dank, mein Kind, aber still, man kann dich hören.“

Tatsächlich war man auf der anderen Seite des Ebenholzgitters auf sie aufmerksam geworden und Ahmed trat unauffällig einige Schritte zurück, näher an sie heran.

„Amüsierst du dich gut, meine süße Byzantinerin?“ flüsterte er herüber.

Fedora streckte einen Finger durch eine der kleinen Öffnungen und berührte ihn an der Schulter, „Doch, aber du fehlst mir, mein Gebieter.“

„Hinfort mit dir!“ schalt Dananir, als Ahmed Anstalten machten, den zarten, ringgeschmückten Finger zu küssen. Er ging lachend wieder an seinen Platz zurück und bald schon wurde Fedoras Aufmerksamkeit von anderen Leuten und der Pracht, die sich vor ihren Augen entfaltete, abgelenkt.

Durch das Holzgitter vor Blicken geschützt, konnte sie gut beobachten, was auf der anderen Seite vor sich ging. Der Audienzsaal war von einer hohen Kuppel überwölbt, die von schlanken Säulen getragen wurde, und dazwischen standen Töpfe mit Blumen sowie kostbare Schalen aus Kristall und Jade. Der Boden war mit einem großen Teppich ausgelegt, dessen Farben die Bemalung der Kuppel widerspiegelten, und dessen Muster sich sogar in den kleinen bunten Kieseln der Gartenwege fortsetzten.

Es war nicht viel anders als am Hof des oströmischen Kaisers, der sich mit einer Aura der Heiligkeit und Unnahbarkeit umgab. Auch der Kalif, als Beherrscher der Gläubigen, empfing seine Gäste unter einem Baldachin, mit gekreuzten Beinen auf einer Art Bett sitzend und vor den Blicken der anderen von einem Vorhang verborgen, der nur für den Gesandten geöffnet wurde. Fedora kannte den Mann, den der Kaiser geschickt hatte, flüchtig. Es war einer seiner engsten Vertrauten, der nun vom Kämmerer hinter den Vorhang geführt wurde, wo er dem Kalifen Hände und Füße küsste, bevor er die Erlaubnis erhielt, auf einem Polster Platz zu nehmen.

Man brachte die Geschenke herein, mit kostbarer Seide und goldenem Geschirr gefüllte Truhen, und Fedora presste die Lippen zusammen, als sie sah, wie dreißig der erlesensten Mädchen aus Byzanz in kostbaren Gewändern vorgeführt wurden. Sie traten mit gesenktem Blick ein, unverschleiert, damit der Kalif sich an ihrer Schönheit weiden konnte. Dann kamen fünfzig Kriegersklaven, in Gewändern aus Brokat und mit Gürteln aus Silber und Gold.

„Bei der heutigen Gelegenheit werden nicht nur Geschenke gemacht", flüsterte ihr Dananir zu. „Der Gesandte ist auch gekommen, um Gefangene auszutauschen, die man auf beiden Seiten gemacht hat. Und er hat Gelehrte bei sich, die eine Zeit lang hier verweilen wollen um zu lehren und von uns zu lernen. Der Kalif liebt die Diskussion und den Gedankenaustausch in allen Bereichen, und Ahmed ist ihm hierin sehr ähnlich." Sie senkte ihre Stimme noch ein wenig, sodass Fedora sie kaum noch verstehen konnte, „Er ist der einzige der Söhne meines Gatten, der die Gelehrsamkeit über alles stellt, und ist bekannt dafür, sie zu fördern, wo immer es ihm möglich ist. Auch heute sind einige der Gelehrten aus deiner Heimat auf seinen ausdrücklichen Wunsch hin gekommen."

Fedora nickte nur. Sie wusste, wie sehr Ahmed Wissenschaft und Künste liebte, und da er ihr seit ihrer Hochzeit wesentlich mehr Zeit widmete als zuvor, oftmals Tag und Nacht mit ihr zusammen war, ohne sich auch nur eine kurze Weile von ihr zu trennen, hatten sie viele Stunden nicht nur mit Tändeleien und Liebesspielen verbracht, die Verliebte so ergötzlich finden, sondern auch mit ernsthaften Gesprächen. Und sie hatte mit jedem Tag mehr über ihn und sein Wissen gestaunt und war stolz darauf, von einem Mann wie ihm geliebt und bevorzugt zu werden.

Als sie einen der Gäste nach dem anderen neugierig musterte, schien ihr jedoch plötzlich das Herz stehen bleiben zu wollen. Der alte Mann, der soeben etwas gebeugt hereinkam, das graue Haar mit einer Kappe bedeckt, die den Gelehrten in ihm erkennen ließ, der weiße Bart voll und dicht, war niemand anderer als ihr Vater!

„Still!" flüsterte Dananir, die sehr wohl bemerkt hatte, dass der Neuankömmling einen besonderen Eindruck auf ihre Schwiegertochter machte.

„Aber", stammelte Fedora, „dieser Mann dort ist mein Vater! Ich muss doch zu ihm hin! Muss ihm sagen, dass ich hier bin! Dass ich lebe!"

„Still jetzt!" fuhr Dananir sie mit unterdrückter Stimme an. „Oder willst du den Kalifen so erzürnen, dass er dich von hier entfernen lässt?!"

„Nein, nein…" Fedora presste ihr Gesicht ans Gitter, verfolgte die Schritte ihres Vaters, sich nur hin und wieder über die Augen reibend, aus denen die Tränen über ihre Wangen rollten. Längst schon hatte sich der schwarze Kohl um ihre Augen damit vermischt und unschöne, dunkle Streifen auf ihrer Haut hinterlassen.

In diesem Moment erhob sich Ahmed, trat zu dem alten Mann hin, der sich wie die anderen dem Kalifen unterwürfig genähert hatte, nahm ihn bei der Hand und führte ihn zu seinem Vater.

„Erlauchter Herrscher“, sagte er laut und deutlich, „gewähre mir die Gunst, dir den Vater meiner geliebten Gattin zuzuführen, der auf meine Bitte kam, um hier zu leben und uns mit seiner Gelehrsamkeit zu erfreuen.“

Fedora presste den Zipfel ihres Schleiers auf ihre Augen und begann leise zu schluchzen.

Der Palast des Paradieses

Fedora hatte von Ahmed die Erlaubnis erhalten, sich von den Feierlichkeiten im Palast des Kalifen zu entfernen, und war mit ihrem Vater gemeinsam in ihr eigenes Heim zurückgekehrt, wo beide viele tränenreiche und glückliche Stunden damit verbracht hatten, über die vergangenen Monate zu sprechen und das kaum noch erhoffte Wiedersehen zu feiern.

Nachdem ihr Vater sich in seine Gemächer zurückgezogen hatte, konnte Fedora es kaum erwarten, Ahmed zu sehen, und sie flog förmlich in seine Arme, als er eintrat. „Ich kann dir gar nicht genug danken, mein Gebieter“, sagte sie mit Tränen in den Augen. „Niemals mehr hatte ich erwartet, das geliebte Antlitz meines Vaters wiederzusehen, und du hast ihn mir gebracht.“

„Als Gelehrter ist er bei uns sehr willkommen“, erwiderte Ahmed lächelnd und ließ sich die Küsse, mit denen sie seine Wangen bedeckte, nur allzu gerne gefallen. „Aber der größere Dank gehört wohl dir, meine Geliebte. Du hast dem Kalifen die Ehre erwiesen, die ihm gebührt, und damit die meine bewahrt.“

„Ich habe es nur für Dich getan“, flüsterte Fedora zärtlich. „Nichts sonst hätte mich dazu bewegen können, einem fremden Mann die Füße zu küssen. Bei dir jedoch, Gebieter meines Körpers und meines Herzens, möchte ich es jetzt tun, um dir meine Dankbarkeit zu beweisen.“ Sie sank vor ihm in die Knie, aber Ahmed beugte sich sofort nieder, um sie wieder aufzuheben.

„Nein, niemals sollst du vor mir liegen, meine stolze Byzantinerin.“ Er hob sie auf seine Arme und trug sie durch den Garten in den Pavillon. Dort ließ er sie sanft auf die Kissen nieder, die schon so oft Zeuge ihrer Leidenschaft und Liebe geworden waren, bevor er ihr ungeduldig die kostbaren Kleider vom Leib streifte. Überall standen Vasen mit Rosen aller Farben und ihr Duft erfüllte den Raum und erweckte sinnliche Wünsche in Fedora.

„Was tut Ihr mit mir, mein Gebieter?" fragte sie lächelnd. „Eine weitere Lektion, nach der ich mich schon sehne, seit Ihr mich gestern verlassen habt?"

„Keine Lektion, meine berauschende Huri, sondern ein Gedicht, das ich jetzt auf dich sprechen werde."

Fedora setzte sich halb auf. „Noch ein Gedicht für mich? Sag es mir!" bat sie neugierig.

„Die Sprache der Blumen wird es für mich tun", erwiderte Ahmed.

Sie sah ihm erwartungsvoll nach, als er aus einer Vase die schönste und dunkelste Rose wählte. Dann kniete er neben sie auf die Kissen, stützte sich mit der linken Hand neben ihrem Körper auf, während er mit der Rechten die Rosenblüte wie einen Hauch über ihre Stirn, ihre Wangen und ihre Lippen führte. Fedora sank tief aufseufzend zurück und schloss die Augen, als sie fühlte, wie die Rose weiter hinabglitt, sanft über ihren Hals strich und endlich ihre Brüste erreichte, deren Spitzen sich durch die zarte Berührung aufstellten.

Ahmed hielt sich lange Zeit damit auf, ihre Brüste zu streicheln. Die samtenen, duftenden Blütenblätter zogen feurige Kreise darum, die von der Mitte ausgehend immer größer wurden und dann wieder bei den dunkelroten Spitzen endeten. Als sie die Erwartung schon kaum mehr ertragen konnte, glitt seine Hand weiter hinunter und die Rose folgte mit leichtem Druck, tanzte in ihrem Nabel, auf ihrem Bauch und erreichte endlich ihre Scham.

„Ahmed..."

„Geduld, meine Geliebte", flüsterte er ihr zu.

„Küss mich wenigstens", bat sie sehnsüchtig.

Er beugte sich zu ihr hinunter, seine Lippen fanden ihren Mund und sie schlang die Arme um seinen Hals. Seine Zunge fuhr so zart wie zuvor die Rose zwischen ihre Lippen und erweckte in ihr den Wunsch, noch mehr davon zu bekommen. Als sie ihre Hände jedoch von seinem Hals über seine Schultern abwärts gleiten ließ, machte er sich von ihr los.

„Gebieter meines Herzens", flüsterte sie, „lass deine Sklavin nicht zu lange warten."

„Nicht meine Sklavin. Meine Ehefrau", murmelte er an ihren Brüsten, diese mit seinen Küssen bedeckend.

„Die du gezähmt hast", lächelte Fedora, „sodass sie dir folgen will, wohin immer du gehst und vor deiner Zelttür wartet, bis du sie rufen lässt."

„Noch nie hat mich etwas mehr beglückt als deine Liebe zu erringen", erwiderte Ahmed sanft. Er glitt an ihr hinunter, „Und nichts kann mich mehr erregen, als die duftende Blume deiner Scham und die kostbare Knospe deiner und meiner Lust, die ich jetzt ebenfalls mit meinen Küssen bedecken will."

Fedora öffnete willig ihre Schenkel, nahm seine Lippen nicht weniger erregt auf als sein Glied und genoss jede Zärtlichkeit, jede Berührung, die er ihr schenkte. Viel zu früh löste er sich von ihr, um das erregende Spiel mit der Rose fortzusetzen. Er neckte sie damit eine schier endlos lange Zeit und heizte ihr Verlangen bis zur Unerträglichkeit auf.

„Das ist... wundervoll", hauchte sie, außer sich vor Lust, als Ahmed sich nicht mehr damit begnügte, sie mit der Rose zu streicheln, sondern auch noch seine Hand dazunahm, über ihren Körper strich, über alle jene Stellen, die das Feuer in ihr noch weiter anfachten.

Er fuhr fort, sie zu streicheln bis sie glaubte, es nicht mehr ertragen zu können und endlich fühlte, wie ihre Empfindungen so unerträglich lustvoll wurden, dass sie mit einem Aufbäumen und einem unterdrückten Schrei ihren Höhepunkt erreichte, der ihr endlos zu dauern schien. Eine Dauer jenseits der Zeit, in der sie sich in den weichen Seidenkissen festkrallte, ihr Körper sich wand und sie jedes Gefühl für ihre Umgebung verlor und in einen Abgrund der Lust stürzte, aus dem sie völlig erschöpft wieder hervorkam, kaum wissend, wo sie sich befand und nur gewahr, dass Ahmed neben ihr lag, sie festhielt und leidenschaftlich küsste, bevor er endlich über sie glitt und sie mit seinem Körper zur nächsten Ekstase trieb.

„Das muss das Paradies sein“, flüsterte sie, als sie danach in seinen Armen lag, während er ihr Gesicht mit Küssen bedeckte und sie ihn zärtlich streichelte.

„Das ist es, meine süße Byzantinerin. Unser eigenes Paradies, in dem wir leben wollen.“

„**U**nd so endet unser schönes Märchen, meine lieblichen Gazellen", sagte der alte Mann zu seinen Zuhörerinnen, die keinen Blick von seinen Lippen gelassen hatten und nun mit sehnsuchtvollem Seufzen leise nickten und einander leicht die Hände drückten. Jede einzelne von ihnen träumte von einer Liebe und Leidenschaft, wie Fedora und ihr Prinz sie gefunden hatten, und es war keine darunter, die nicht voller Glut hoffte, auch ihr würde das Schicksal einmal einen Mann senden, der sie ebenso liebte und begehrte.

„Ein Märchen, das in Wahrheit keines war, auch wenn es von einem Dichter hätte erfunden sein können. Sie alle haben gelebt und leben noch fort, in unserer Erinnerung."

„Aber wenn ihr mir nicht glaubt", fuhr der alte Mann fort, als er einige zweifelnde Blicke auffing, „so seht dort hinüber auf die andere Seite des Tigris, wo der Palast von Prinz Ahmed steht, der heute noch der *Palast des Paradieses* genannt wird."

Autorin

Mona Vara schrieb viele Jahre erfolgreich erotische Liebesromane unter den Pseudonymen Mona Vara, Susanna Drake und Lena Morell. Das Wichtigste beim Schreiben war für sie, Figuren zum Leben zu erwecken, ihnen ganz spezifische Eigenschaften und Charaktere zu geben und ihre Gefühle und Erlebnisse auf eine Art auszudrücken, die sie nicht nur vor Mona Varas Augen, sondern auch vor denen ihrer Leser lebendig werden ließ. Und wenn dies auch noch zusätzlich mit einem Schmunzeln geschah, so hatte sie ihr Ziel erreicht.

Mona Vara verstarb im Januar 2016 nach langjähriger Krankheit in Wien.

Weitere Romane von Mona Vara:

Selina: Liebesnächte in Florenz
Patricia: Der Kuss des Vampirs
Laura: Venezianisches Maskenspiel
Versuchung
Hexentöchter
Süße Verführung
Lucrezia und ihr unwilliger Liebessklave

Mona Vara
Lucrezia und ihr unwilliger Liebessklave
Erhältlich als Taschenbuch & Ebook

Venedig 1459: Lucrezia ist auf der Suche nach Raffaelo, der ihr die Ehe versprochen und sie dann sitzen lassen hat. Sie überredet ihren Vetter, sie mit seiner Galeere bei der Suche nach dem Ungetreuen zu unterstützen, und fängt diesen tatsächlich ein. Nun droht sie ihm, aus Rache alle wichtigen Körperteile abzuschneiden, es sei denn, er wird ihr Liebessklave. Nach einigem Hin und Her willigt der Gefangene ein und Lucrezia ist zufrieden. Was sie jedoch nicht weiß, ist, dass sie anstelle von Raffaelo dessen Zwillingsbruder Sebastiano in die Hand bekommen hat. Der ist von der hübschen Venezianerin entzückt und spielt das Spiel einige Zeit mit. Allerdings entpuppt er sich als weitaus gefährlicher als sein Bruder, denn als es ihm gelingt, einen osmanischen Pascha samt dessen Harem gefangen zu nehmen, dreht er den Spieß um und Lucrezia findet sich als Haremsdame unter der liebreizenden Beute ihres ehemaligen Gefangenen wieder ...

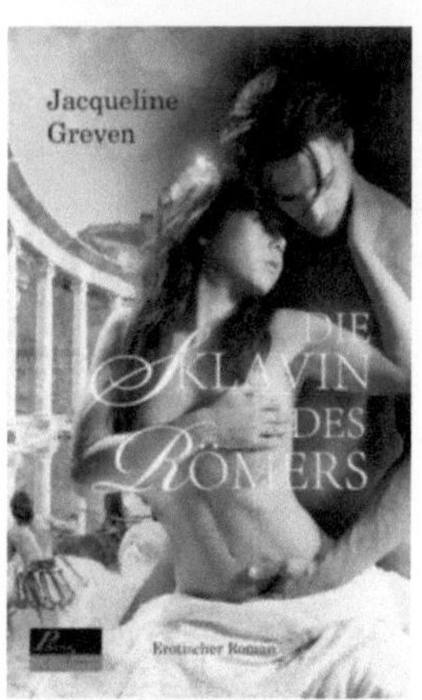

Jacqueline Greven
Die Sklavin des Römers
Erhältlich als Taschenbuch & Ebook

Rom in der Antike: Auf dem Besuch eines Marktes ersteigert der wohlhabende Patrizier Silvanus nebenbei eine schöne Sklavin, die dort von einem Sklavenhändler angeboten wird, und schnappt sie dem finsteren Berkant vor der Nase weg, der fortan Rachepläne gegen Silvanus schmiedet. Die Sklavin Marcella erwartet, dass sie künftig als Haus- oder Feldsklavin auf Silvanus' luxuriösem Anwesen arbeiten soll, aber Silvanus hat Marcella als seine persönliche Liebesdienerin ersteigert. Die unerfahrene Sklavin verfällt ihrem attraktiven Besitzer und dessen leidenschaftlichen Liebeskünsten. Silvanus und Marcella verlieren sich in ungezügelter Leidenschaft, doch wird Silvanus für seine Lustsklavin allen gesellschaftlichen Regeln trotzen?

**Verlagsprogramm, Leseproben,
Buchtrailer & Autoreninfos:**
www.plaisirdamour.de

Facebook:
Plaisir d'Amour Verlag